海右

网
W@NG
视
SHI
角
JIAO

2022 济南市优秀
网络雄文选

中共济南市委宣传部 / 编

山东城市出版传媒集团 · 济南出版社

图书在版编目（CIP）数据

海右网视角：2022济南市优秀网络雄文选 / 中共济南市委宣传部编. —— 济南：济南出版社, 2023.1
ISBN 978-7-5488-5510-1

Ⅰ. ①海… Ⅱ. ①中… Ⅲ. ①中国文学—当代文学—作品综合集 Ⅳ. ①I217.1

中国国家版本馆CIP数据核字（2023）第029086号

海右网视角： 2022 济南市优秀网络雄文选

HAIYOU WANG SHIJIAO：2022 JINAN SHI YOUXIU WANGLUO XIONGWEN XUAN

出 版 人：田俊林
责任编辑：贾英敏　林小溪
装帧设计：纪宪丰

出版发行：济南出版社
地　　址：济南市市中区二环南路 1 号　250002
印　　刷：山东圣鸿印务有限公司
版　　次：2023 年 2 月第 1 版
印　　次：2023 年 2 月第 1 次印刷
成品尺寸：170 毫米 ×240 毫米　16 开
印　　张：25
字　　数：346 千
定　　价：58.00 元

（如有印装质量问题，请与济南出版社联系调换。电话：0531-86131736）

前　言

　　为提升济南网络舆论影响力，积极发挥优秀网络人士话语权、动员力等方面优势，2022 年 6 月，济南市网络名人巡访团组建成立。首批团员中，有小有名气的网络作家，有新晋入职的媒体新兵，大家自愿加入这个纯公益性的组织，一方面是出于对传播迅速、创作灵活的自媒体写作形式的热爱，另一方面则是源于维护积极健康、向上向善网络文化的一份责任。成立以来，网络名人巡访团成员文思泉涌、笔耕不辍，立足于各自熟悉的领域，用丰富的镜头、多彩的笔墨、深厚的情怀，不断创作出紧跟时代步伐，紧贴时代脉搏的力作，打造了一批内容健康、格调高雅的网络作品，推出了数十篇阅读量达到"10 万 +"，有热度、有广度、有温度、有深度的网络雄文，为宣传推介济南做出重要贡献，让互联网这个"最大变量"成为济南发展的"最大流量"。

　　新年伊始，万象更新。我们将网络名人巡访团成员的优秀作品集结出版，既是对过去一年工作的总结，更是对新一年工作的展望。2023 年，巡访团成员会继续以市民视角、百姓话术，把"我们想讲的"和"受众想听的"结合起来，把"陈情"和"说理"结合起来，把"自己讲"和"别人讲"结合起来，用网友听得懂、愿意听的话语体系和表述方式生动鲜活讲述济南。我们会更多运用新型传播手段，努力推出"出圈"爆款的短视频、微纪录片，让济南故事见人、见声、见影，最大限度争取不同社会阶层、不同群体的关注认同。我们还将围绕美食、旅游、非遗和文化等主题，积极策划线上线下互动，增强用户黏性，形成情感共鸣，不断提高网友对济南的关注度和好感度，让更多人听得见济南声音、听得懂济南魅力，真正达到"线上线下共振""主题宣传破圈"的效果。

当前，济南正处于"勇当排头兵、建设强省会"的关键阶段，希望同样热爱美丽泉城的读者，也能加入我们的队伍，着眼泉城大地改革发展生动实践，用更丰富的镜头、更多彩的笔墨、更深厚的情怀，为济南筑梦新征程鼓与呼，把泉城改革发展中的新实践写精彩、传出去，充分展现新时代社会主义现代化强省会的新气象、新高度，更大提升天下泉城知名度、美誉度，共同凝聚起奋斗新时代的磅礴伟力！

目 录
CONTENTS

济南有高人

抗疫当下，辛弃疾、扁鹊、秦琼这三位济南历史名人火了，三人化身"抗疫天团"印在核酸检测小贴纸上，在全省乃至全国引发热议。

关于济南的历史文化，随便一个市民就能聊上几句：

第一轮：以礼相待，神医出手；

第二轮：先礼后兵，剑指去疾；

第三轮：守好大门，动态清零。

"文化底蕴深厚的济南府，

做个核酸贴纸都这么牛。"

"抗疫天团"

在 2022 年 4 月举行的济南市第十二次党代会上，山东省委常委、济南市委书记刘强在报告中提出：推动文化繁荣兴盛，全面提升城市软实力。

硬实力让城市强大，软实力让城市伟大；

城市既要有筋骨肉，又要有精气神；

居民既要富口袋，又要富脑袋。

这是刘强担任市委书记后，首次提出提升城市软实力。据笔者观察，近两年在济南市一级会议上，"软实力"被三次提到。另两次分别为：一是在 2020 年 7 月，市委十一届十一次全会提出要做强文化软实力；二是在 2021 年度全市文化和旅游工作会议上，也提出全面提升济南文化软实力。这说明提升城市软实力已成为两届主政者共识。

市委书记在党代会上再次提出全面提升城市软实力，视野更宽，分量更重。

那么，济南为何咬住软实力不放？

一、有文化不等于有活力

从文化层面上观察，"释放优秀传统文化新活力"，"让世界了解济南的泉之美、城之美、人之美"。

笔者认为前者是渠道，后者是效果。

这就为理解新一届济南市委意图，提供了一把钥匙。

笔者斗胆，在文化层面上就软实力谈点看法。

刘强这么说，应该基于三点：一是济南传统文化足够丰富；二是现在活力释放得还不够，必须果断释放新活力；三是如何释放新活力，有待破题。

破了题，市民富口袋的同时，方能富脑袋。

二、真有文化老底子

一是人杰。

盛唐，李白来了，杜甫来了。

李白两次来济南，头次来，登上华不注山；二次来，泛舟山下的鹊山湖。先后赋诗四首。杜甫来济南，留下的美谈，是与北海太守李邕欢宴大明湖历下亭，赋诗曰："海右此亭古，济南名士多。"

泉城"名士文化"由此出典。两人诗赞济南的地方都是在水上。泉城自古就是水都，李白泛舟的鹊山湖和杜甫赋诗的大明湖，一南一北，水系相连。

简单一算，唐宋八大家中有欧阳修、曾巩、王安石、苏轼、苏辙等五人或来济南游历，或在济南为官。

其中，曾巩做了齐州知州，用古话表述就是"知齐州"。济南当时称"齐州"。这位父母官太"知齐州"了，他懂得泉是齐州的眼，水是齐州的命。

他为趵突泉的"趵"字定了音，在泉边修建了泺源堂、历山堂，写下《齐州二堂记》，文曰"齐多甘泉，冠于天下"；在大明湖畔，他主持修建北水门，写下《齐州北水门记》。曾巩主政期间，护泉水之脉，扬齐州之名，绝水灾之患，政绩很亮眼。

说济南泉水文化肇兴于曾巩，应该说得通。

南宋，济南"二安"诞生，一是易安李清照，一是幼安辛弃疾。两人词风一婉约，一豪放，一为词国女皇，一为词中之龙，龙飞凤舞，光耀了词坛千年。

元代，济南走出了散曲大家张养浩，他不仅散曲写得好，还有官箴著作《三事忠告》存世。此书流布于元、明、清三朝，影响波及海外。

清代，刘鹗为治黄来到济南，写下一部小说《老残游记》。书中，他用八个字概括老泉城："家家泉水，户户垂杨。"

民国，老舍来济南教书，留下美文多多，最美的是《趵突泉的欣赏》。

二是地灵。

一方山水养一方人。

泉城，天然禀赋是泉，老城区有四大泉群，泉眼三百多，名泉七十二。不说乾隆下江南，赏过趵突泉之后，将玉泉山水换作趵突泉水，一路饮用到江南。就说多少名士吟咏吧。在北魏郦道元笔下，趵突泉"泉源上奋，水涌若轮"，宋代曾巩夸它"最怜沙际涌如轮"，金代元好问说"且向波间看玉

明湖晨曦 / 王武章

塔"，元代赵孟𫞎叹"平地涌出白玉壶"，张养浩留下"三尺不消平地雪，四时常吼半空雷"的描述，蒲松龄评价"海内之名泉第一，齐门之盛地无双"。有形，有声，有比喻，有比较。

再看看大明湖。

史载，大明湖历史上也被称作西湖，那时"湖光浩渺，山色遥连，冬泛冰天，秋容芦雪，夏挹荷浪，春色扬烟，鼓枻其中，如游香国……"

"四面荷花三面柳，一城山色半城湖"，济南第一联写尽了湖与城的关系。一湖之上，历下亭、北水门、北极阁、铁公祠、南丰祠、稼轩祠，珍珠般散落在明湖两岸。自古以来，名人雅士留下诗词歌赋千余篇。

新中国成立以来，特别是改革开放后，济南硬实力、软实力得到跨越式的发展和提升，表现在文化上，一是投入高，二是文化载体多起来，释放了不少传统文化新活力。

20 世纪 80 年代，济南市儿童歌舞团先声夺人，从济南演到北京中南海，

从中国演到欧洲。李苦禅纪念馆、王雪涛纪念馆、武中奇纪念馆先后建馆。其中李苦禅纪念馆开馆时可谓盛况空前，到场的领导和名人之多，极一时之盛。

1999 年，济南建成泉城广场。进入 21 世纪，2005~2009 年，济南市启动大明湖改扩建工程，复建了超然楼，景区面积由原来 70 多公顷扩大到 100 多公顷。

2012 年，济南抓住十艺节在济举办之机，开工建设三馆一厅（群众艺术馆、图书馆新馆、美术馆、音乐厅）；第二年，包括省会大剧院在内，工程全部完工投入使用。济南文化承载力大幅提升。

2013 年，以趵突泉为代表，由趵突泉、黑虎泉、大明湖、五龙潭和护城河打包组成的"天下第一泉景区"挂牌，从此 5A 级旅游景区落户济南。

2018~2021 年，在全国文明城市创建中，济南市连续四年位列全国省会、副省级城市组别榜首。

三、每座城都有自己的"老天桥"

谈这个问题，得先统一认识。

1904 年，济南自开商埠。同年，胶济铁路通车。胶济铁路不能截断南北向的公路，于是 1908 年修建了天桥，上边跑火车，下边走人、走人力车。

胶济铁路济南站旧影

济南天桥

北京的天桥建于明朝，通往御路，天子走的桥叫天桥。天子消失了，北京天桥也拆了。

据记载，济南天桥经过多次增扩建，由两层变为三层，中间跑火车，上边跑汽车，下边还有机动车道、非机动车道和人行道，各行其道。北部城区天桥区由此得名。北京天桥是老把式，济南天桥是新文明。

有朋友说，济南文化集中在历下区，作为计划经济时代的工业区，天桥区没有文化。

此话是说着玩的。

今天不说历下文化多丰厚，先说天桥文化多现代吧。1904年，胶济铁路通车，最早听到火车动静的，是生活在天桥一带的老济南，他们听到了什么？

是蒸汽机的轰鸣与车轮的混响合奏出的第一次工业革命的交响乐。从此，铁路文明进入济南。认识别人重要，认识自己也重要。不然的话，会拿着豆包不当干粮。

新中国成立后，纺织、造纸、化工等一大批现代工业落户天桥，奠定了济南工业的基础，成为计划经济时期济南的骄傲。

新加坡规划大师刘太格有一回来济南，笔者听他说了一句令人开窍的话："**每个城市都有自己的紫禁城。**"

用这句话扫视济南，"紫禁城"多矣。关键看你能否发现，看你能不能将其视为文化资源，转化成可复制能卖钱的文化产业。

你发现了，转化了，传统文化新活力才能谈得上释放。

四、如何释放新活力

以笔者之见，关键是个"变"字。

（一）"模仿＋改变"就是创新

以动车高铁为例。过去，火车跑得快，全靠车头带。现在，动车和高铁每节车厢都有驱动力，动车之名由此而来。如果说优秀传统文化是火车的话，要激发它的新活力，就要激发它的新动力。

从蒸汽机到内燃机，从烧煤到烧柴油，再到烧"电"，火车蝶变为动车、高铁，硬核是动力变了，动车最大的变化是动力带来了速度。变化最小的是车身，没怎么变的是车轮和铁轨。文化亦如此，不管过去跑得多快，动力如果不变，或变得太慢，或小打小闹，仅仅在"车厢"上动手术，就会失去竞争力。

北京申办 2008 年奥运会，没有打古都牌，打的是"新北京，新奥运"。申办理由也一变再变，从最初的"北京没办过奥运"，到最后的主题口号"同一个世界，同一个梦想"。在同一个世界里，14 亿人是个什么分量？ 14 亿人的梦想是个多大的梦想？

据很多山东大学的外地学子回忆，作为外省人，他们之所以报考山东大学，就是因为读了《老残游记》，知道了佛山倒影，知道了黑妞、白妞唱的梨花大鼓，于是想来济南看看，想来济南听听。

这是文雅的，还有通俗的。

好多外地年轻人知道大明湖，不是通过读《老残游记》，更不是通过读《历城县志》，而是看电视连续剧《还珠格格》。你承认也好，不承认也罢，严肃文学魅力恒久，通俗作品传播力强。

过去不怎么识字的普通百姓，都知道三国时期有个诸葛孔明，他们不是

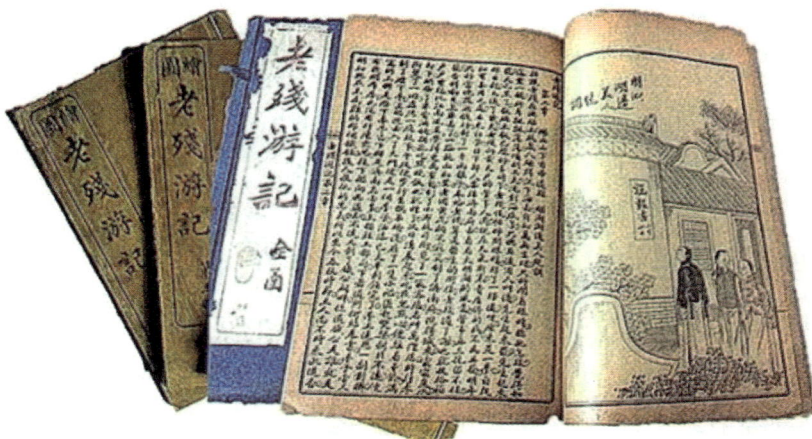

靠读《三国演义》，更不是靠读《三国志》，靠的是老戏和评书的传播，靠的是"红脸的关公""白脸的曹操""三个臭皮匠顶个诸葛亮"之类的方言俚语。

有专家讲过，**历史文化名人通常有三个形象，即正史形象、文学形象和民间形象。**一个城市如果做到近悦远来，靠宣传正史传播，肯定划不来。

国家一再倡导弘扬祖国优秀传统文化，怎样弘扬，见仁见智。笔者觉得破了题的，可以举出央视、北京卫视与河南卫视。央视办的《中国诗词大会》《中国成语大会》和《经典咏流传》，这三台节目的影响力，超过了多少一流专家的文学讲座。

新时代的济南，既需要文艺大家发出金石之声，唱响黄钟大吕，也不可少了写手和网红，请他们来点小清新，唱一唱"小苹果"，也是别有一种滋味。

文化应该在变中求新，杭州为了增强城市的吸引力（也是软实力），在10多年前，制定了吸引全国知名作家落户杭州的政策。前些年又办起了全国网络文学作家村，可谓领时代新潮。纵观全国一线城市，没有一座城市是硬实力很强、软实力很弱的。

笔者曾去海尔学习，别的都忘了，只记住了他们说的"什么是创新"，他们说：**模仿加改变就是创新。**

模仿是学着来，改变是取其精华，将他人的好东西与自己的好东西相加，最后达到徒弟超过师傅的目的。学习别人，就怕照搬，照搬会水土不服；学习别人，就怕邯郸学步，越学越歪。

（二）必须有个大格局

1999年，济南大手笔建设泉城广场。省委专门开了常委会，全市一条心，诸多难事迎刃而解，最后在文化长廊上犯了难。长廊预留了名人雕塑基座12个，准备从济南名士里请出12位。后来大概考虑到省会因素，于是来了个"立足济南，放眼全省"。

不过，麻烦也由此而来，专家与学者之间，专家与领导之间，各执一词，历经反复"PK"，12位名人落了户。依时间顺序，分别是大舜、管仲、孔丘、孙武、墨翟、孟轲、诸葛亮、王羲之、贾思勰、李清照、戚继光、蒲松龄。

这下，济南人感觉吃了大亏。先不说挤掉张养浩多遗憾，挤掉了辛弃疾，济南"二安"不就少了半壁江山吗？唉，没办法，梁山好汉排座次也有吃亏的。

不过，后来四方游客到文化长廊打卡，有多少人分得清立在眼前的 12 位先贤，哪个生在济南、哪个生在别处？山东有风光，省会能没面子吗？

爱家乡很可贵，站位高很重要，谁让你是省会呢。传统文化不释放新活力，就会失去影响力，不释放新活力，一张嘴就是老调调，无法激发市民对城市的自豪感。

宣传推广优秀传统文化，铺天盖地容易，润物细无声难。让受众入眼入耳容易，让受众入脑入心难。你要富人家的口袋，皆大欢喜；你要富人家的脑袋，就得讲究接受美学。如今不缺传统媒体记者写出来的好典型，最缺新媒体写手写出来的好故事。

讲好济南故事，做到内容真好、讲法真新、受众真欢迎，需要下大力气研究。打个极端的比方，电诈为什么能骗这么多人？主要是他们"话术"编得太"走心"。

我们推广正能量，旗帜鲜明，堂堂正正，更要学会新本领，让受众乐不可支地富脑袋。河南省春晚总导演陈雷说得好：做节目歌颂人民，更要让人民爱看。

（三）盘清家底，选准创新突破口

梨花大鼓能吸引老残，未必抓得住现在的青年。不是传统不好，而是时代变了。如同京剧昆曲，再好的角儿出来，爆红也不容易了。文学品质优秀的作家，吸引力赶不上"网络大V"。我们未必欣赏这种现象，我们还是要引导。正确的办法是正视它，研究它，做好破题文章。

从竞争环境看，北京卫视身旁矗立着央视这座高山，还有哪一家卫视比北京卫视竞争环境更"糟糕"的？可是人家偏能独辟蹊径，节目办得活色生香，夺人眼球。

比如健康养生节目是讲科学的，可是北京卫视却把《我是大医生》做成了脱口秀，让受众乐不可支地学养生。社会民生类节目《向前一步》，直面城市拆迁难题，让市民成为公民，让"我"成为"我们"，为官民之间搭建了桥梁，为民解愁，为政府解忧。至于文艺节目播出的京味电视连续剧有多么吸引人，那就更不必多说了。北京卫视做出了服务，做出了特色，做出了文化，北京卫视能玩的，别的卫视玩不了。这是真本事。

再看河南卫视，2021年河南卫视春晚，一出《唐宫夜宴》惊掉了多少人的下巴。题材是历史的，内容是本土的，表达是现代的，别说放在地方卫视是精品，就是放在央视春晚，提气亮眼是一定的，拔得头筹也是可能的。

问题是河南卫视不光是《唐宫夜宴》唱彩声一片，他们的传统节目"三板斧"早已"劈"出了一个新世界：《梨园春》（主打豫剧）、《武林风》（主打格斗）、《华豫之门》（主打鉴宝），台台节目"吃定"了河南不说，《梨园春》还唱出了中原，《武林风》还打出了中国。什么叫创造性转化？这就叫创造性转化。

河南卫视一再"破圈"，诀窍何在？

文化的问题还是应该在文化上寻找答案。

五、怎么用好文明城市"四连冠"

近些年，济南申办天下第一泉5A级风景区成功，全国非遗博览会永久落户济南，都是好例。下一步，如何让"天下第一泉"广为天下知，引来天下人看泉、听泉、喝泉水，是一篇大文章。

在非遗博览会永久落户济南后，如何把非遗故事做成一台亮眼"大戏"，考验着济南文化人的大智慧。

以笔者之见，济南近期最大的城市软实力亮点，是在全国文明城市评选中四次力拔头筹。

2022年，在30个省会、副省级全国文明城市中，济南市以96.88分的优异成绩，连续第四年位列省会、副省级城市组别榜首，实现了全国文明城市创建"四连冠"和全国文明典范城市创建"开门红"。

中央文明办提出文明创建"济南模式"，评价济南市"探索了一条在经济并不处于绝对领先条件下的城市，建设精美之城的新路；探索了一条在特大省会城市，保持创建长效、打造韧性之城的新路；探索了一条通过干部敬业奉献、群众参与支持，建设和谐之城的新路；探索了一条通过科学制度安排，实现权责分明、治理有效善治之城的新路"。

火车不是推的，"济南模式"不是单靠济南人说的，含金量高得很，堪称"24K 金"。目前已有 110 余座城市到济南市学习创建经验。"四连冠"这块金字招牌，如何成为城市软实力推广的亮点、提升的抓手？这步大棋怎么走？也亟须济南的高人拿出高招。

"济南模式"如何转化？济南文化突破口在哪里？

期待济南人拿出大手笔，释放出优秀传统文化新活力。

硬实力会让泉城强大，软实力会让泉城伟大。

一座有筋骨肉又有精气神的城市，想不吸引人都难。

是骡子是马，拉出来遛遛。传统文化不缺"好骡子好马"，关键是怎么拉出来，成为一座城的软实力。正如，在一般画家笔下，马只是一种动物，或是驮载工具，在大画家徐悲鸿笔下，马是踏着清风从古代走来的谦谦君子。

（正和岛／文，2022 年 5 月）

济南软实力，让城市更伟大

城市软实力是指一座城市传统文化与现代文明、价值认同与品质认可、内在形象与对外影响、政府服务与社会治理等多种非物质元素聚合，显示出来的软力量。

软实力就是生产力、竞争力、影响力，就是感召力、凝聚力、创造力，看似无形，却是实力之基，成为城市经济社会和谐、健康、跨越发展的有力支撑。

软实力的强大与否，体现为人心向背，关系着未来前途，决定了城市发展的高度和速度，越来越成为一个国家、一个地区、一座城市综合实力的重要标志。

一座城市，只有软实力体现出比物质更强大的力量，才能造就更大的文明进步，具备更加昂扬奋进的精气神、更加坚实有力的发展支撑、更加持久澎湃的发展活力，从而迈入更高的发展阶段。

当前，济南正处于加快建设现代化强省会、加速迈向国家中心城市的关键阶段，全面提升软实力正当其时、势在必行。

一、深刻认识提升城市软实力的重大意义

济南市第十二次党代会报告中明确指出："文化是城市精神的传承与根脉，硬实力让城市强大，软实力让城市伟大。城市既要有筋骨肉，更要有精气神。老百姓既要富口袋，更要富脑袋。"

今后五年加快建设"六个现代化强省会"具体目标的提出，是新时代济南新的历史方位，也是济南应当具有的历史担当。

强省会之所以"强"，主要表现在综合实力强、核心竞争力强，这包括两个方面，硬实力和软实力都要强。二者如鸟之双翼、车之双轮，相互促进、相辅相成，必须做到两手抓、两手都要硬。

当前，济南正处于加快发展、跨越发展的关键期、机遇期、黄金期，以"工业强市"为主攻方向，以"科技创新"为第一动力，以"数字济南"建设为总牵引，充分发挥起步区建设主引擎作用，奋力开创新时代社会主义现代化强省会建设新局面。

随着济南硬实力的强势崛起，要实现城市发展能级的跃升，软实力对城

中国共产党济南市第十二次代表大会

市发展的作用越来越突出、影响越来越深远，则必然要求软实力提档升级。

全面提升软实力，是深入贯彻落实习近平总书记对山东、对济南工作重要指示要求，高水平践行、服务和保障黄河重大国家战略，打造链接京津冀协同发展和长三角一体化发展的核心节点，引领黄河流域生态保护和高质量发展的核心增长极，推动现代化济南都市圈崛起成势、争创国家中心城市的使命担当。

全面提升软实力，是新时代济南迈向更高发展阶段，拓展发展新空间、塑造发展新优势、实现发展新突破、开创发展新局面，带动城市能级全方位、更高层次、更可持续提升，加快打造"六个现代化强省会"，率先建成比较成熟、定型、系统的社会主义现代化样板的战略选择。

全面提升软实力，是优化城市治理效能，提升民生幸福体验，打造强大城市感召力、要素吸附力、人才吸引力，让城市更有魅力和活力，建设现代化、国际化、智慧化、绿色化省会城市的重要举措。

全面提升软实力，是传承弘扬济南优秀传统文化，塑造城市精神，展现城市文明底色、人文底蕴，持续擦亮"全国文明城市"金字招牌，为城市创造新奇迹、展现新气象的应有之义。

全面提升软实力，是坚持以人民为中心的发展思想，践行"人民城市人民建，人民城市为人民"理念，提振城市精气神，提升市民精神风貌，激励自豪感、增加亲切感、提升归属感的必由之路。

城市发展的实践表明，一个城市能否繁荣，能否成为一个时代的文明高地、所在区域的重要增长极，根本上依赖于这个城市能否抓住历史机遇，成为引领时代文明形态、城市形态转换的重要引擎。

在强省会建设新征程上，济南要实现跨越式发展，必须充分发挥软实力的强势赋能作用，坚定不移向改革要活力、向开放要空间、向创新要动力、向法治要保障，久久为功、常抓不懈，全面推动软实力与硬实力互动并进、相得益彰，持续塑造高质量发展新优势。

二、准确把握提升城市软实力的实现路径

《道德经》言："天下之至柔，驰骋天下之至坚。"以"柔"而治，是古往今来社会治理领域被广为推崇的最高境界，也是当下语境中软实力建设最为朴素和凝练的表达。

具体到地域治理中，尤其是目前被充分认识和高度重视的城市软实力，已经是决定地域竞争力、城市综合实力的关键，并与硬实力相互作用，共同决定了一个城市可持续发展的潜力值和延展度。

城市软实力提升是一项系统工程，也是一项具有"生长性"的渐进工程，就一般规律而言，需要经历从 1.0 到 5.0 五个阶段：**软实力 1.0，就是天赋禀赋；软实力 2.0，就是塑造创造；软实力 3.0，就是结合融合；软实力 4.0，就是转变转化；软实力 5.0，就是归零归真。**

软实力 1.0，用好天赋禀赋。摸清天赋禀赋是城市软实力品牌提升建设第一步，需要追溯城市的起源，摸清城市的"家底"，对城市代代流传的物质、文化、环境进行挖掘提炼，这是城市软实力建设的起点和力量源泉。

比如提到西安，人们就会想到兵马俑、大雁塔、羊肉泡馍；提到杭州，就会想到西湖、白蛇传、阿里巴巴；提到成都，就会想到宽窄巷子、川菜火锅、大熊猫。

对于济南来说也一样，要用好现有的自然资源，通过深入挖掘独一无二的泉水资源、底蕴深厚的历史文化资源等，充分发挥"战略红利交汇叠加、交通网络四通八达、科技创新实力雄厚、数字赋能势头强劲、人才保障基础坚实、金融服务优势突出、营商环境持续优化、消费市场潜力巨大、生态宜居优化提升、人文环境厚重淳朴"十大优势，形成广泛的城市认同、文化认同、方向认同。

当然，写好全市"大文章"，要切忌大而化之，善用"小切口"解析"大道理"，用"小故事"反映"大时代"，用"百姓语言"解读"权威政策"，

真正让正能量产生大流量。

前期，我们策划推出了《济南有高人》《济南有高招》《济南有高地》等 60 余篇点击量突破 10 万＋、具有较强影响力的原创网络雄文，对济南城市软实力进行了宣传推介，产生了良好的社会反响。

软实力 2.0，做好塑造创造。着力塑造创造是在现有认识的基础上，对城市软实力进一步界定内涵、明确意义、提高共识，强化品牌认知和品牌建设的自觉。

比如贵州立足独特的自然风光、少数民族众多的优势，量身塑造了"多彩贵州"品牌，在全国形成广泛共识；太原以钟楼街片区为中心，守住传统品牌的文化内核和精神内涵，再现"锦绣太原城"的盛景。

前期，济南的"抗疫天团"，把秦琼、辛弃疾、李清照等历史文化名人用到了核酸贴纸上，这也是一种创新。要从已有资源中总结提炼、创新创造，通过宣传创新、文化驱动，深入挖掘城市 IP、城市精神等，不断让济南"十大之城"形象深入人心。

当前，我们也在积极探索，围绕济南自然禀赋和人文资源特色，精心策划推出了"天下泉城，成全天下""好客山东，'泉'在济南""天下泉城，涌泉相'趵'""一城大爱暖泉城"等一批宣传口号。

下一步，还要继续做好提炼工作，推出能够最大程度彰显济南特色、脍炙人口、易于传播的好标语。

软实力 3.0，做好结合融合。推动结合融合要始终坚持发展是硬道理，紧密配合目前城市经济转型、发展动能提升和高质量发展的主线，构建硬实力和软实力协同化、一体化、系统化发展的制度机制，促进二者的良性转化和互动互促。

要找准市委、市政府的中心工作，以市第十二次党代会提出的"十大重点"工作为切入点，紧密结合经济运行、招商引资、科技创新、城市更新、园区项目、营商环境、人居环境、安全生产、党的建设等工作，将软实力融入各个系统、各个环节、各个工作、各个区县、各个部门，要主动出击，主动服务对接，

趵突泉 / 王琴

让软实力像水一样，实现软包硬、软浸硬，做到同频共振，同步推进。

软实力 4.0，实现转变转化。在实现转变转化的阶段，城市软实力已经成为城市竞争力的一部分，将软实力转化为城市硬实力，对硬实力形成重要的支撑。

历史上，部分大城市因为拥有巨大的物质财富、独特的文化特质，富有城市感召力，这些因素逐渐演变为城市的软实力，最后形成地区乃至国家的文明形态，比如苏美尔、雅典、罗马、君士坦丁堡等。

从现在来看，很多城市将自身特色塑造成城市品格、城市 IP，以软实力的无形之力赋能城市高质量发展，比如杭州是公认的"数字之城"，成都被誉为"休闲之城"，长沙有"娱乐之都"美名，这些"名片"成为城市竞争的新优势。

我们要注重机制的建立、品牌的打造、亮点的把握，在全国形成亮点，在整个全系统形成品牌，最终推动软实力建设的方方面面都形成一套系统、一片品牌、一批亮点、一打制度，形成各条战线上的工作品牌，推动软实力向硬实力转变,使得软实力与硬实力同等作用、同等重要,这需要很长的时间,以量的积累来实现质的飞跃,最终形成济南标准、济南模式、济南标杆。

软实力5.0,实现归零归真。城市软实力建设是一个由量变到质变的过程,当"十大优势"充分发挥、"十大之力"互相融合、"十大之城"全面建设、"十大重点"工作得以完成,城市软实力真正转变为发展硬实力,就形成了归零归真的状态,进入城市软实力品牌建设的更高层次。

届时,城市软实力如水利万物,从点点滴滴影响着人们的生活,疏通城市血管流通中的堵点,让文明典范通达民心,把人民生活是否幸福、生活品质是否提高、文明内涵是否提升作为检验城市软实力提升的标准,给群众带来看得见、摸得着的实惠。

城市的"筋骨肉"强健了,"精气神"提振了,济南就更能吸引人、留住人、滋养人、感召人,成为一个"近悦远来"的城市,这就是城市软实力归零的最好表现。

让软实力如水利万物,流向社会各个层面,到处都是软实力,人人都是软实力,人们生活其中,自怡其中,软实力润物无声地影响着每一个人、每一项事业。提到济南,已无法从某一概念上谈什么是济南的软实力,而济南就是软实力、软实力就是济南,这和练武一样,从有剑到无剑、从有招到无招,周而复始,回归零点。

三、积极做好提升城市软实力的济南实践

提升城市软实力是一项开创性的工作,没有先例可循。当前摆在我们面前的一项重要课题就是:提升软实力有什么好招硬招、好办法好经验?如何把软实力运用到各项工作中?

前期,我们做出一系列积极、有益的探索,使软实力赋能起步区建设、科技创新、环境优化、工业数字化、交通治理等济南发展的关键领域和重要行业,但要真正实现把城市软实力转变为发展硬实力,还需要我们做出更多探索。

（一）把软实力融入坚定信仰

一座城市的软实力，在很大程度上体现在它对先进理论、先进文化、先进知识的学习水平、接受程度和践行能力。

要把学习宣传贯彻党的二十大精神作为头等大事，提前谋划部署学习宣传贯彻工作，完善"两学一做""党史学习教育"等经常性学习教育机制，用好"理响泉城"全媒体理论宣传矩阵，建强"学习强国"济南学习平台，充分发挥10支常态化宣讲队伍作用，分级分类开展队伍轮训培训，深入开展宣传宣讲，加强理论研究阐释，持续推动习近平新时代中国特色社会主义思想深入人心。

要以互联网思维推进党的理论武装的更新迭代，整合各级各类党员教育新媒体新平台，既要有党中央的高层声音，有专家学者的深层次解读，又要有基层党员的微故事、微视频，打造立体化、分层化、全方位的宣传矩阵，发挥党的创新理论在网络时代的思想灯塔作用，推动基层党员结合工作实际可学可用可做，把济南打造成新时代先进思想文化引领的新表率、弘扬社会主义先进文化的引领示范高地。

（二）把软实力融入高质量发展

软实力靠硬实力支撑，硬实力靠软实力赋能。让软实力赋能硬实力，要做大做强文化产业。文化产业是智能化、知识化的高附加值、高赋能型产业，它能以几十倍、几百倍的增幅升值其产品价值，代表着先进生产力，承担着历史文化的创新功能，是软实力的重要承载，也是高质量发展的重要支撑。

下一步，我们要结合济南实际，突出抓好文化数字产业发展，推动传统文化传承创新、产业结构迭代升级、文化供给改革优化，通过做好"文化+"文章，把济南文化优势转化为省会发展优势，让文化软实力在推动高质量发展中彰显能量。

要做优做好"软环境"。以数字济南建设为牵引，以问题为导向，从优化政务环境、市场环境、法规政策环境和社会环境等多方面同步发力，大力推进网上办、掌上办、马上办、自助办，不断擦亮用好"拿地即开工、建成即使用""在泉城·全办成"等服务模式、服务品牌,努力为市场主体和广大市民提供更加优质高效、更加贴心细致的服务,让济南的"软环境"成为吸引人才、吸引企业、吸引投资的"软实力",促进产业和经济社会高质量发展。

要展示传播"济南好形象"。要鲜活讲述济南故事,立体传播济南声音,生动呈现济南的泉之美、城之美、人之美,展示真实、立体、全面的济南新形象,助力提升城市知名度、美誉度,让"济南好形象"成为济南走向全国、走向世界的金字招牌。

(三)把软实力融入文明创建

前期,我们创新提炼了"三服务、两提升、一引领"的"三二一"创城工作法,下一步关键是要破题、形成经验。

要紧紧围绕服务市民群众、服务社会治理、服务城市发展,加快推进智慧泉城创城指挥中心迭代升级,用好"创嘟嘟"文明创建监督平台、"问嗒嗒"民意调查平台,打通数据壁垒、信息孤岛,全面集纳城市建设、运行、管理、服务、安全等各方面的平台系统,加强文明创建"数字管理""标准管理""程序管理""细节管理""风险管理",建立健全文明创建考核评价体系,实行排名动态管理,推动创建工作由"要我创建"变成"我要创建",促进创建工作常态化、制度化,牢牢抓住工作主动权。

济南中央商务区

要深入贯彻落实"两纲要"，全面推进"十大之城"建设，持续深化文明创建、文明实践、文明培育，突出抓好公民思想道德建设、未成年人思想道德建设和诚信建设"三大建设"，进一步提升市民文明素质和城市文明程度，全力推动新时代精神文明建设高质量发展，形成可借鉴可复制的文明典范城市济南标准、全国标杆。

要以"济南元素"为核心，打造"一城大爱暖泉城"文明实践志愿服务品牌，让"泉城志愿者，哪里需要哪有我"的志愿口号精彩绽放。提炼体现独特内涵的泉城志愿服务 Logo（标识），统一设计并发布志愿者服装，让"泉水青"成为泉城志愿服务的靓丽底色。

持续构建起全方位、多层次、广覆盖的文明实践品牌矩阵，树立爱心拉面、爱心剧场、爱心驿站、爱心法援、爱心快递、爱心学堂等一批有口皆碑的新时代志愿服务爱心品牌标杆。

深化拓展新时代文明实践中心建设，全面落实"五有"标准要求，整合全市各级各部门志愿服务资源、志愿服务队伍，搭建济南志愿服务供需总平台，积极融入基层党建、乡村振兴、社会治理、新时代美德山东建设，开展菜单式服务，实现供需精准对接。

（四）把软实力融入讲好济南故事

前期，我们坚持策划"一周一雄文"，在自媒体领域积极发声，有力筑牢网络平台舆论阵地。

实施"百名泉城推荐官"计划，用好"外嘴""外脑"，从不同领域、不同切口宣传推介济南，有力提升泉城美誉度、影响力。组建网络名人巡访团，在宣传推介、舆情引导等方面发挥了积极作用。

策划打造"海右新论""海右文艺"等特色品牌，以活泼有趣、新锐犀利的文风和对济南当下重大主题的关注评说，讲述了济南好故事，传播了济南好声音，带来了海量传播，探索出一条品牌栏目创新的"现象级"路径。

上线全国首个城市影像数据综合服务平台"鹊华视频"，依托高科技数字化影像技术，打造全国一流的城市影像资源大数据库，用百年影像记录城市变迁。

实施"一月一主题"宣传，组织各级新闻媒体开展集中采访，全面报道济南市经济社会各领域的变革性实践、突破性进展、标志性成果，全方位、多角度、立体式宣传展示济南深入推动高质量发展取得的新成就、新突破。

经过前期努力，初步构建起"央媒省媒＋官方媒体＋主流媒体＋行业媒体＋自媒体＋公众小号"的大宣传格局，形成了"一周一雄文、一月一主题"的全时全息宣传局面。

下一步，要持续构建完善大宣传工作格局，充分发挥网络名人巡访团、网上泉城推介官（市外）、网络泉城代言人、公众小号的作用，做大做强宣传文化系统宣传集群矩阵，强化与政府、人大、政协等单位的合作共建，建立"党政军民学"广泛参与、社会各界齐抓共管的大宣传队伍，使宣传工作始终与全市中心工作同心同向、同频共振，形成和谐统一的宣传声势，达到"人人都是软实力、人人都是宣传员、人人都说济南好"的效果。

要聚焦强省会战略，重点从创新驱动发展、现代产业体系、双招双引、全面提升软实力等方面，坚持一月一主题，采取行进式、互动式采访模式，推出一批重磅文章、网络雄文，放大主流宣传声势，大力营造强省会建设的良好舆论氛围，真正让正能量实现大流量。

要充分发挥各级网络名人巡访团作用，吸纳更多优秀的网络人士加入，组织各种巡访活动，通过网络大V的宣传，全方位展示城市风貌，进一步提升城市知名度和美誉度。

要充分利用好"海右新论""海右文艺"等品牌栏目，精心策划选题，持续推出热门评论文章，组织开展各种群众喜闻乐见的活动，争取将品牌栏目全面叫响，努力打造省内乃至国内名牌栏目集群。

（五）把软实力融入科技创新

要将科技进步与人民群众日益增长的美好生活需要更好地结合起来，让越来越多的"高精尖"转化应用到市民的日常生活中，为群众提供更加温暖、安全、幸福的城市生活。

要以智慧建设为抓手，加快市级智慧平台建设，探索服务市民场景应用，推广引入先进科技，完善提升城市生活"一屏感知"、政务服务"一网通办"、城市运行"一网统管"和产业发展"一网通览"四大智慧应用赋能体系，不断提升城市管理精细化、智能化水平。

要统筹推进软硬实力的建设、协同和集成，把经济、科技、产业、基础设施等硬实力优势转化为软实力优势，以更加开放的生态培育和集聚土地、资本、人才、服务、技术、标准、数据、品牌等要素，形成城市软实力建设的"强磁场"。

（六）把软实力融入城市治理

要深入研究软实力的构成要素，认真对标全国文明城市测评体系，在"十力""十城"基础上，将济南"十大优势"、文化济南"十个中心"建设纳入其中，进一步细化指标，组织开展全域、全景、全程的指标化管理，将精细管理渗透到城市的每一个角落，形成具有济南特色、可量化、易操作的城市软实力指标体系。

要把提升软实力与城市数字化转型结合起来，着力提高全市上下的数字化素养，统筹推进数字机关、数字政府、数字经济、数字社会等工作，加快形成"数字济南"总体建设方案，持续推进场景开放、数据赋能、制度供给，积极探索未来城市形态。

要围绕"人民关心什么、期盼什么"出台一系列高含金量的促进条例和实施细则，推动城市管理逐步向网格化、法治化、科学化、精细化、智能化转变，打造"极简审批"济南模式，实现社会治理、信用、教育、医疗、交通、公安、文旅、赛事会展等一连串场景"一码管理""一码出行""一码服务"，以实际行动提高社会管理水平，增强城市发展质量。

（七）把软实力融入文化建设

文化软实力是城市软实力重要标志。比如，我们围绕打造"书香泉城"品牌，完善基层公共文化设施，建成泉城书房38家、市图书馆分馆47个、泉城文化驿站28个，上线"你看书，我买单""爱阅快借"云借书服务平台，努力将济南打造成人人想读书、时时有书读的"爱阅之都"，大大提升了济南的文化品位和城市软实力。

下一步，要谋划建设一批重点文化项目，特别是重大项目，加快推进黄河文化公园、黄河文化博物馆、齐长城国家文化公园以及市博物馆新馆建设，跟进抓好明水古城、宋风古城等重大文旅项目建设，力促各项工作尽快落实落地。

要深入实施重大文化企业提升工程，强化政策引领，大力提升文化产业园区规模品质，加快发展新型文化企业、文化业态、文化消费模式，着力打造优势文化产业集群。

要加强文化品牌打造，充分发挥国家历史文化名城和天下泉城的独特优势，坚持以文塑城，深化历史文化资源的挖掘利用，加快推进"泉·城文化景观"申遗，系统推进"二安"文化品牌和"诗城词都"品牌建设，加快打造独具特色的历史文化名城。

要持续打造高水平文化展会品牌，高质量办好中国非遗博览会、中国文化旅游交易博览会等高端文化展会活动，努力打造在全国有重要影响力的文化展会名城。

要着力抓好文艺精品创作，深入实施文艺创作展示质量提升工程，遴选规划推出一批重点创作项目。

要深入实施文化惠民工程，在新旧动能转换起步区、中央商务区统筹布局一批公共文化馆群，继续推进县级图书馆、文化总分馆制建设，建设智慧广电、智慧图书馆和公共文化云平台，打造一批"城市书房""泉城书吧""文化驿站"等新型文化业态，全力建设智慧便捷的城乡文化生活圈。

（八）把软实力融入国际传播

建强用好济南国际传播中心，积极构建外宣融媒体传播矩阵，做大做强新黄河客户端，在脸书、推特、照片墙、优兔四大海外社交媒体建立官方账号，推出国际版外宣平台"泉声"，成立东亚文化之都新媒体联盟、世界大河新媒体联盟，全面提升济南知名度和美誉度。

要积极申办国际性品牌赛事，策划引进高水平、高层次的大型演艺活动，办好中国新媒体发展年会、"声动泉城·名家名篇诗文咏诵会"、"泉声曲韵"京剧名家名段演唱会、济南国际合唱节等特色活动，组织好 2022 "东亚文化之都·中国济南活动年"系列活动，联合中日韩 25 座文都城市共建国际文化传播栏目、共述文化传播话题，积极参与"中韩文化交流年"等活动，建设"海外文化驿站"，扩大海外"朋友圈"。

要持续推进"鹊华视频"建设，深挖优质音视频内容富矿，立足济南 57 部精品城市宣传片资源，对优秀历史文化故事进行二次创作，打造"泉城记忆·影像百年"系列短视频。

（九）把软实力融入品牌打造

依托"泉城发布厅"平台，通过常态化发布机制，对全市先进典型和先进品牌统一发布、宣传和推广。

开通"泉城发布厅"微信公众号和视频号，打造"泉城发布厅来了"话题，推出《济南多了一个"厅"》等系列雄文。发布济南"出彩型"好干部、好团队、最美教师、教书育人楷模等系列事迹，持续推出最美税务人、最美职工、最美法官等发布活动。

对全市主导品牌实施"一品一策一方案"推广计划，搭建品牌展示平台，制作"品牌济南"系列宣传品，充分利用"好品山东"推介济南优势品牌。

泉城发布厅启动仪式

（十）把软实力融入提振城市"精气神"

有什么样的精神状态，就有什么样的工作成效。城市发展的质量和速度，取决于这座城市的人的精神状态。

全面提升软实力，需要全市上下始终充满激情，保持昂扬向上的精神状态，满腔热情地干事，为建设现代化强省会提供源源不断的动力。

要进一步提炼城市口号，塑造城市精神。把千百年来骨化风成的济南精气神挖掘出来，把镌刻着济南风骨、济南品格、济南特质的宣传口号提炼出来，成为串起城市过去、现在和未来，展现济南城特色标识、激励济南人昂扬奋进的重要标语。

要提升城市凝聚力，共筑城市梦想。"济南好，大家一定好；大家好，济南才能好。"城市因人而生，因人而兴，人民群众是城市的主人，共建美好家园，人人都是参与者，人人也是受益者。如果每个人都能在这里成就梦想，这片热土必将成为一座伟大的城市。

我们要提升组织群众、动员群众、服务群众的工作能力，推动广大市民和市委、市政府心往一处想，劲往一处使，以主人翁的姿态共建共治共享，真正做到"人民城市人民建，人民城市为人民"，实现党群、政群关系的良性互动，形成共同追求建设强省会、迈向国家中心城市的城市梦想。

要提高市民满意度，赢得城市口碑。城市建设发展的最终目的是让群众受益，必须把让群众满意作为检验各项工作的根本标准。

要走进群众、深入群众、服务群众，关注群众反映集中的痛点、堵点、难点等问题，谋划办好一批群众期盼的实事好事，特别是在就医、就学、交通等关键民生事项上精准发力、靶向出击，努力提高群众获得感、幸福感、安全感，用我们的工作力度换来群众满意度，赢得城市良好口碑。

总之，城市软实力体现在城市的方方面面，城市发展离不开软实力提升。如何让城市伟大？每个领域、每个行业、每个人都要贡献自己的力量，如此才能造就整个城市的伟大。

（尚德／文，2022 年 10 月）

济南人为啥开始夸自己的城市了

· · ·

引子

不管你有意还是无意，都会发现，近期在媒体上或是朋友圈里，济南"好"声音多了起来。先是以扁鹊、辛弃疾、秦琼、李清照、大舜、房玄龄等为代表的"抗疫天团"火出圈，随后一篇网络文章《济南有高人》热传各大平台。济南"十大之城"建设宏伟画卷的推出，更让元好问一句"有心长作济南人"从历史中来到当下……

回想起 10 来年前，此情此景几难想象。

"能让济南人自己说自己的城市好，真不容易啊。"彼时，济南市某部门负责人曾经在接受媒体采访时如此感慨。他举的例子是：到了青岛、南京，第一个打交道的无论是出租车司机还是普通市民，一说起自己的城市，无不眉飞色舞，夸成一朵花；而济南，发发牢骚就算轻的了。"牢骚的背后，暴露出的是市民对自己的城市缺乏认同感。"

时间来到 2022 年 4 月 9 日，济南市第十二次党代会开幕，省委常委、济南市委书记刘强向大会作报告，其中一句话在之后很长一段时间内持续刷屏："硬实力让城市强大，软实力让城市伟大。"

"提升城市软实力"这一说法，已经从之前的政府文件或专家的论文中走向了街头巷尾，成为难得一见的官方与民间话语的交汇点。

2022 年 5 月 17 日，济南市"提升城市软实力 创建文明典范城"动员大会召开。刘强指出，全国文明典范城市是更高层次、更具示范引领作用的文明城市，是一个城市综合实力、治理能力、形象魅力、发展活力的集中展现。"切实增强提升城市软实力、创建文明典范城的责任感使命感，清醒认识面临的压力和挑战，以归零心态、攻坚姿态、决战状态，抓实抓细各项工作，确保取得优异成绩。"动员大会同时印发了《"提升城市软实力 创建文明典范城"2022 年"十大攻坚行动"实施方案》（下称"十大行动"）。

以创建文明典范城为抓手，济南正在以自己的行动书写提升城市软实力的"济南方案"。

对于生活在这座城市的千万市民而言，夸济南，并真心地喜欢这座城市，不再是一件羞答答的事。

———

说到软实力，目前公认最早由美国哈佛大学教授约瑟夫·奈于 1990 年提出。在他看来，软实力是一种能力，即通过吸引，而不是以强迫或收买为手段来达到目的的能力。

据此来看，城市软实力包含城市文化、公共管理、城市创新力、城市环境、国际影响等诸多非物质要素。而在"千城一面"让国内城市竞争越来越内卷的当下，通过提升软实力参与竞争，成为各城市当政者的最优选择。

对济南来说，尤其如此。

城市软实力较早走入我国公众视野，当属复旦大学国际公共关系研究中心中国城市软实力调查研究课题组发布的《2009 中国城市软实力调查研究报告》。报告发布了中国城市软实力 20 强（含直辖市），遗憾的是，当时并没有济南的名字。

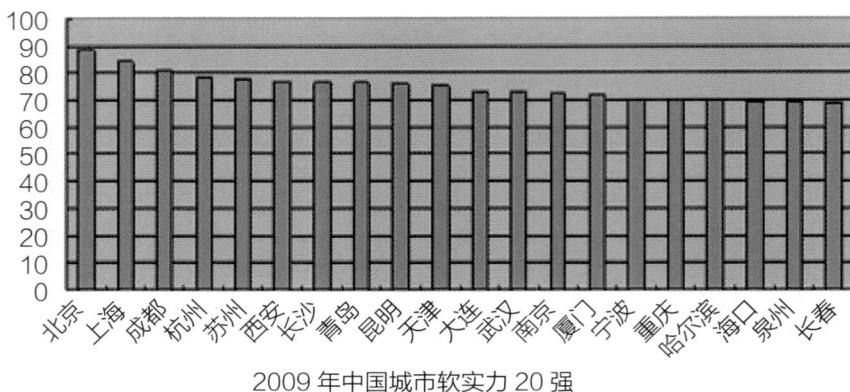

2009 年中国城市软实力 20 强

时间来到 2017 年，人民论坛测评中心发布了对 19 个副省级及以上城市文化软实力的测评研究。济南在包含直辖市的城市软实力 PK 中，排名第 7。

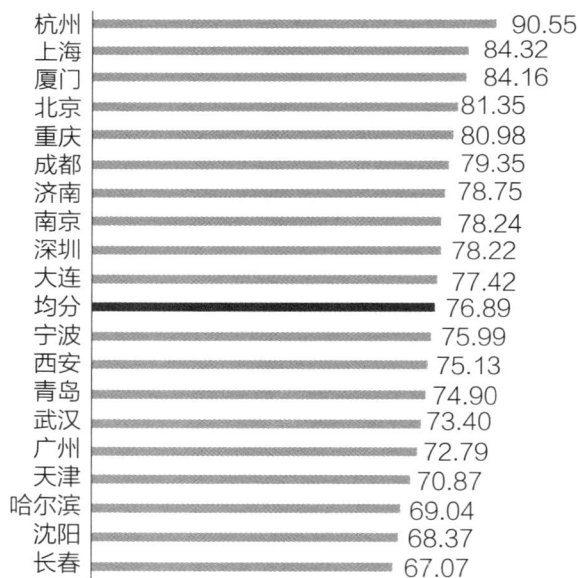

杭州	90.55
上海	84.32
厦门	84.16
北京	81.35
重庆	80.98
成都	79.35
济南	78.75
南京	78.24
深圳	78.22
大连	77.42
均分	76.89
宁波	75.99
西安	75.13
青岛	74.90
武汉	73.40
广州	72.79
天津	70.87
哈尔滨	69.04
沈阳	68.37
长春	67.07

2017 年 19 个城市软实力指数得分

到了 2021 年，华顿经济研究院发布"2021 年中国百强城市排行榜"，硬实力排行榜，济南排名第 20，软实力则排到了第 10 名，综合排名第 15 名。

1	北京市	95.25
2	上海市	94.54
3	深圳市	92.65
4	苏州市	79.39
5	广州市	79.06
6	杭州市	77.88
7	南京市	75.95
8	无锡市	69.12
9	宁波市	68.06
10	武汉市	67.36
11	成都市	65.76
12	长沙市	65.46
13	青岛市	63.01
14	郑州市	62.26
15	天津市	61.92
16	重庆市	61.92
17	佛山市	59.34
18	厦门市	59.02
19	常州市	58.94
20	济南市	57.88

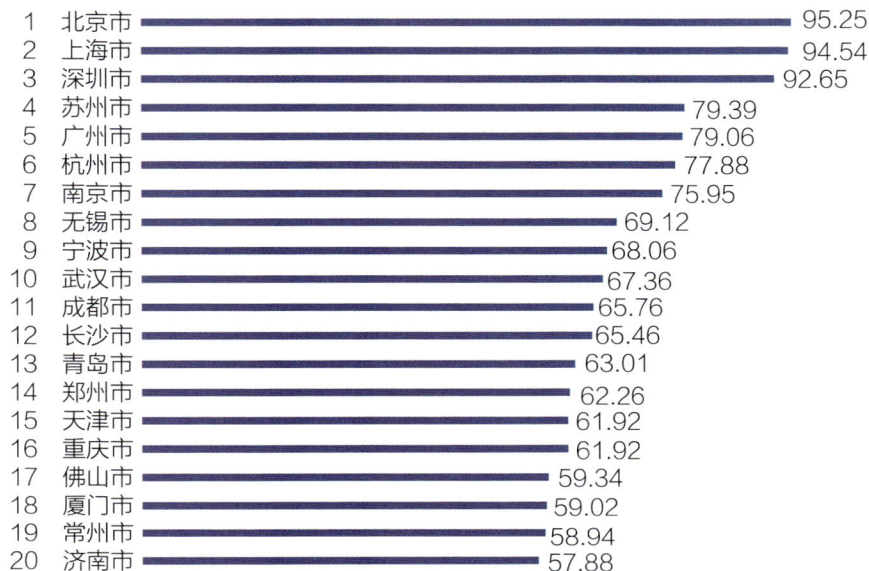

2021 年中国百强城市硬实力排行榜

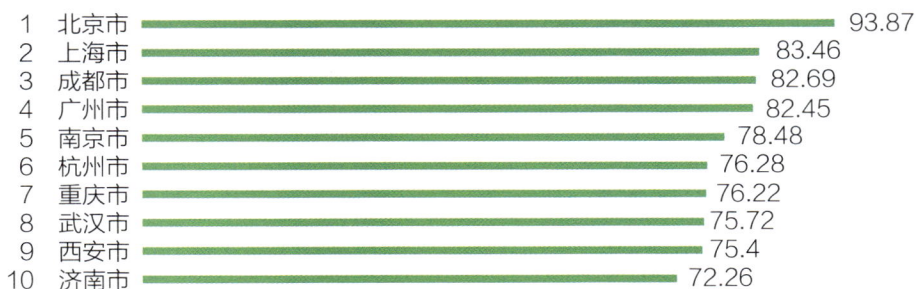

1	北京市	93.87
2	上海市	83.46
3	成都市	82.69
4	广州市	82.45
5	南京市	78.48
6	杭州市	76.28
7	重庆市	76.22
8	武汉市	75.72
9	西安市	75.4
10	济南市	72.26

2021 年中国百强城市软实力排行榜

从榜上无名，到跻身前十，甚至是更好的名次，这是不是我们所能感受到的身边城市的变化？

虽然软实力不太常提，但却是济南扎扎实实的比较优势所在，这自然也成为济南人为这座城市点赞的原因所在。

二

所有的变化，都是在身边悄然发生的。

大明湖 / 王平

2021年初夏，济南市经十路省博段，南北两侧各有一片郁金香花海：一片金黄，似6月的麦田；另一片艳红，似热情的火海，不仅让走过路过、在附近工作生活的人眼前一亮，心旷神怡，还吸引了不少人慕名前去"打卡"，成了一个网红景点。

2021年3月26日，济南地铁2号线开通运营，不仅连接了西客站片区、腊山片区、西部新城核心区、老城区、东部新区及唐冶新城等重点区域，还串联济南西站、中心城区的济南站、长途汽车站等重要交通枢纽，并且与之前开通的1号线、3号线相连，使得济南地铁初步成网，极大地改变了济南人的出行方式，城市在变大的同时也在迅速变"小"。

2022年4月26日，"2022东亚文化之都·中国济南活动年"开幕式举行。当选"东亚文化之都"，对于济南而言，不仅是"聚力提升城市软实力"

的重要平台，也是扩大国际"朋友圈"，打造对外开放新高地的闪亮名片。济南，正在向世界展现千年古城丰厚的文化底蕴。

2022年济南政府工作报告提到，"15分钟健身圈"已全面建成。放眼周边，遍布济南的体育公园、健身广场、登山步道、绿道，市民们在跑步、打球、跳舞、登山……市民生活更加健康，城市也更富活力。

这是市民感知的幸福。

而这座城市的未来，更加雄心勃勃。

2022年4月12日闭幕的济南市第十二次党代会，擘画了今后五年济南发展的新蓝图，在建设"现代化强省会"这一目标下，用了六组词语予以具体描述：

动能充沛、实力跃升，

创新涌动、富有活力，

功能完备、品质一流，

人民幸福、共同富裕，

绿色低碳、生态宜居，

治理高效、平安和谐。

"人民城市人民建，建好城市为人民"从来不是一句空话。就打造城市软实力来说，于城市而言，是"既要有筋骨肉，又要有精气神"；于市民而言，则是"既要富口袋，又要富脑袋"。

视野放至全国，软实力建设有鲜明的"重外轻内"倾向。有专家就此表示，软实力的构建是建立在信任基础之上的塑造主体"自塑"与目标受众"他塑"相互交融的过程，而政府往往低估了"他塑"的重要性，只注重"自塑"。

如何在打造城市软实力时让市民能自发融入，也是济南为政者需要思考的课题。

济南的行动，在某种程度上恰恰是对此的"纠偏"。

比如开始实施的"十大行动"，涉及市容市貌净化美化绿化，交通秩序

百花洲步行道

整治，道路设施提升，老旧小区、背街小巷集中整治，窗口行业服务提升，社区小区服务提升，乡村环境综合整治，乱贴乱画清理整治，重点区域及周边综合整治，不文明行为集中整治等。

有的放矢，有预则立。

举个简单的例子，为避免窨井盖缺失破损导致悲剧的发生，济南从2014年就开始为管道井加装防坠网，截至目前已经安装了15000个。

"十大行动"的每一项都是"民之所望"，市民自会"与有荣焉"。作为城市的主体，市民只有参与进软实力建设，才能感受到软实力提升带来的自豪感，城市软实力建设才能真正生发出"自发电"的动能。

由抽象到具体，由细微到宏大，城市软实力的核心是人的问题——如何提升市民的幸福指数？怎样塑造一个让居者引以为豪、让外地人心生向往而且来了就不想走的城市？

它所需要的，就是一个城市的软实力。

二

高度重视软实力提升的，又岂止济南一城？

2021年6月22日，上海市委审议通过了《全面提升上海城市软实力的意见》，提出要"把上海打造成为引领未来超大城市发展的典范标杆"。

2022年初，河北保定市委十二届三次全会指出，要把软实力作为现代化品质生活之城的重要内容，更加注重发挥软实力的"加速器"作用。

论城市规模，前者比济南大，后者比济南小，都看到了提升城市软实力之于城市竞争的带动作用。

济南市第十二次党代会报告中，既有"全面提升城市软实力"的目标，又提出了具体的举措：增强先进文化引领力，释放优秀传统文化新活力，提升公共文化供给凝聚力，激活现代文旅产业发展力。

纲举目张，"软"中有"硬"。

而且，济南还有这方面的底气。

有论者指出，我国有三种类型城市的转型发展迫切需要软实力建设的支撑。一是发达城市亟须进行城市的重新定位以期获得城市的复兴；二是欠发达城市需要塑造良好的城市形象，吸引投资、技术、贸易、旅游等；三是有悠久历史的城市需要改变其刻板的形象，塑造新的城市品牌。

毫无疑问，济南更多意义上属于第三类。论历史悠久，济南是有着2700年建城史的历史文化名城；论文化名人，"二安"词坛双峰并峙，近日济南"战疫天团"更是火出了圈；论文化教育，山东大学为国内为数不多的百年老校。

但是，在这里需要强调的一点是：软实力资源并不等于软实力。而在某种程度上，多年前的济南曾经在公众媒体上以及口耳相传中，更多与落后、保守、土气等偏负面的词汇联系在一起。

这样的济南，怎能让新济南人产生归属感？又怎能油然而生自豪？

四

最新的变化已经到来。

中央文明办日前通报了2021年全国文明城市年度测评结果，济南市以96.88的优异成绩再度位列省会、副省级城市组别第一！实现了全国文明城市创建"四连冠"！

这个成绩什么分量？

全国文明城市是城市品牌中含金量最高、创建难度最大的一个，是国内城市综合类评比中的最高荣誉，也是最具有价值的城市品牌。

而在文明城市基础上，济南又开始了新征程。

山东省委常委、济南市委书记刘强在"提升城市软实力 创建文明典范城"动员大会上的讲话，让人有了新期待：提升城市软实力，提振城市精气神，高水平建成全国文明典范城市，形成可借鉴可复制的文明典范城市济南标准、全国标杆。

"典范"与"标杆"，这是全国文明城市的再升级，也印证了济南的"不满足"。

路径，即是全面推进"十大之城"建设：

> 信仰坚定的红色之城，
> 底蕴深厚的文化之城，
> 闻名中外的天下泉城，
> 美美与共的温暖之城，
> 品牌荟萃的魅力之城，
> 创新创意的活力之城，
> 功能完善的品质之城，
> 融通内外的开放之城，
> 高效和谐的善治之城，
> 生活美好的幸福之城。

欲穷千里目，更上一层楼。济南，这座古老的城市，焕发出的生机让人感同身受，新的目标让人充满期待。

结语

说一千道一万，城市，是人的城市，一切的一切，都应以"宜人"为归依。能够让人"近悦远来"的城市，其软实力不问可知。

因此，从我们身边的细节变化出发，就会很容易找到济南人夸济南的原因了。这种夸赞，是源于切身感受的肺腑之言，而不是无根无据；这种夸赞，是对于城市发展的真切期盼，而不是言不由衷。

（行者／文，2022 年 5 月）

网友：济南你怎么这么"傻"

• • •

实在是不想提疫情了，现在，济南城市已基本恢复往日节奏，大家该上班上班，该堵车堵车，该撸串撸串。不过，大家也都知道，疫情防控压力还是挺大的，特别是外防输入，依然压力山大。

有一个跟外防输入有关的话题，山东官方媒体集体"失声"，但作为一名热爱这座城市的济南人，我觉得有必要说一说。

———

近期，随着上海等重点地区恢复对外交通，大量人员开始返乡。济南是全国重要的交通枢纽，同样也迎来了一波返乡潮。在抖音等社交平台上，笔者就发现有网友晒出济南西站大批人返济的画面，还有大批网友晒出了在济南的隔离生活。

从这些视频中可以看到，隔离场所有酒店、宾馆，也有方舱和毛坯房，均为单人单间，饮食方面也不错，有网友晒出了两荤两素的午餐。这样的条件让绝大多数人都表示满意，有网友说，感受到了济南的温暖；还有网友说，从牙膏、牙刷到食物，东西准备得很齐全，特别感谢济南。几乎所有的人，都在点赞济南的保障完善，点赞济南的免费隔离政策。

注意，是免费隔离。虽然这一问题没被官方媒体公开报道过，但通过网友发布的视频可以看出，当前济南执行的是免费集中隔离政策。

当前，国内不少城市都借隔离政策打"感情牌"，比如合肥就提出把隔离点变成招商点、招才点、招工点；武汉针对免费隔离政策提出"英雄的武汉人要有感恩之心，作为大武汉要有大胸怀"；郑州对返乡大学生回复，"迁走的是户口，抹不去河南的印记"。

一波波操作圈粉无数，用网友的话说就是"赢麻"了。相比之下，济南对免费隔离"只做不说"，虽然可能有其他考量，但也正符合济南人低调、朴实、仗义的个性。济南，向来是个有情有义的城市。

但是，我觉得有必要为济南喊喊冤，虽说做好事不留名是美德，但也不能让闷头做事的老实人吃亏不是！

这不是我一个人的感觉，不少网友也留言说，免费隔离服务保障还那么好，济南你也太傻了吧？

二

何况，在对返乡人员隔离政策上，济南做的、付出的远比其他城市多得多。搜索各地新闻报道来看，目前各地的免费隔离政策，绝大多数是只针对返乡大学生群体，且并非全部免费。

比如合肥，根据当地媒体报道，合肥为大学生选择了一批费用较低的隔离酒店，给予一定的补贴。对于经济困难的大学生，视情免除相关费用。再比如杭州，目前实行的是对本地隔离人员实行按区免费或自费、外地人员自费。而在江西、山西等省份的一些城市，对从中高风险地区或疫情重点地区返回人员均实行自费集中隔离政策。

虽然笔者不清楚济南的具体政策，但从网友晒出的视频中，并未看到有

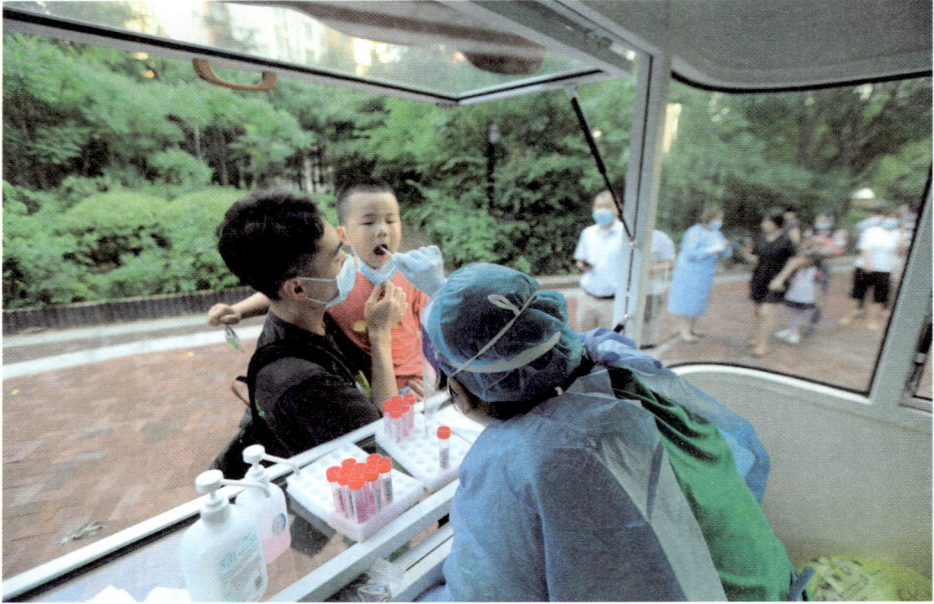

收费的情况，也就是说对外来人员济南目前是全部免费的。此前，据笔者一位从境外返回在济南隔离的河南朋友说，这两年他在不同城市被隔离过，济南是服务保障最好的，这让他对济南印象颇佳。

做到这一点，济南真的不容易！作为一名济南人，我特别为生活在这样一个城市自豪，但与此同时我也相信，这一政策为济南带来了巨大的压力。

一方面，济南刚刚从上一轮疫情中脱离出来，城市生活才恢复正常。但外防输入的压力仍然巨大，就在前几天，济南还接连发现了省外输入病例，虽然是在集中隔离期间发现，但也让不少市民担忧。当前疫情防控的大好局面来之不易，是无数人日夜奋战换来的结果。大批外来人员的输入无疑为济南疫情防控带来了巨大的压力。特别是，免费隔离政策让不少人从济南"转道"返乡。近日，就有部分重点地区人员在网络发布"回乡攻略"，推荐网友到山东、到济南中转，免费隔离后再回目的地。

另一方面，免费隔离政策也为济南防控物资保障以及财政带来巨大压力。那么多人的到来，隔离场所够不够？保障物资够不够？这都是问题。更重要的是，从隔离场所到服务保障，从人员转运到生活保障，无论哪一项都需要巨大的人力、财力和物力，在经济形势严峻的当下，济南能否支撑起这一巨额花费？这笔账，需要仔细算一算。

三

鉴于此，笔者提出几条意见，与大家讨论。

首先，目前大部分城市实行自费隔离，济南是否可以不再一刀切免费，而是对不同群体实行差异化、精准化的免费或者收费政策？在尽最大可能为入济返济人员提供保障的同时，也避免出现免费政策的"洼地效应"——大量目的地非济南的人员只是为了享受免费而从济南"辗转返乡"。这样做既能减轻财政压力，也能够减少输入风险，有利于疫情防控的常态化、可持续化。对此，相信大部分人也会予以理解。

另一点，能否把隔离政策与复工复产、推动市场消费相结合？比如借鉴一些城市的做法，选择部分费用较低、符合隔离条件的酒店或者其他场所作为收费隔离点，在最大可能降低入济人员负担的同时，为这些酒店经营者提供一些收入，降低疫情的冲击。

最后，不要光闷头做事，也要把济南的情义和担当告诉大家。不少城市已把对返乡大学生免费隔离作为人才招引的一张牌，既然济南已经做了，且做得更好、付出更多，就理应让更多人知道这座城市对人才的珍视，知道这座城市的温度。

患难时刻见真情。面对疫情，济南愿意尽最大努力为每一个需要的人提供帮助，也愿意用最温暖的怀抱去为每一个信赖济南的人挡风遮雨，更愿意为每一个有志与济南同行的人提供服务和助力。

但是，现在真的是太难了，济南你也真的是太"傻"了，傻得可爱、可敬。

（江南/文，2022年5月）

济南正在迎战一场硬仗，10 个细节读懂济南

● ● ●

———

这一轮疫情突然爆发，济南正在迎战一场硬仗。

刚刚过去的这个周末，足以让很多济南人记一辈子。

在周末举行的新闻发布会上，疾控部门的官员向全市发出恳求：

希望广大市民除了进行核酸检测外，尽量非必要不外出。

在我的印象中，这应该是第一次提出"周末非必要不外出"。请注意，这只是一个倡议，不是强制性规定。

我们看到了非常令人感动的一幕：

很多济南人，听从倡议，乖乖地待在家。

什么是一座城市最宝贵的财富？

这就是啊。

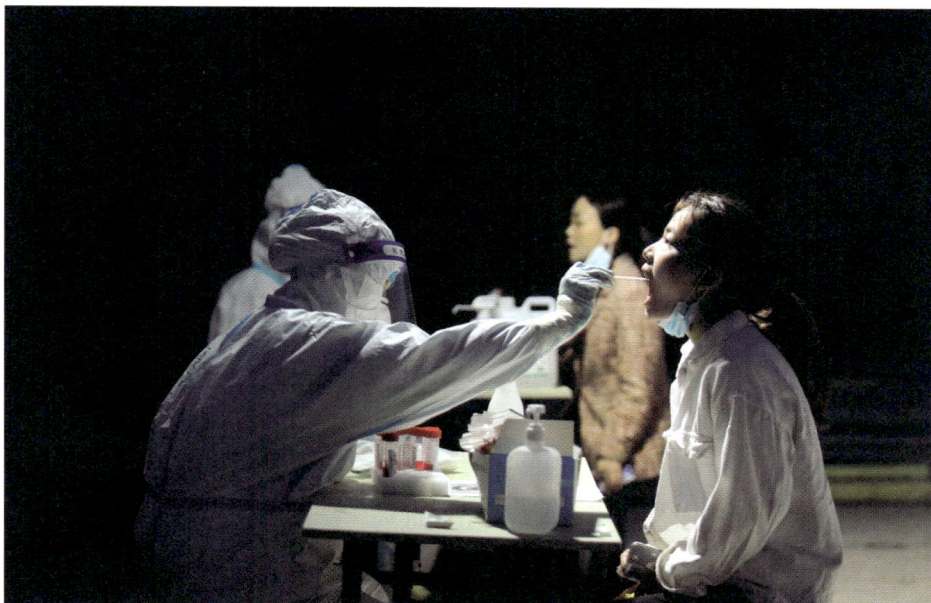

二

这是一场硬仗，是济南整座城都要面对的大考。

大考面前，才见真本事。真本事，就在应考的各种细节里。

这里，就来说说我注意到的 10 个细节。读懂这些细节，就读懂了济南。

细节一，出手果断。

济南这一轮疫情，虽然来得快，但战得更快。很快就查到了源头，调查初步显示本轮疫情是由省外入济返济人员引发。

济南从 2022 年 5 月 10 日起，在全国率先开展了落地检。这样做的好处是，能在早期迅速发现无症状感染者。

细节二，精准防控。

这些天发布的疫情通报，划定的高风险区，都是精确到某个门店、某个楼栋单元。

细节三，不搞一刀切。

家长们最担心的是线下停课。这一次，济南所有区县，均没有实行全域停课，而是把单个学校作为一个"最小单元"，尽力把影响范围缩小到最小。

三

细节四，民心稳了。

济南前几次疫情发生时，曾有不少市民到超市抢购囤菜。这一轮疫情起来后，却跟往常不一样了，没听说有大规模抢购了。

为什么呢？因为，市民是相信自己的亲身经历的，济南的物资供应完全跟得上。

这一次，官方说了，济南已经在主城区周边提前谋划设置了4处大型生活必需品转运点，可方便接收外地物资转运和运输。

当然了，该储备的一些生活物资，还是要储备的。

细节五，常识不怕重复。

可能有人注意到，济南在此期间发布了一个戴口罩的倡议书。有的朋友会感到奇怪，疫情都3年了，为什么还要搞这么个倡议书？

恰恰是因为疫情已经3年了，很多人难免会有疲沓情绪。此时更需要大声势宣传戴口罩就是最简单、最方便、最经济的防控措施。

细节六，告知实情。

这一轮疫情，多条传播链并存，疫情形势严峻复杂。无症状感染者多，传播速度快，防控压力大。

把实情告知民众，民众就能提高防范意识。

细节七，"三个不停"保民生。

企业生产、项目建设、物资运输，这是社会正常运转的支柱，一个也不能停。济南在尽最大努力，最大限度减少疫情对经济社会发展的影响。

细节八，汲取教训。

外地曾发生过一些延误救治其他疾病的悲剧。济南及早入手，依靠社区对透析患者、肿瘤放（化）疗患者、孕产妇等重点人群进行摸排，实行网格化管理，确保重点人群"应排尽排、应收尽收、应治尽治"。

细节九，邀请志愿者参与。

济南是一座有爱的城市。"泉水蓝""志愿红"已经得到了实战的检验，成为了城市名片。这一次，济南"战疫"，志愿者一定还会各显其能。

四

我还注意到一个非常重要的细节。

周末连续两天，山东省委常委、济南市委书记刘强都去了疫情防控一线实地调研。到疫情防控的前线去，掌握最真实的战情。例如，他去了融创茂，详细了解了商场客流情况。

我相信，他一定看到了、听到了最真实的信息。

其实，这一次的疫情，对商家的影响挺大的。大家都响应倡议周末静默在家了，谁还去逛商场呢？

领导的表态，是掷地有声的：

其一，以最快速度实现社会面清零，

其二，最大限度减少疫情对经济社会发展的影响。

五

以上这些细节，就在济南的生活里。

昨天下班，我看到一家包子店贴着封条暂停营业了。而它隔壁的店，还在正常营业。这就是精准防控，不搞一刀切，就是最大限度减少疫情的影响。

这就是济南！

（朱启禧/文，2022年11月）

这一次，济南同样需要你

• • •

告别了最美的金秋之后，泉城济南在这个初冬时节迎来了不小的挑战。

最近几日，本土阳性感染者不断增加，核酸检测连续进行，中断了长达6个月的济南市新冠肺炎疫情防控工作新闻发布会"重启"，以上这些似乎都在告诉我们，这将是一个不同寻常的冬天。

———

11月20日下午3点钟，北纬君还未出门，就听见楼下的邻居互相提醒："别忘了做核酸啊。"这似乎已经成为小区居民形成的默契，不远处的核酸检测点已经忙碌起来，排起了队。

疫情形势确实有些严峻，但是，北纬君感觉，周边的居民没有过去的那种慌张。事实上，在这座文明厚植于心的城市中，每一次的疫情防控，泉城市民都展现出了极大的配合，一些疫情防控举措已经成为大家的行为自觉。不久前，北纬君还在一家商场门前看到，一位小女孩提醒自己的奶奶："奶奶，要扫场所码。"

无论疫情形势如何变化，你，始终是最重要的。这种重要有两层含义：

首先，疫情防控的种种举措，就是为了最大限度保护人民生命安全和身体健康。

其次，疫情防控的种种举措需要你来参与。在疫情防控关键时期，要打赢这场疫情防控攻坚战，需要广大市民的支持、参与和配合，做好自己健康的第一责任人。要积极参与并配合疫情防控各项措施，遵守防疫要求、配合防疫管理。

例如，核酸检测是快速发现病毒感染者、尽快切断传播途径的重要手段。疫情当前，我们每一个人都要继续支持配合，按照社区安排，按时有序参加核酸检测。

"场所码"是疫情精准防控的"电子哨兵"，在出入各类场所时主动扫码亮码，科学规范佩戴口罩，保持一米线社交距离，这都是被证实行之有效的防护措施。

想必大家已经看到了，目前已经有很多志愿者和志愿服务组织响应倡议，站在了"战疫"一线。

但北纬君觉得，即使不在一线，我们依然可以有所作为，除了遵守上述种种防疫规定，我们还可以离谣言远一点，不信谣、不传谣，保持理性平和、积极乐观的良好心态，这同样是在为"战疫"出力。

二

如今情势，与 6 个月之前截然不同的是，"二十条"出台了。

不再判定密接的密接，将风险区调整为"高、低"两类，高风险区一般以单元、楼栋为单位划定……

这些新规在济南本轮疫情中得到了具体的落实，所以，6 个月前的暂停堂食、暂停公共场所开放等措施并没有重现。

11 月 20 日举行的发布会通报，"当前，疫情形势复杂严峻，本轮新冠病毒传播速度更快、传染力更强、潜伏期更短、隐匿性更强，济南市疫情仍处于上升期，社会面存在一定传播风险"。

情况确实不容乐观，由此也不难推测，未来几天，济南的本土阳性感染者会继续呈现上升趋势。

据发布会通报，本次疫情是由奥密克戎变异株 BA5.2 引起，传播速度快，发现难度大，出现了明显的家庭和集体场所聚集感染。另外，初步调查显示，济南市本轮疫情由省外入济返济人员引发，目前传播链条多链并存，造成了疫情形势严峻复杂。

从全国范围来看，当前国内疫情防控形势依然严峻复杂，部分地区持续发生聚集性疫情和散发病例，存在一定传播风险。

事实上，作为山东省会城市以及重要的交通枢纽城市，济南"外防输入"的压力一直很大。北纬君曾看到过一组数据，目前，省外重点地区通过机场、铁路入济返济人员中，约有 60% 的目的地不是济南，济南承受的压力可见一斑。

三

国家卫健委曾强调，二十条优化措施是对第九版防控方案的完善，不是放松防控，更不是放开、"躺平"，而是为了进一步提升防控的科学性、精准性，是为了最大限度保护人民生命安全和身体健康，最大限度减少疫情对经济社会发展的影响。

从应对本轮疫情的种种措施来看，济南没有慌乱，步伐更显从容，为的就是最大限度减少疫情对经济社会发展的影响。

比如，疫情一开始，济南就提出保障医疗救治服务，切实满足老年人、儿童、孕产妇以及危急重症等患者就医需求。

比如，按照"不停产、不停工、不停运""三不停"原则，济南加强企业的疫情防控指导，做好企业服务和运行监测，保障企业正常生产运营。再比如，济南优化重点区域管控解除流程，组织专家科学评估研判，确保重点

区域风险解除后，尽快恢复正常生产生活秩序。

从媒体发布的报道看，也从我们的切身经历看，济南市各级各类保供企业动态调度、提前谋划，保证了市民日常生活消费品供应充足，市民的"菜篮子""果盘子""米袋子"始终是稳的。

济南市教育局表示，即便数百所中小学（幼儿园）转入"线上"，济南仍坚持不全市域停课；即便是划定多个高风险区的区县，对于符合条件无问题的学校，济南也即刻恢复"线下"。

用那句简单的话说就是，济南没有"一封了之"，更没有"一放了之"。

当然，北纬君也注意到本轮疫情中一些让人感到遗憾的事情。

11 月 19 日的发布会透露，KTV 成为济南本次疫情的重要"放大器"，3 个病例在出现症状、发烧到 38℃后，依然结伴到 KTV 唱歌，成为病毒传入 KTV 的重要源头。

北纬君想说，想唱歌，这没错，但是在这样的时间窗口，顶着高烧进入 KTV 这样的密闭公共场所唱歌，实在不是一个理智的选择。

正如发布会所指出的那样："济南每一次疫情防控胜利的取得，都离不开千千万万心怀大局、勇担责任的市民。当前疫情形势严峻，千万不可掉以轻心。"如果每个人能做到人人尽责、人人自律，疫情的拐点肯定会更快到来。

还是那句话，你可能听得都有点烦了，但是事实还是如此：没有一个冬天不可逾越，没有一个春天不会来临。大家加油。

（北纬君/文，2022 年 11 月）

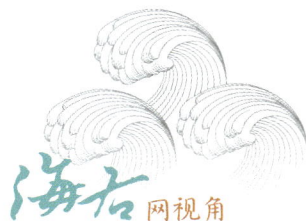

济南，你真厚道

精、气、神，为人身三宝。精充气就足，气足神就旺，神旺则身健，身健则行远。精、气、神，三者各具特色、各有所长，相互滋生、相互助长，是生存之根本。

事在人为，人贵精神。精、气、神看不见摸不着，却最能反映人的面貌、气质和品质。一个人干事创业，最离不开的就是精、气、神。

于工作而言，精是目标，以"干一行专一行"的执着专注、"偏毫厘不敢安"的一丝不苟、"千万锤成一器"的精雕细琢，实现精益求精；气是作风，严肃严格、求真较真、细致细究、务实扎实、高效快捷，做到一鼓作气；神是状态，一心一意、专心致志、心无旁骛，达到全神贯注。

人如此，城市亦然。历经岁月风雨淘漉，历经一代代人的聚散演绎，济南城的精气神，既在骨化风成中涵养滋润着济南人，也在济南人日积月累的沉淀中丰富而充盈；既串起这座城市的过去、现在和未来，又镌刻出城市的风骨、品格与特质。

最近济南有几件事，值得一说。

第一件事。4月9日上午，省委常委、市委书记刘强在济南市第十二次党代会上指出，推动文化繁荣兴盛，全面提升城市软实力。文化是城市精神的传承与根脉，硬实力让城市强大，软实力让城市伟大。城市既要有筋骨肉，更要有精气神；居民既要富口袋，又要富脑袋。

作为全国GDP二十强城市、黄河流域中心城市、山东省省会，经济相对发达的济南，却并未获得与其实力相匹配的美誉度与知名度。

一座城市的自信，来自全体市民的自信，而市民的自信，则来自城市对人的价值引领，这就需要软实力。所以，软实力不软，而且很硬核，我们找准了新济南实现新突破的着力点。

第二件事。抗疫当下，辛弃疾、扁鹊、秦琼火了，3位济南历史名人化身"抗疫天团"，印在核酸检测小贴纸上，在全省乃至全国引发热议。

济南的文化底蕴着实让人羡慕，除了以上3位历史名人，元代散曲巨擘

中国共产党济南市第十二次代表大会

张养浩、二十四孝之一的闵子骞……随便拿出一个，都会成为一座城市的标识。

这件事不仅让"济南名士多"的美名广泛传播，更给济南提供了一个鲜活案例：全面提升城市软实力并不是大而化之，小小一张粘贴，就是一堂传统文化活起来的示范课。

第三件事。5月1日，在山东大学中心校区重点人群检测中，一名学生确诊为无症状感染者。这一次，济南还是采取雷霆手段，毫不迟疑，果断行动。一夜之间，1.3万名师生星夜大转移，顺利转运至济南、淄博、泰安、德州等周边四市的方舱医院与隔离宾馆，单人单间进行隔离观察。

这个被山大学生戏称为"一阳千徙"的"史诗级撤退"，体现的是山大与山东、与济南的互动支撑，让人看到了山东和济南在大考面前果断的决策力、强大的组织力。

第四件事。"五一"假期后上班第一天，济南市委市政府召开部分重点企业和重点项目工作座谈会，一位局长现场公布手机号码，省委常委、市委书记刘强当场提醒"重要的号码要讲三遍"。

这一细节，在网上广泛传播。为什么大家都喜欢看这样的新闻？因为，它体现了对企业家的尊重，体现了对营商环境的重视。很多时候，小事并不小，累积多了，便能成就大事。

第五件事。受新冠肺炎疫情影响，济南市华山街道部分小区被临时管控。其间，卧牛山社区一生鲜肉菜店的老板、"95后"小伙赵鹏飞自掏腰包，为小区邻居送去了1.5万斤新鲜蔬菜，被网友称为"中国好邻居"。

疫情无情，人间有爱。"95后"的小伙正是以热情好客、乐于助人著称的济南人的典型代表。

第六件事。疫情中，济南多家店面均贴出免费就餐标识。"如果你在济南没有收入，遇到困难，我们店里的面免费！""只要你有困难，本店17：00~19：00免费提供饭菜。""如果你遇到困难，告诉店员来份'单人套餐'，直接拿走不用客气！"

……

疫情期间，商品供应不断

如果把这几件事用倒序手法呈现出来，你就能更好地理解市委书记的深意。**疫情大考，考出一座城市的向心力、动员力、战斗力。**城市有力度、社会有韧度、市民有温度，这样的济南，呈现在人们眼前的是满满的正能量，这种正能量，就是城市精气神的彰显，也是城市软实力的厚积薄发。

这背后是济南人的真性情与善良淳朴。我们不禁感叹一句："济南，你真厚道！"

一座有魅力的城市，既需要硬实力的支撑，更需要软实力的浸润。当前，城市间的竞争越来越从经济增长、住房好、道路宽等硬实力，转变到更加重视城市品格、城市精神、城市治理等软实力方面。

如果说硬实力是搭台，那么软实力就是唱戏，搭好台、喝好戏，表演才能吸引人气，二者缺一不可。

二

软实力好比一个城市的"个性"，是区别一座城市与其他城市的标志，是一座城市卓然而立的风骨。有了强大的软实力，住在这里的人充满自豪，来过这里的人为之倾心，没到过这里的人充满向往。它体现在城市的方方面面——

1. 软实力体现在城市远景追求上

打靶要有靶子，干事要有目标。一个有强大软实力的城市，一定有着美好愿景和远大理想。当前，济南明确提出要当好三个"走在前"排头兵，在绿色、低碳、高质量发展上作示范，在全国副省级城市中争一流，加速向国家中心城市迈进，奋力开创新时代社会主义现代化强省会建设新局面。济南未来可期。

2. 软实力体现在城市精神状态上

精神状态直接影响工作成效。有什么样的精神状态，也就有什么样的工作成效。城市发展的质量和速度，取决于这座城市市民的工作状态。全面提升软实力，需要全市上下始终充满激情，保持昂扬向上的精神状态，满腔热情地干事，为实现"勇当排头兵、开创新局面"提供源源不断的动力。

3. 软实力体现在城市工作作风上

作风建设决定事业成败。抓作风，就是抓执行、抓落实。要在各项工作中严肃严格、求真较真、细致细究、务实扎实、高效快捷，发扬钉钉子精神，坚持工作项目化、项目清单化、清单责任化、责任考核化，真正做到抓一项成一项、干一件成一件，在新的赶考路上交出优异答卷。

4. 软实力体现在城市发展活力上

一个城市的活力，最直观地体现在企业发展上。城市和企业家的最好关系，就是共同成长、相互成就。

政府与企业实现良好互动，要构建亲清政商关系，政府光明正大、大大方方与企业家交往，真正从发展大局出发，依法依规，把握分寸，为企业提供贴心的服务；企业要积极主动同政府沟通交流，讲真话、建净言、遵规则、守诚信，洁身自好走正道，聚精会神办企业，遵纪守法搞经营，为城市加快发展作出应有贡献。

5. 软实力体现在城市文明程度上

软实力强大的城市，还有一个别称，叫作文明城市，未来会是文明典范城市。济南市再度以 96.88 分的优异成绩位列省会、副省级城市组别第一名，实现了全国文明城市创建"四连冠"和全国文明典范城市创建"开门红"，这与背后一系列以人为本的"软建设"密切相关。

比如，城市文化的提升，这个更集中呈现在小区文化墙上的"二安诗词"，"济南韵味"十足的街头口袋公园、公交车厢内的"文明课堂"……当文化无处不在，城市软实力的提升则处处可为，久而久之，市民的素质就会得到提升。

6. 软实力体现在城市治理能力上

人们居住在城市是为了生活得更好。一座城市生动的表情、高效的管理、包容的环境，都离不开"善治"二字。

一座有吸引力的城市，一定有着高效的服务、良好的营商环境、强大的城市免疫力，以及高超的数字化、网络化、智慧化水平，这样"善治"的城市，更具韧性、更为安全、更加包容。

7. 软实力体现在城市凝聚力上

城市因人而生，因人而兴，如果每个人都能在这里成就梦想，这片热土必将诞生一座伟大的城市。"济南好，大家一定好；大家好，济南才能好"。

人民群众是城市的主人，共建美好家园，人人都是参与者，人人也是受益者。广大市民要和市委、市政府心往一处想、劲往一处使，以主人翁的姿态，当好"啄木鸟"，去发现并且帮助清除城市发展中的"害虫"，真正做到"人民城市人民建，人民城市为人民"，实现党群、政群关系的良性互动。

8. 软实力体现在城市知名度和美誉度上

名声大小，体现城市的实力与魅力，影响城市的开放与发展。一座软实力强大的城市，一定是媒体关注的热点，成为"热搜榜"上的常客。**城市生活美好与否，老百姓最有发言权。**

天桥区开展科普进校园活动

汉峪金谷

　　只有住在这里的人发自内心的认同它，城市才会有较高的群众满意度，进而转化成"谁不说咱家乡好"的点赞声。

　　当然，城市美誉度还取决于城市之外的人的感受。当本地人和外地人都能认可一座城市，为它点赞，这座城市一定能够美名远扬。当前的济南，正成为媒体关注的焦点，疫情中展现出的济南力度、济南韧度、济南温度，使这座千年古城越来越让各界刮目相看。

　　9. 软实力体现在城市国际传播力上

　　国际传播力更多体现在城市形象、城市品牌的传播上，具体讲就是让城市成为一个有故事、有味道的地方。全面提升城市软实力，就要以海纳百川的胸襟，敞开大门谋发展，站到国际舞台讲好"济南故事"，传播"济南好声音"，让济南成为人人倾心的向往之城。

　　……

　　未来的济南，硬实力支撑十足，软实力熠熠生辉，二者如车之双轮、鸟之两翼，相辅相成、相得益彰，共同构筑现代化强省会的巍峨大厦。这样的济南，谁会不爱？

（海右君 / 文，2022 年 5 月）

济南的"野心"和底气

● ● ●

济南,一片远在 9000 年前新石器时代早期就有先民繁衍生息的土地。

从西汉始置济南郡起,"济南"这个名字已伴随城市 2000 多年。

从发展历程来看,走过几千年的济南,有时很"难",但一直没有缺乏

济南老商埠

的，是步伐的"矫健"。

不同于鸦片战争以后，泱泱华夏那些被迫打开的商埠，20世纪初，济南站在彼时开放前沿，于1904年即自开商埠，领改革之先。

今天的济南老商埠，已成为不少历史情怀者的向往，更是一处网红打卡地的浓缩景观。

以历史视角环视，从自然环境与城市建设的结合方面，康有为登华山后，还曾给济南规划了北部新城，并大胆预言"不十年，新济南必雄美冠中国都会"。

但提上句，算作激励。

一个时代有一个时代的机遇，一座城市有一座城市的使命，一代人有一代人的担当。

一份最新数据显示，在过去的5年，济南市GDP累计增幅全省第一。

2022年4月12日，济南市第十二次党代会落下帷幕，新一届市委班子甫一亮相就受到各界关注，提出了"加速向国家中心城市迈进"的梦想与"野心"。

此次党代会清晰勾勒出了济南未来5年的目标和方向。会议闭幕不到一周，济南市两会随之启幕，围绕城市发展大计细化笔触。

一幅未来5年的发展蓝图徐徐展开……

一、"中心城"梦想

细细看来，会议内容有很多值得特别关注的地方。

首先，本届党代会对济南今后5年的目标给出了清晰定位："在绿色低碳高质量发展上作示范，**在全国副省级城市中争一流，加速向国家中心城市迈进**，奋力开创新时代社会主义现代化强省会建设新局面。"

这是济南第三次在官方报告中，明确提及"国家中心城市"，只不过表达的心情更加急迫，"加速迈进"。

华山湖公园

　　无疑，这是一个雄心勃勃的计划。要知道，现在全国只有 9 个国家中心城市。

　　现有国家中心城市名单：北京、天津、上海、广州、重庆、成都、武汉、郑州、西安。

　　现有副省级城市名单：广州、武汉、哈尔滨、沈阳、成都、南京、西安、长春、济南、杭州、大连、青岛、深圳、厦门、宁波。

　　对比可见，有 4 个城市在两个名单中重合，即广州、成都、武汉、西安。较为特别的是郑州，在国家中心城市范围内，却不属于副省级城市。

　　通俗点来说，国家中心城市是在直辖市和省会城市层级之上出现的新"塔尖"。国家发改委对其定义为：居于国家战略要津、肩负国家使命、引领区域发展、参与国际竞争、代表国家形象的现代化大都市。

　　如此高的定位，对于城市不只是锦上添花，带来的好处同样也不只是名头上的好听，还涉及诸多现实利益。

　　首先，意味着城市能级的巨大跨越，在诸多重大国家战略中都能获得一席之地，城市在产业竞争中也能获得更多筹码。

当然，还有更实质性的利好。成为国家中心城市，意味着获得对全省乃至周边资源的调配能力，在整个区域发展中处于主导地位。

换言之，打造"强省会"，未必一定要以国家中心城市为前提。但晋级国家中心城市，无疑能提升打造"强省会"的筹码。

过去4年多，"谁是第十个国家中心城市"的时代之问一直没有答案。

截至目前，全国已有10多个城市提出争创国家中心城市。除了济南、沈阳、长沙、福州之外，还有青岛、南京、厦门、长春、昆明、南昌、乌鲁木齐等城市。

前些年，山东省内，济南、青岛关于国家中心城市之争，曾经在民间纷纷扰扰。

2021年2月，《山东省国民经济和社会发展第十四个五年规划和2035年远景目标纲要》这样描述"两兄弟"：**支持济南建设国家中心城市，支持青岛建设全球海洋中心城市。**

2022年初，《山东半岛城市群发展规划》也明确表示，济南与青岛"相向发展、功能互补"。

2022年，青岛市党代会提出"建设新时代社会主义现代化国际大都市"的总目标，并没有提及国家中心城市一事，也算是让两城之争的传说暂时落下帷幕。

二、"强省会"六个"小目标"

打造什么样的"强省会"，人们翘首以待。

5年总目标之下，济南设定城市发展6个"小目标"，奔向"现代化强省会"。

——加快建设动能充沛、实力跃升的现代化强省会，

——加快建设创新涌动、富有活力的现代化强省会，

——加快建设功能完备、品质一流的现代化强省会，

——加快建设人民幸福、共同富裕的现代化强省会，

——加快建设绿色低碳、生态宜居的现代化强省会，

——加快建设治理高效、平安和谐的现代化强省会。

其实，过去 5 年，济南一直在努力赶超，奋力"走在前列"，成绩单可圈可点：GDP 跨越 5 个千亿大关，2021 年达到 11432.2 亿元，位列全国城市第 18 位，跨入了特大城市行列。

另有一份数据显示，济南市 2021 年 GDP 相较 2017 年，5 年来累计增幅 41.19%。这个增速有点"晃眼"，位居全省第一；增速排在第二位的是青岛，累计增幅 39.45%。

未来 5 年，济南提出新的奋进目标：GDP 力争达到 1.8 万亿元，常住人口超过 1000 万人，省会首位度大幅提升，国家中心城市建设取得突破性进展。

风光旖旎园博园 / 徐宁

三、"走在前"的底气

如今，济南市5年后的总体目标再次划定，下一个5年济南想做什么？

我们先聊聊对现代城市发展而言至关重要的工业。

时间回溯到2020年。

2020年7月，济南出台《关于加快建设工业强市的实施意见》，明确了聚焦"智造济南"建设、实施工业强市发展战略。

随后几年下来，济南多次出台政策明确建设工业强市，比如，2021年出台的《关于加快建设工业强市的若干政策措施》。

该《措施》在相关表述中透露出一个信息，即2022年是一个重要的时间节点。

比如，到 2022 年，做大做强做优四大支柱产业集群，规模总量达到万亿级；到 2022 年，数字经济占济南全市 GDP 比重达到 47% 以上；到 2022 年，3 家企业实现营业收入千亿元以上；等等。

面对 2022 这个关键时间点，在本次的党代会上，济南的相关政策一脉相承，明确表示：**高端高质高效的现代产业体系是实现"三个走在前"的信心之源、底气所在，要坚持"工业强市"战略不动摇。**

本届的济南市党代会和"两会"上，都明确提出未来 5 年"新培育 3~5 个国家先进制造业集群，培植 5 家以上千亿级企业"。

之所以如此坚定地走"工业强市"之路，源于济南对自身发展历史的清晰认知。

先进制造业是现代产业体系的基础和支撑。作为制造业大省山东省的省会，济南是新中国的重点工业城市，工业文化厚重，产业基础雄厚，拥有全部 31 个制造业大类，是国内制造业门类完备的城市之一。

从数据上看，工业对济南经济的贡献也显而易见。

比如，2020 年，济南规模以上工业增加值增速达到 12.2%，是全国平均增速的 4.35 倍，位居全省和全国主要城市第一位，**工业对全市经济增长贡献率达到了 44.2%**，堪称济南晋级万亿俱乐部的"最大功臣"。

基于此，2021 年，世界先进制造业大会选择在济南召开，这源于济南先进制造业既有底蕴且发展迅速，更源于外界对济南发展先进制造业的普遍看好。

既有底气，又有实力，也难怪济南这次明确表态："**到 2026 年先进制造业达到万亿级规模**"。

四、"国家队"与"创新圈"

党代会部署各项工作，总揽全局，从不拘泥于某一板块的方向把控。

通过本届党代会，济南还透露了一个信号，即坚持面向世界科技前沿、

航拍济南起步区

面向经济主战场、面向国家重大需求、面向人民生命健康的"四个面向"，争创综合性国家科学中心，这也与"强省会"建设的"小目标"遥相呼应。

回望过去 5 年，15 家"中科系"院所落地济南，量子信息科学国家实验室济南基地及 3 家省实验室加快建设，在全国创新型城市排名中济南居第 14 位……这些都为济南做好科技创新文章打下了良好基础。

此次党代会在部署推进 10 项重点工作任务时，将"培育战略科技'国家队'"放在了首位。

党代会提出，凸显济南在国家创新布局中的战略位势，争取一批重大科学基础设施、国家重点实验室落户济南，建设济南央企研发中心集聚地；规划建设"齐鲁科学城"，构建"产研院创新圈、超算中心创新圈、中科院济南科创城创新圈、山东大学创新圈"四圈联动格局；构筑创新创业"生态圈"，高水平建设科创金融改革试验区，打造全流程创新生态链等具体举措跃然纸上……

部署推进具体工作的时候，济南将"培育战略科技'国家队'"放在了首位，也看得出济南有"野心"。

五、打造"核心增长极"

济南的"野心"还体现在布局、谋划不拘泥于一城一地，而是着眼于全省，乃至全国。

2019年，"黄河流域生态保护和高质量发展"上升为重大国家战略，此后，全国新旧动能转换起步区、中国（山东）自由贸易试验区、"黄河战略"三大国家战略在济南交汇叠加，济南面临着千载难逢的巨大机遇。

面对呼啸而来的"黄河时代"，下一步如何操作，也是此次济南市党代会关注的一个重点。

笔者注意到，此次济南市党代会报告提及，"在国家重大区域发展战略布局中，打造链接京津冀协同发展和长三角一体化发展的核心节点、引领黄河流域生态保护和高质量发展的核心增长极；在新时代社会主义现代化强省建设大局中，打造加快新旧动能转换的龙头、引领山东半岛城市群发展的龙头"，谋划"汇全省之智、举全市之力加快济南新旧动能转换起步区建设，打造黄河流域对外开放门户"等一系列有力举措。

仅"**汇全省之智、举全市之力加快济南新旧动能转换起步区建设**"这一表述，便可见济南对黄河战略之重视。

而放在山东省层面，对于济南新旧动能转换起步区的支持，提到的是"举全省之力"，将之打造成为"镶嵌在黄河流域的最具现代化特征的璀璨明珠"。

现实来看，济南"北跨"既是国家战略的要求，也是济南城市发展到现阶段，城市对腹地的内生需要。

六、"都市圈"构想

城市发展到现在，早已不存在"独立者"，城市之间需要联系，可以将之理解为"缩小版"的全球化。中国城市已经悄然进入"都市圈时代"。也就是说，城市与城市之间的行政壁垒、地域壁垒已经逐渐被打破，一体化的圈域经济现象出现。

城市群、都市圈应运而生，相应地，"圈内"产业、创新和人才资源互补性、互动性越强，都市圈的实力也就越强大。

"长三角"和"珠三角"已经是我国两个发展成熟的都市大圈，由于经济蓬勃发展，这两个大圈吸纳了全国大半产业、金融、科技、人才等资源。

城市圈的打造已经成为一个既定的发展趋势，位于沿海地区、黄河流域的山东省也迫切起来，计划打造属于自己的都市圈。

但这样一来，问题便来了，济南和青岛这两个山东的特大城市，哪一个才能成为核心城市，"圈起"周边区域，带动整个山东发展呢？

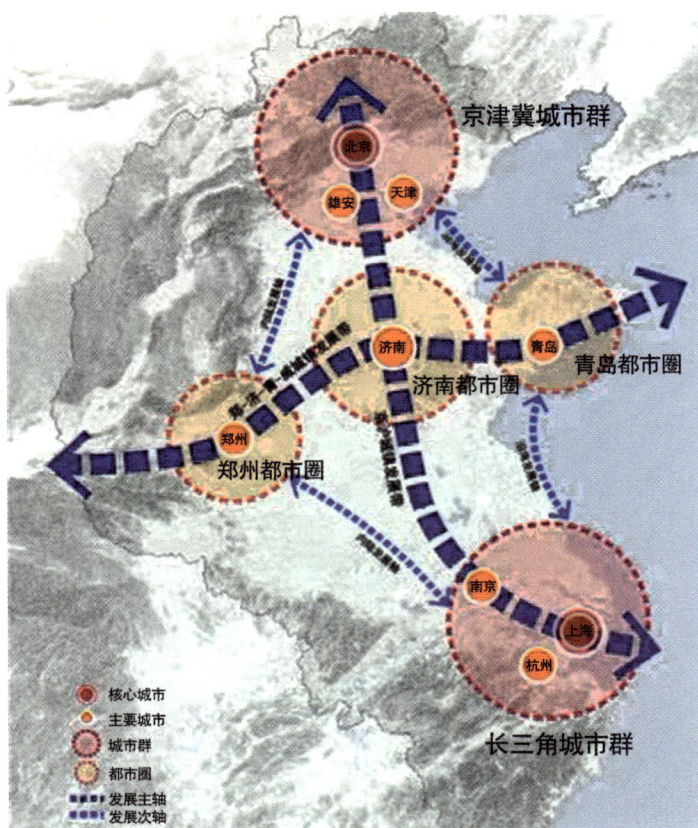

区域战略格局图

2020 年 6 月，山东省出台《贯彻落实〈中共中央、国务院关于建立更加有效的区域协调发展新机制的意见〉的实施方案》，提出构建"一群两心三圈"的区域发展格局。济南都市圈被赋予重任。

此次党代会，济南明确了一个工作重点，即"**打造国内领先的现代化都市圈**"，明确积极推动与胶济沿线的淄博、潍坊、青岛等城市一体构建高水平协同发展的连绵城市带，推进济淄、济泰、济德同城化等。

都市圈强调的是核心城市的功能以及地勤联系。客观来看，这也是当下济南亟须破局的一个地方。一是济南自身区域辐射能力、带动作用还不够强，二是济南都市圈城市之间产业和人才的交流也远远不够。

2022 年的济南市"两会"上也特别提到，"增强省会辐射带动能力，研究编制现代化济南都市圈发展规划"。关于这一点，有媒体报道：**济南市发改委正牵头开展济南都市圈发展规划研究编制工作，并将积极做好对上汇报，争取尽快获批建设。**

如果济南做好都市圈的融合，可以预见，在京津冀、长三角之间，"济南都市圈"必会崛起。

那么，济南迈进"国家中心城市"的梦想，将照进现实。

济南市党代会和"两会"报告，笔者看了很多遍，最大的感受就是：**新时代的济南很"细"**，以市委书记刘强为班长的济南新一届领导班子，第一把牌，出得挺扎实。

5 年，不短也不长，能干的事也不少。所有的统筹、谋划，最终还是要看落实。

作为一个在济南生活近 10 年的市民，激动并盼望着，济南如当初开埠那样，再领改革之先；也真切盼望着康有为的预言成真，"新济南雄美冠中国都会"。

行而不辍、未来可期，笃志前行、虽远必达。

济南，加油！

（入云龙／文，2022 年 4 月）

济南有高招

● ● ●

"稳住经济大盘"，这 6 个字最近成为中国的热词。

5 月 25 日，国务院召开全国稳住经济大盘电视电话会议，再次释放"把稳增长放在更突出位置"的信号。随后，各地纷纷围绕"稳住经济大盘"召开会议部署任务。

作为东部沿海大省的省会，济南放出大招——投入 3 亿元，发放汽车、购物、文旅、餐饮等重点领域政府消费券，此轮发放力度超过郑州、接近深圳，是济南历史上力度最大的一次。说干就干，要干就是大手笔，这足以彰显这座省会城市"稳住经济大盘"的决心。当然，对济南来说，"稳住经济大盘"只是一个基础，这座省会城市显然还有更大"野心"。

近几年，济南在全国发展的舞台上一路高歌猛进。2019 年，济莱行政区划调整后，济南一举迈入 GDP "万亿俱乐部"，杀入全国排行榜前 20（2020 年为第 19 名，2021 年升至第 18 名），争先进位之势可谓迅猛。前不久，济南市第十二次党代会提出，"在全国副省级城市中争一流，加速向国家中心城市迈进，奋力开创新时代社会主义现代化强省会建设新局面"。

从"强省会"到"副省级城市争一流"再到"加速向国家中心城市迈进"，

不禁让人们对这座一度不温不火的低调之城刮目相看。

一、济南的形势

来看看济南 1~4 月份部分经济数据。

——规模以上工业增加值同比下降 1.4%。新产业韧性彰显，高技术制造业增长 11.5%，高于全市平均值 12.9 个百分点。

——固定资产投资同比下降 6.2%，较一季度回落 10.8 个百分点。

——限额以上单位零售额 528.1 亿元，同比下降 4.6%。网上零售增势良好，限额以上单位通过公共网络实现的商品零售额 87 亿元，增长 21%。

——一般公共预算收入 422.2 亿元，同比增长 3%。

佛山倒影 / 董承华

——进出口总额 687.9 亿元，同比增长 40.6%。

这组数据可谓有喜有忧，考虑到疫情因素影响，成绩还是很不错的。一方面，高技术制造业、"网零额"、进出口实现大幅增长；另一方面，其他指标则出现不同程度的降速。疫情影响之下，"稳增长"对这座"野心勃勃"的省会城市来说，可谓当前工作的重中之重。

稳中求进工作总基调是治国理政的重要原则。在稳中求进中，"稳"和"进"相辅相成、相互促进，"稳"是"进"的基础，"进"是"稳"的保障。特别是对济南这样志在冲刺国家中心城市的省会而言，稳中求进更为重要、要求更高。

为何要坚持"稳"？因为"稳"是当务之急。目前，国际区域政治矛盾多点散发、世界经济形势严峻，我国所处经济环境面临着冲击和扰乱的挑战。再从济南的情况看，统筹疫情防控和经济社会发展存在较大压力，爬坡过坎的挑战巨大，追兵近、标兵远的竞争形势依然存在（2021 年，GDP 排在济南后面的合肥、南通、东莞等增速均高于济南）。所以"稳"不仅是前提，更是当务之急。

为何要坚持"进"？对济南来说，"进"是建设强省会的必然要求，也是做好民生保障的现实需要。只有保持一定的发展速度，才能从容化解新挑战，更好地保障人民群众的就业和生活，在竞相发展的区域竞争格局中赢得先机。

如何做到"稳"？必须高水平！高水平的"稳"，实质上就是"进"；实现"进"的目标，需要高水平的"稳"。高水平的"稳"，一方面体现在驾驭经济发展的能力上，需要把国家部署与地方实际相结合，把握大局大势和经济运行规律，因地制宜地完善适合当地发展的"济南策"。另一方面体现在推动工作的作风上，做到"严、真、细、实、快"，坚持稳中求进严到底，实中求快细到底。

济南要稳，就要着力稳定宏观经济大盘，稳定保就业的市场主体，稳住人民的幸福感预期，稳住在全国大局中"走在前、开新局"的目标定位；就要着力稳定发展规划、发展战略，坚持一张蓝图绘到底；就要稳住现有发展优势，把握好黄河重大国家战略、全国第二个起步区等战略机遇。

如何做到"进"？必须高质量！高质量的"进"，就是创新引领走在前，必须加快转型升级、促进动能转换，构建多点支撑、多业并举、多元发展的新格局。如何实现高质量？同样要做到"严、真、细、实、快"，这也是"进"的五字真言，高质量的进就是要求在工作中坚持"进中求严、进中求真、进中求细、进中求实、进中求快"。

济南要进，要在自身实力上进、在强省会存在感上进、在国家战略布局的地位上进，在各行各业、各个领域、各个方面干出泉城品牌、省会形象、济南气势。

对济南来说，要充分认识到"稳"不是保住，而是打造稳定的基础，是决策对、政策稳、措施硬；"进"是最终目的、第一要务，要想"进"、敢"进"、会"进"、勇"进"。

二、济南的方向

一座城市的发展，关键在于找准适合自己的路子。

济南把工业强市作为主攻方向。

从全国看，GDP排名前20强城市中，前十位的城市都是老牌工业强市，工业增加值也是常年居于前列。后十位城市中，宁波、无锡、长沙、郑州、合肥等近年跃升较快的新锐城市，也基本都是在工业，特别是制造业上持续用力、强力推进中不断积聚优势，才得以在城市竞争中脱颖而出。

比如，浙江宁波2016年就提出要从"工业大市"向"工业强市"跨越，打造浙江工业强市建设的示范区、全国工业转型升级的先行区和国际重要的先进制造业基地。经过多年的整合提升，形成了以石油化工、汽车及零部件、电工电器、纺织服装等为支柱的产业集群。

比如，江苏无锡通过"苏南模式"（发展乡镇企业通过"非农化"的方

俯瞰齐鲁软件园 / 邵长庆

式和路径）起步，为工业发展打下了良好基础。2015年提出"打造国内一流、具有国际影响的现代产业新高地"目标，大力实施创新驱动核心战略和产业强市主导战略。目前，物联网、集成电路、生物医药、汽车及零部件、高端软件等产业已发展为其优势产业。

再比如，河南郑州从1999年到2019年，20年间GDP从占济南的72%提高到现在的1.2倍，10年追赶、10年跨越，对其贡献最大的就是工业。2019年，郑州规模以上工业营业收入已经是济南的两倍之多。2020年，郑州又提出了用两年时间建设全国重要先进制造业基地的发展目标。目前，其汽车及零部件、煤炭机械、智能装备等已成为重要支柱产业。

还有安徽合肥，"十三五"期间大力实施"工业立市、制造强市"战略，加快传统优势产业转型升级，培育壮大战略性新兴产业，积极布局未来产业，特别是合肥以敢于"豪赌"的巨大魄力，在最困难时留住中国科技大学，拿出财政80%资金投资巨亏的京东方，引进长鑫和蔚来两家濒临退市的企业……这些瞄准工业大项目的操作恰恰成为其崛起的关键，也奠定了合肥"最佳风投"的地位，使合肥工业经济呈现有速度、有质量、有竞争力、可持续的发展态势。需要注意的是，2021年合肥与济南GDP仅差19.4亿元，大有超越之势。

从自身看，济南拥有辉煌的工业发展史。新中国成立以来，建立起基础雄厚、门类齐全的工业体系，41 个工业门类中济南有 38 个，是全国工业门类最多的城市之一，在工业领域先后创造了 70 多个全国第一。但近年来，济南的工业发展出现明显波动，全市工业增加值占 GDP 比重低于全省 32%的平均水平，更低于深圳 36% 的水平，这与全国第三经济大省省会的地位很不相称。

工信部下属赛迪顾问发布的 2021 年各地先进制造业发展情况显示，在全国 293 个地级市中，济南位居先进制造业百强市第 15 位，但在先进制造业集群榜单中无一集群上榜，迫切需要引进、壮大先进制造业大项目好项目，争取进入工信部先进制造业集群重点培育对象名单。

因此，无论是从产业发展趋势看，还是从济南自身基础和现实需求来看，工业强市都是加快崛起、冲刺国家中心城市的必由之路。

工业强市之路如何走？在此，笔者谈一下自己的建议。

一是激发产业增长新动力，坚持创新驱动，增强发展内生动力，引导要素向优势企业集聚，推动传统产业以智能化、绿色化、服务化为重点进行技术改造。

济南二机床厂车间

二是开创区域协同发展新方式，加快落实国家区域发展战略，积极融入国家新发展格局，通过承接产业转移和产业合作，促进区域协同共进，着重培育一批跨区域产业发展示范试点。

三是打造产业集

群发展新模式，立足现有产业集群特色优势，加快攻克核心制造技术，强化高端创新平台建设，构建全球化高端制造技术创新网络，全力打造世界级先进制造业集群。

四是再造老工业城市产业新活力，找出发展瓶颈，打通产业堵点，依托现有资源、产业基础，深入优化传统产业结构，大力培育新产业、新业态、新模式。

五是建立企业梯度培育新体系，围绕产业基础领域和制造业重点领域，分行业、按链条实行精准招商和重点培育，一方面努力打造一批规模大、技术强、品牌响的"领航型"头部企业和一批具有全球竞争力的制造业单项冠军企业，另一方面培育一批细分领域的专精特新"小巨人""瞪羚""独角兽"企业。

六是加大企业扶持力度，参照合肥、重庆等已有的成熟政策，对现有总市值 6300 亿的 42 家上市公司推出一系列"一户一策"定制化服务，针对专精特新中小企业设置专门的股权投资基金，确保企业健康发展。同时在已有的 4397 家高新技术企业中筛选培育准上市公司，助力企业上市。

七是探索实行"亩均论英雄"，借鉴苏州、武汉等地探索经验和改革举措，紧紧抓住资源要素市场化配置这个"牛鼻子"，通过对企业"亩均"效益的综合评价和资源要素的优化配置，推动资源要素向优质高效领域集中，努力打造更多的"亿元楼""月亿楼"。

三、济南的动力

过去，山东一直被认为是"大象经济"的代表，大企业多为国有企业和传统制造业，块头大、规模大，利润却不高。济南也面临相同的情况。比如，2021 年山东有 6 家 A 股上市企业营收过千亿，济南独占两家（山东钢铁、华电国际），但利润并不高。

对济南来说，加快新旧动能转换，推动产业转型升级，比以往任何时候都迫切。这就需要大力推进科技创新，激活经济社会发展的第一动力。

在这些方面，一些先进经验、做法值得济南学习借鉴。

比如上海张江综合性国家科学中心，通过建立世界一流重大科技基础设施集群，推动设施建设与交叉前沿研究深度融合，构建跨学科、跨领域的协同创新网络，实施重大科技设施组织管理新体制等创新性举措，有力推动了国家科学中心建设。

比如北京怀柔综合性国家科学中心，立足中关村科学城、怀柔科学城和未来科学城，分别定位创新前沿研究、大科学装置群、高水平企业研发，形成了错位发展、优势互补的科技创新发展新优势。

再比如深圳大湾区综合性国家科学中心，以科技基础设施建设为突破，围绕创新链部署产业链，构建"双链"融合的产业基础设施体系，打造了一条覆盖"基础研究＋技术攻关＋成果产业化＋科技金融"的全过程创新生态链。

……

建议济南对标先进城市，全力提升在国家科技创新战略布局中的位势和作用。

一是"聚重器"，全力引进建设大科学装置。济南的基础很好，现有山东产研院、中科院济南科创城、国家超级计算济南中心、山东大学龙山创新港"四大创新圈"，下一步可依托这"四大创新圈"，围绕科技前沿开展重大科技基础设施建设和预研，尽快实现新突破。

二是"搭平台"，全力建设新型研发机构基地。当前，无论是国家实验室、高新企业数量，还是全社会研发费用，济南都与先进城市有着较大差距。下一步，应进一步整合全域创新资源、加大产研经费投入力度，推动国家实验室济南基地承担更多战略任务，加快建设世界一流重大科技基础设施集群、产业创新转化基地、"双一流"大学等创新平台，加快打造以国家实验室为引领的高水平科创综合交叉研发平台体系。

三是"汇人才"，全力集聚高水平人才。建议把人才引育紧紧抓在手上，大胆借鉴先进城市和地区经验，打造"引才育才用才聚才"长效机制，充分发挥"国字号"重大载体平台作用，聚焦城市发展和重点产业链、重点企业人才需求，深化实施各类人才工程，完善更有竞争力的人才发展体制机制和政策措施，促进人才与产业发展双向促进、同频共振，打造人才高地。

四是"增活力"，全力推动体制机制改革。建议济南持续深化科技体制改革，谋划一批体制机制改革任务，强化企业创新主体地位，加强知识产权保护运用，打通成果转化通道，充分激发各类创新主体活力，打造具有全球竞争力的技术创新体系，进一步提升对经济社会高质量发展的支撑能力。

五是"促转化"，全力推动驻济高校科技成果在济南落地。驻济高校共有 52 所，在校大学生近 70 万，科创资源丰富。建议济南加强与驻济高校深度融合，打造一批高端创新载体，共建高校科技成果交易平台，提供科技成果转化一站式、生态化、全流程服务，推动驻济高校院所科技创新资源、先进适用成果不断在济南汇聚转化。

四、济南的舞台

双循环的格局之下，一座城市的发展必须放到全省甚至全国平台来谋划。对济南来说，如何定位自己的舞台？

笔者以为，济南应在两个圈层发力：一个是外圈，也就是济南都市圈；另一个是内圈，就是济南自身。

先来说外圈。

建议强力推进济南都市圈建设，打造北方最高标准都市圈。

前不久，国家发改委批复同意《西安都市圈发展规划》，这是继南京、福州、成都、长株潭都市圈规划之后，国家层面批复的第 5 个都市圈规划。种种信号表明，"强都市圈"正在成为"强省会"升级版，引领新一轮城镇化发展方向。

高标准打造济南都市圈，济南是有底气的。

一是发展基础良好。济南都市圈是以济南为中心的经济区域带，辐射带动淄博、泰安、聊城、德州、滨州、东营6市协同发展，面积6万多平方公里，人口3700多万，GDP3.1万亿元。

二是地理位置优越。济南位于华北与华东的交界处，东临大海，西有京杭大运河，铁路、公路、水路、航空都很发达。作为全国重要的综合性交通枢纽，济南市"米字形"高铁网雏形初显，每天有300多趟高铁车次直达全国254个城市，覆盖4亿多人口。济南国际机场有204条航线通达海内外120个城市。"三环十二射"高快路网通达四面八方，"两横三纵"城区快速走廊闭环成网，高速公路通车里程达737.8公里。

三是政策机遇叠加。黄河战略上升为国家战略，明确了济南作为黄河流域中心城市的定位；国家发改委明确支持济南提升自身能级，培育发展济南都市圈；《山东省国土空间规划（2021—2035年）》明确提出"做强省会都市圈"，专门出台《关于加快省会经济圈一体化发展的指导意见》，要求济南提升辐射带动能力，把省会经济圈打造成黄河流域生态保护和高质量发展示范区、全国动能转换区域传导引领区、世界文明交流互鉴新高地。

再说内圈。

建议济南构建起以起步区为核心平台、"东强西兴南美北起中优"联动发展的城市发展新格局。

很多城市新区都是各地最有发展活力、最具城市魅力、最能展现产业实力的新区。比如说，雄安新区是千年大计、国家大事，以"高起点规划、高质量建设"为理念，保持足够的战略定力和历史耐心，真正成为产城融合、绿色生态、空间布局等方面的标杆样板；浦东新区成立以来敢闯敢为、勇于创新、担当实干，在改革系统集成、制度开放、高效能治理等领域，创造了诸多具有引领性、示范性的先进经验，成为"中国改革开放的象征"和"上海现代化建设的缩影"；天府新区以建设践行新发展理念的公园城市先行区为统揽，建设科创平台、植厚科创支撑、导入科创资源，重点公关关键核心技术，全面构筑科技创新策源硬核力量。

从济南自身来说，新旧动能转换起步区作为黄河重大国家战略明确的唯

——个新设立的"实体性"新区，也是继雄安新区之后全国第二个起步区，享受集贸易试验区、国家级新区、国家自主创新示范区和全面创新改革试验区于一身的"四区叠加"政策红利，对济南、对山东、对整个黄河流域乃至全国新旧动能转换的重大历史使命来说，具有重大的划时代、里程碑意义。建议济南立足起步区建设，用好政策机遇优势，集聚全市之力，加快建设城市副中心，在黄河以北再造一个新济南。

当然，起步区这个核心平台，需要与整个城市形成联动发展的格局。从济南来看，建议与"东强西兴南美北起中优"的城市发展新格局统筹谋划、一体推进。东部坚持科技赋能、产业兴城，打造成为经济密度最高、辐射能力最强、最具现代化国际大都市形象的科创制造之城。西部坚持筑城兴业、品质聚人，提升人口和经济承载能力，打造活力康养之城。南部坚持生态优先、绿色发展，保护好城市"绿肺"和泉城"水塔"，打造绿色生态之城。北部坚持三生共荣、完善功能，打造绿色、智慧、现代的未来希望之城。中部坚持业态迭代、内涵提升，进一步彰显泉城特色和文化底蕴，打造魅力品质之城。

同时，持续完善推进力度。比如，对 CBD、老商埠、国际医学科学中心、科创金融改革试验中心、大学科教产业城、央省企总部城、创新谷等平台，由市级统筹、市领导帮包，着力解决推进中遇到的问题，还要擦亮济南经济开发区这个牌子。再比如，各区之间相互补台，把更多贴合本区发展实际的资源集聚在一起，由全市统筹招才引智规划，尽最大可能集聚资源，形成虹吸效应，推动经济发展。

竞相发展的城市舞台上，千帆竞技，济南基础与机遇兼具，前景值得期待。

（济声／文，2022 年 6 月）

济南之光，照亮世界

● ● ●

　　济南是我国北方最大的激光产业基地，具有完备的激光装备产业链，是山东省激光产业的核心区域。当前正全力建设"北方光谷"，打造比肩武汉、深圳的"中国激光产业第三极"。

　　据了解，济南激光装备产业链核心企业达到20家，中小型制造业企业320多家，已经形成一定规模的产业链。在激光产业领域，济南一直是全国的"光谷"之一。

　　南有深圳，中有武汉，北有济南。与武汉、深圳激光产业靠内需发展壮大不同，济南激光产业是根植于深厚的机床工业基础、依托外需和进出口贸易发展起来的。借力世界激光产业大会，绽放"最亮的光"。2022年6月，

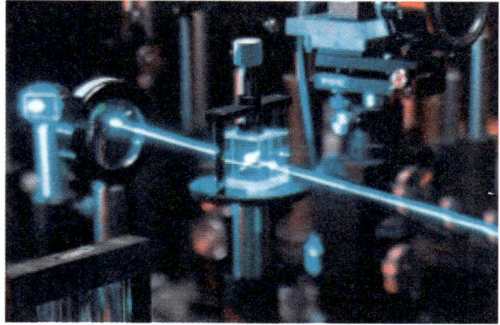

以"激遇济南，光耀未来"为主题的 2022 世界激光产业大会在济南举办。作为山东激光产业的核心区域，济南拥有一批成长性良好的优势企业，深厚的机床工业基础与对外供应推动着激光产业的快速发展。据了解，近年来，济南激光切割机产品出口全国占比第一，已成为中国激光技术的重要研发堡垒和基地。

邦德、金威刻和森峰一直是济南激光装备产业链上的"三剑客"。邦德是北方最大的激光切割设备生产商，金威刻是美国市场占比最大的中国激光机品牌，森峰是长江以北最大的数控激光设备制造企业。

2019 年，邦德激光的激光切割机产销量全球第一；2020 年，该公司在全球首发了 40000W 光纤激光切割机；东京奥运会标志性五环 Logo 全部由邦德激光的设备制作而成。华光光电作为主要参与单位，发布国内第一个激光技术类 IEEE 国际标准。一个个"国内第一""全球首发"正由济南企业来完成。

2020 年，济南激光产业收入突破 120 亿元；2021 年，突破 150 亿元。"三剑客"均实现 50% 以上增长。

激光产业取得光辉成绩的背后，有企业自身及政策、经济、科技等多方面发力，也离不开党建与产业密切结合后的大力推动。2020 年 8 月，济南市提出建设国际激光谷，成立了山东省激光装备创新创业共同体，高标准建设"北方光谷"，助力济南打造比肩武汉、深圳的"中国激光产业第三极"。

（言军／文，2022 年 10 月）

穿越济南（视频）

扫一扫，看视频

大明湖
穿越湖光山色

（段林侃／制作，2022 年 7 月）

疫情过后，一定要去这座千年古城走一走

● ● ●

一场展览就能瞬间穿越回 1983 年的纽约街头。如果你是一个现代艺术爱好者，大概没法不羡慕济南的同好。最近，"涂鸦之父"凯斯·哈林的全

10 月 15 日，凯斯·哈林大型个展在济南"579 百工集"阿波罗美术馆开幕 /IC

球巡展走进济南，这个后波普时代潮流艺术展，在中国仅设三站，除去北京和上海，只选了济南。"好羡慕，为什么不来我们城市？""济南都拥有了，我们可以有吗？""济南现在这么时髦了吗？"在社交媒体上，各地的年轻人更新着对济南的认知。

"小时候看电视，济南要么在卖章丘大葱，要么是蓝翔在招生，真的过来走了一圈，才会发现固有的印象多么陈旧。"从外地出差到济南的张佳指着阿波罗美术馆墙上凯斯·哈林的涂鸦小人儿说。"我刚从英国回来，特地来看这个展。"2019年赴英国留学的济南小伙张可源惊喜地发现，家乡的文化竞争力已经如此强大，能够争取到全国唯三的高规格艺术展出。

作为走出李清照、辛弃疾这样杰出词人的"二安"故里，济南有着深厚文化基因，本应因"海右此亭古，济南名士多"而更为知名，"家家泉水，户户垂杨"的风情，也值得人思慕，但在厚重、古老与朴实的齐鲁大地印象里，文化的济南却是相对低调的。也许，正如《别说济南》作者、济南文史学家张继平所说："可能大凡有着悠久文明的城市，性格都有一些内敛，读懂她还得下一番功夫。"低调与内敛背后，往往是厚积的力量。在悠远厚重的文化土壤中，随着经济总量过万亿，常住人口过千万，那些轻盈时尚、多元变幻的现代城市文化顺着缝隙流入济南各个角落，与古老的泉水容融之后，又在政府引导、民间联动下转化为汹涌，托起了一个备受年轻人追捧、极具活力的"出圈"的济南。

"老济南、新泉城。"67岁的张继平是地道的老济南，在他儿时的记忆里，剪子巷、大板桥、小板桥古朴的青石板路上，泉水常顺着裂缝向街面喷涌，每次裤脚被打湿

李清照纪念馆／王琴

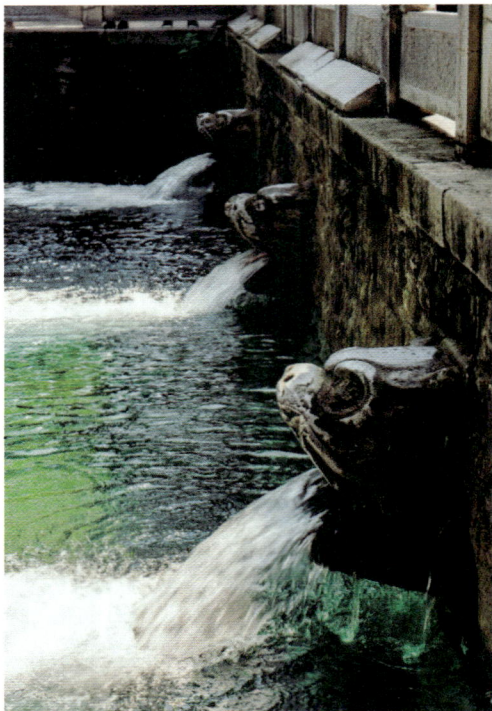
黑虎泉 / 刘悦琛

就等于自动报告了家长，又去老街巷玩耍了。这是济南老话中说的"掀开石板就是泉"，也是济南著名诗人孔孚写过的："你轻一点走，小心踩出泉水。"济南泉多，到底有多少处泉水？2022 年 6 月，《济南市现代水网建设规划（2021—2035 年）》正式印发，这座"千泉之城"首次公布官方数据——济南市共有泉水 1209 处，名泉 950 处。济南，简直是从汩汩泉水里冒出来的。远在 20 世纪 30 年代，文人倪锡英就曾给了济南一个湿漉漉、水灵灵的誉称：泉城。

最出名的当然是济南"名片"趵突泉，它有文字记载的历史，可上溯至商代，已长达 3500 多年。如今趵突泉泉北的宋代建筑"泺源堂"堂厅两旁的楹柱上，还悬挂元代书画家赵孟頫的咏句："云雾润蒸华不注，波涛声震大明湖。"是的，在这样一座城里，泉是不孤独的。珍珠泉、孝感泉、趵突泉、王府池……众泉奔涌汇流至老城西北，就成了大明湖。得天独厚的地理条件给了济南独特的面貌——北临黄河，南依泰山，城外山环水绕，城内名泉密布，山泉湖河城浑然一体。世界上有许多园林城市，济南不需也不必与它们争艳，因为只有济南，它自己便是一座园林——"四面荷花三面柳，一城山色半城湖"。历史学者、山东大学教授王育济总结说："它（济南）在历史上最大的文化特征是'高度的城区园林化'……这种独特的景观，古人称之为'济南风光异他郡'，史学界的最新概括则为'城即园林'。"

济南独一无二的格局有着悠长的历史传承，最晚在北宋时期就已经形成，

趵突泉 / 王琴

而促成这一格局的有功之臣，当首推"唐宋八大家"之一的曾巩。在之后漫长的岁月变迁中，济南的泉湖山林依旧保存了下来。元代书画家赵孟頫在他著名的《鹊华秋色图》里，记录了济南北郊鹊山和华不注山的钟灵毓秀、山林错落。600多年后，作家老舍又在他的文章中写道："城河带柳，远水生烟，鹊华对立，夹卫大河，是何等气象。"每个老济南心中都怀有一段过去时光的旧梦，幸运的是，不仅山泉湖河记录着历史，那些老建筑老街巷，仍然如活着的老照片一般。在如今的济南，还能看到始建于1901年的洪家楼天主教堂、近代民族工业的缩影成丰面粉厂……建于1920年的交涉公署，如今已是济南商埠文化博物馆，记录着济南自1904年开埠以来的商业变迁；1928年建成的山东红十字会旧址，仍然在民康里小巷凝视着百年市井光阴。2020年10月1日，《济南市历史文化名城保护条例》正式施行，这是针对历史文化名城保护出台的首部地方性法规。在《条例》框架下，济南的新、扩、改建项目，坚决避让城墙遗址、水系和具有行洪功能的道路脉络空间，落实山湖城视廊高度控制、山水自然格局传承和延续，传承老城传统风貌。从2017年开始，济南启动"济南泉·城文化景观"申遗，越来越重视泉城文化的保护和传承。张继平对《中国新闻周刊》说："济南最大的特点就是结合了南方城市和北方城市的景观，放眼全国，都很少见。"它的湿润、蓬勃与丰足孕育出了独特的城市性格，作为中国东部地区区域性中心城市的济南，开放以及对各种文化的兼容是明显特征之一。1904 年，济南自开商埠，是中国近代史上自动开辟商埠招商引资最早的一个。同年，胶济铁路通车。"这座城市是宽容的，在济南，很多开小店、卖小吃的外地人都说，他们很少受到当地人的冷落或欺侮，不管是在餐馆里还是在公共汽车上，或是在那些赫赫有名的大医院里，乡下人也不会受气。"张继平说。如此城市品格，让已有 2700 年建城历史的古老济南不但有保护和传承的姿态，也轻松愉快地接受了现代化的城市文明和新鲜事物。2022 年情人节，济南老街经三路火出了圈，原因是老商埠张采丞故居，以上万枝"玫瑰"装点，如同红色瀑布一般倾泻而下，吸引众多网友前来打卡，不少网友直呼："你永远可以相信经三路的浪漫！"

2021 年 8 月 24 日，济南市经三路与纬三路交汇处的爱心信号灯斑马线，吸引了人们前来打卡 / 视觉中国

这不是经三路第一次"出圈"了，它的"成名"始于2021年8月底。那个夏天，人们突然发现，经三路口原本平平无奇的红绿灯变成了爱心的模样，地面的中心位置和人行横道也绘制了心形图案。昔日一向以"老干部"形象示人的济南老街巷突然"浪漫"了一把，巨大的反差萌让这个路口一下子成为网红打开地。之后，有人迅速在网上总结出了打卡路线——先在"爱心斑马线"凹造型，然后一路向西，在融汇老商埠逛吃，紧接着是去"极简治愈、韩里韩气"的戈多咖啡、开业不久的济南首家葡萄牙餐厅PERA DOCE·甜梨、港风十足还可以看电影的酒吧"又一春"、兼具咖啡烘焙和古着的集合店Hakuna Matata、颇有复古腔调的清吧"摩登弄堂"以及九鼎汤鲁菜馆……一家家拍照打卡，尤其不能错过的是摩登弄堂的大红玫瑰花和九鼎汤鲁菜馆的蝴蝶结。经三路不是孤例，明清风情浓郁、呈现老济南文化和生活的宽厚里；青砖红瓦、开了不少文艺清新小店的曲水亭街；布满各色琳琅小吃的芙蓉街……都已经成为打卡胜地。创建于1932年的国棉四厂老厂房，改造后因其独特的装修风格和纺织元素，受到网友追捧；大明湖西南门的山东造纸厂总厂，被改造成文化街区，城市更新之中，老旧厂房也变身"新晋网红"。济南的标志性景点更不会落后，趵突泉在今年推出了文创雪糕"鱼墩墩"，迅速走红。大明湖畔的"八景奶茶"，要想买上一杯，常常得排队半小时。老街巷、老建筑、老景点都在展现全新的面貌，不但留住一座城市的记忆，也迸发出富有现代感的潮流意趣。2022年2月，《济南市"十四五"文化和旅游发展规划》发布，未来五年，济南将立足"老济南、新泉城"定位和"老城区、新生活"发展目标，老城区与新城区、老业态与新需求、老肌理与新格局都会在统筹下碰撞出更多充满趣味的辉光。闻得见一城书香一方山水养一方人，泉水滋养了济南城，也孕育了生活在这里的人们。天宝四年（745），杜甫到临邑看望其弟杜颖途经济南，与北海郡太守李邕游宴于历下亭时就曾感慨：东藩驻皂盖，北渚凌青荷。海右此亭古，济南名士多。历史上最出名的两位名士当属"二安"，一是"易安"李清照，她出生于济南章丘，曾居住漱玉泉，有漱玉集传世。词人最负盛名的《如梦令·常记溪

辛弃疾故居 / 刘悦琛

亭日暮》，就是描述她少女时期在济南的欢乐生活："兴尽晚回舟，误入藕花深处。争渡，争渡，惊起一滩鸥鹭。"另一"安"，为比李清照晚半个世纪的豪放派代表人物"幼安"辛弃疾。他23岁离开济南后毕生未归，晚年在信州上饶郡寻得一处泉水，买下了这眼泉和周边土地，居住于此，借以怀念"水向百城流"的故乡泉城。

若再顺着"二安"的身影向前回望，还有唐朝开国功臣秦琼、唐朝名相房玄龄、齐国神医扁鹊以及上古帝王大舜，济南同样是他们的来处。这样的人杰地灵，吸引了更多雅士来客。李白两次到济南，头次来，登上华不注山，二次来，泛舟山下的鹊山湖，先后赋诗四首。杜甫来济南，使泉城"名士文化"出典。唐宋八大家中有欧阳修、曾巩、王安石、苏轼、苏辙等五人或到济南游历，或在济南为官。其中，曾巩做了齐州知州，为趵突泉"趵"字定了音，在泉边修建了泺源堂、历山堂，又在大明湖畔主持修建北水门。清代，刘鹗为治黄到济南，留下小说《老残游记》。民国，老舍于济南长住，为济南写下四季风物。济南的名士精神一路穿过历史，给济南人留下读书的习惯，从中国图书史上最响亮的名字"济南伏生"，到"赌书泼茶"，再到230多年前周永年在济南创办了中国第一所实际意义上的公共图书馆——借书园，济南自古是书城。今天的济南更是书香遍地。自 2019 年起，济南把泉城书房建设作为一项文化惠民工程来推动，让济南人在家门口就能看书借书、学习休闲。短短几年，济南已经建成高品质泉城书房 38 家。这些泉城书房建筑面积一般都在 200 平方米以上，全部选择建在城市主要街道、大型社区、繁华商业街、景区公园等人流密集的沿街一楼，是寸土寸金之地，方便大家一眼就看到、抬腿就能进。

2021 年开始，针对部分读者的需求，济南市图书馆打造"夜读空间"，闭馆时间从 17:30 延长至 20:30，之后又推迟到零点。在各地实体书店纷纷面临经营困境的今天，浓厚的文化氛围却让济南成长起一批本土独立书店品牌。例如小红书上的"出片"胜地——阡陌书店。走进"579 百工集"设计师产业园里刚开业不久的阡陌书店百工集店，时间好像被戛然叫停了，这分明是 1904 年的老济南火车站，视野开阔的怀旧设计，耀眼又明亮的彩绘玻璃屏风，随手一拍就是一张极具年代感的明信片。在阡陌书店创始人郑国栋眼中，书店很像火车站，人们先抵达，又从这里出发，周而复始。他希望自己的书店深深根植于济南的文脉，那么抵达济南的异乡人，就可以把"阡陌"当作观看济南的一扇窗。郑国栋去过国内外数不清的书店，他告诉《中国新闻周刊》，不开书店不知道济南这座城市有这么多喜欢阅读的人。"阡陌"开在胶济铁路博物馆院内的书店，门口的保安有空就进来看书，一坐就是好长时间。他在经三路开的第一家店，有一位中年人是店里的常客，他常拎着白菜进

济南市图书馆／李健

来买书，一买就是好几本。郑国栋感慨，那位中年人很明显是刚去完菜市场又来书店的，证明书籍已经是他日常生活的一部分，他对书的需求和对一日三餐的需求一样。阡陌书店的顾客多半是这样貌不惊人的普通人，并非都是学者或文艺青年，来打卡拍照的只是极少数，多半是来买书。也正因如此，与其他一些依靠售卖咖啡和生活方式的书店不同，"阡陌"的营业额主要来自书籍（占六成）和文创产品。且阡陌书店从不卖畅销书，非虚构书籍占到2/3，虚构类书籍也都是纯文学类的。

以往，只是济南的做书人懂得济南人爱书，2021年7月在济南举行的第30届全国图书交易博览会，让全国出版社都见识到济南人的图书购买力。为期5天的书博会结束时，现场图书清零，一些出版社的同行告诉郑国栋，组委会都惊呆了，以往书博会结束需要提前把剩下的书打包发货回去，但那一次，所有出版社都没有什么可打包的，大家第一次见到这样的场面。有同行问郑国栋："你们济南人这么厉害吗？"郑国栋感慨："济南人对书的热情超乎想象，读诗、写诗的人也特别多。可能是因为1000年前的宋朝，济南就是一座诗歌之城吧。"如今，来自山东潍坊的郑国栋已经把自己看作半个济南人，这似乎正是济南文史学家张继平所说的济南文化的溶解力——"数千年底蕴丰厚的济南文化，总是轻而易举就将外来文化接纳、消化、溶解，并将外来者塑造成与这座城市性格相谐的角色。"正因如此，济南面对外界的姿态才总是开放，这正是郑国栋所理解的"钝感"。几年前，济南曾被称为"钝感之城"，在郑国栋看来，这个"钝感"不是温吞迟缓，而是坚定持久、润物无声，他更愿意将其称为"钝角"，那是一本书翻开的角度，是一道看向世界的目光，更是一个敞开的怀抱。青春济南"流量担当"悠久的名士文化和开放宽容的城市魅力流淌至今天，造就了济南人独特的性格。元代学者程文在《遂闲堂记》里称，济南人"敦厚、阔达而多大节"。"济南人有山东人豪爽敦厚的共性，又有自己灵活务实的个性，尤其以融故纳新为长。"张继平对《中国新闻周刊》说，在文化人类学尺度上，这是一种"社区性的文化特征"，它表现为一整套心照不宣和根深蒂固的生活秩序、内心规范和文化方式。济南人要雅能雅到极致，琴棋书画、吹拉弹唱、养花种草，几乎样样会。他们俗也俗得，济南毕竟是一座平民化的城市，这也许从街头地名就可窥得一二：辘轳把子街、羊头峪、棘针市……归根到底，这是一个城市宽容地让官方文化、知识分子文化和市井文化长期多层共生，将齐文化、鲁文化以及其他地域外来文化融会一起才能晕化而出的开放兼容，可以说，这也是历史和现实赋予济南和济南人的性格魅力。这样一群性格的人们，自然为多元的流行文化和新兴亚文化铺陈出温厚土壤。而且，这种接纳是自上而下的。2021年4月，济南耳立音乐节新闻发布会意外在社交媒体上火了，原因是几位身着西装的中年领导努力微笑，做出摇滚手势"金属礼"。有乐迷在新闻下留言说："说实话挺感动的，几位长辈大概并不听摇滚，但他们愿意拥抱年轻人的文化，卖力'营业'的样子还挺可爱。"在那个春天，一大波音乐节落地济南，迷笛、新青年、天空、Sony music 贴地飞行室内音乐节，近百支乐队与歌手齐聚泉城。为了服务好参加音乐节的乐迷，2021年五一迷笛音乐节前，济南市政府特地联合济南地铁将1、2、3号线运营时间延长2小时至24点，并且在22点至24点之间将行车间隔调整为10分钟。"潮流文化会对城市的文化气质产生不可忽视的影响。"济南市文旅局市场推广处处长刘荣耀对《中国新闻周刊》说："在建设强省会的过程中，济南一直在重点任务中提出，要建设独具魅力的历史文化名城，积极建设'东亚文化之都'。越来越丰富的文化项目，不但给城市注入新的文化风尚，也在不断提升济南的城市竞争力。"

与音乐节一起组成一曲时尚交响乐的，还有"泉城风尚"国际时装周、电竞赛事、潮流街头球鞋展 & 东亚国际文化交流展、国际潮流文化街区七夕晚会……济南还是山东首个实现街头艺人持证上岗的城市，几乎是全方位的，济南正在不断容纳新创意与前沿潮流文化，与时代同频共振。越来越时尚的济南自然对年轻人产生了不可小觑的吸引力。2021年，在《济南市第七次全国人口普查公报》公布的数据中，15岁至59岁人口即劳动力年龄人口占总人口数量的63.6%，这一比例高于山东的60.32%，也高于全国平均的

63.35％。同年，由泽平宏观和智联招聘联合推出《中国城市95后人才吸引力排名》报告，济南排名全国第11位，居山东省第1位，且入选中国十大美好生活城市、毕业生就业首选十大城市。曾经觉得"外面的世界很精彩"的人们回来了。如今在"579百工集"担任副总经理的马宇晓就是其中一个，大学毕业后他去了上海，一待就是10年，在奢侈品品牌做大客户管理，风生水起。几年前，他回到济南发展，他身边相似经历的朋友也不少。对于他们，2020年跨入GDP万亿城市俱乐部的家乡，已经可以提供相当广阔的发展机会，有脱口秀，也有开心麻花、小剧场话剧、户外音乐节。更何况，这里还有他们熟悉的绿藻漂摇的泉水、青砖碎瓦的老房子以及老舍笔下那个"有山有水""晒着阳光""只等春风来唤醒"的闲适老城。青春的济南越来越成为城市"流量担当"，最明显的表现就是济南在网络上的曝光量大增，济南的身影开始频繁出现在短视频平台和社交媒体。在2021年公布的第二届《中国潮经济·2021网红城市百强榜》中，济南跻身全国网红城市前列。能够成为网红城市，不仅体现在网络热度上，城市发展活力和生活的潮流指数也是衡量网红指数的重要指标。盒马鲜生首店、乐购仕（LAOX）……据不完全统计，2022年一年济南就有近50家品牌首店入驻。正在试营业的"579百工集"，让济南也有了自己的亚文化聚集地。2022年十一期间，未作任何官方宣传的"百工集"已经被当地网友的打卡照，把名声打到济南之外。这里已然成为济南最大的潮流文化地标，文章开头所述的举办凯斯·哈林真迹展的阿波罗美术馆，就坐落在园区里。"579百工集"副总经理马宇晓告诉《中国新闻周刊》，作为济南一处别具一格的年轻亚文化团体汇集地，园区分为五大板块，分别是机车、设计师、国风、自然、亚文化，有"斯巴达公园""雅典宫""温泉关"等多个主题空间，将呈现出济南前所未有的文化园区新形态。目前开放的是一期，改建面积约3万平方米，二期、三期逐步完工后整体面积将达到12万平方米左右。从前，这里曾经是一个规模不小的电动机械厂，在企业搬迁、厂房闲置后，作为仓库对外出租，渐渐衍生出旧家具、旧电器生意的旧货市场。如今，私搭乱建、商户密集的旧态已经远去，金色轮廓的

泉城国庆夜景 / 王成永

老厂房恢复了原本的结构，红砖、高顶配上工业风十足的旋转楼梯和重型机车，文艺复古的气息扑面而来，尽管还未完全改建完毕，但在互联网上，"579百工集"的文化地位已经与"北京798"和"上海M50"并列在了一起。不断集聚的潮流地标背后，是济南城市快速发展带来的消费升级需求，也带动整个城市形象发生根本的变化。2022年年初，跨年夜泉城广场倒计时和济南城市灯光秀一起登上了热搜，在寻求仪式感却又不得不在当下舍去很多"非必要"的各地年轻人心里，济南地标建筑绿地中心大屏上闪动的倒计时数字和绚烂的城市灯火，给了他们意想不到的慰藉，这座城市正在成为他们向往的诗与远方。有人曾说济南是一座中庸之城，济南市委宣传部分管日常工作的副部长、市文明办主任孙世会感慨："那又有什么不好呢？那恰恰说明，济南什么都有了啊——看得见一城山色，听得见泉水叮咚，闻得见一城书香，又稳如泰山令人有归属感。"是时候重新认识济南了，正如一首歌里唱的："聚在济南的年轻人，唱着泉城的SAY。不大不小，刚刚好，有山有水，刚刚好，不紧不慢，刚刚好，不蔫不躁，刚刚好。"

（中国新闻周刊／文，2022年12月）

这就是济南：一场教科书式的疫情阻击战

● ● ●

2022年5月10日，连日阴雨之后，济南放晴。

这一天，济南恢复餐饮堂食，学生准备复课，工厂加速生产，城市车水马龙，烟火气炽热升腾。

这一天，温度还是有些低，但温暖的阳光打在千万济南人脸上，每个人都像凯旋的英雄。

从3月底本轮疫情出现，到4月30日无本土社会面新增，再到当前动态清零目标实现，面对疫情爆发以来最严峻、最复杂的防控形势，济南在坚持人民至上、生命至上的根本前提下，以快制快、科学精准，探索出了一条特大城市在不搞大范围管控的前提下，快速实现社会面动态清零的有效途径。

这是一场堪称教科书式的战争。

封还是不封

战争最艰难的时刻，是在4月下旬。4月25日，36例；4月26日，30例；4月27日，43例……不断攀升的数字，就像乌云压在济南城市的上空。

特别是外地一些城市出现的缺物资、难就医等现象，更让济南人的心情无比紧张。

"济南要封城""市区要静态管理7天"……各种流言在市民朋友圈流传，不少人走出家门抢购物资，人流的密集为防控带来更大隐患。

封城或者全域静止或许会在短时间内切断病毒传播，但同样会对城市、市民生活造成重大影响。有没有可能，在最少影响、最低损失的前提下实现动态清零？

封还是不封？这是一个艰难的抉择。

很快，济南一锤定音：不封城！不静止！

这是一个重若千钧的决断。城市是人民的，坚持抗疫最终也是为了人民。济南"战疫"，就是要最大程度保护市民生命安全和身体健康，最大限度减少疫情对经济社会发展的影响！

但是，不封城，就要面临病毒扩散的风险。作为一个拥有千万人口的特大城市，每天的人流、车流、物流达到数千万级，任何一个环节出现漏洞都将是致命的。

不封城，就要以更快的速度、更精准的措施与病毒赛跑，和疫情较量！

济南，向来是一座以"绣花式"现代化治理著称的城市。在此次"战疫"中，"绣花"功夫、"微雕"精神更是发挥得淋漓尽致。

不封城，济南创新推出临时管控区制度。在保障城市整体运行、群众基本生产生活与工程项目建设进度不断的基础上，济南充分考虑城市实际、科学研判各种因素，对主城区风险隐患较大的部分区域，科学、果断、快速划定临时管控区，与封控区、管控区、防范区管控无缝衔接，全力阻断社会面传播风险。

更加精准的是，济南每天根据疫情最新形势，对临时管控区及"三区"进行动态调整。虽然，这意味着更为庞大的数据分析、更为紧张的链条溯源、更为复杂的防控形势，但济南仍然咬紧牙关坚持了下来，还是因为那句话，要把疫情对群众生产生活的影响降到最低！

从下面的一组数字可以看出济南这一个月有多努力：自 4 月 25 日以来，济南共解除封控区、管控区、临时管控区 2833 个，涉及 320 多万人。

这意味着，全济南三分之一的人口曾被封控、管控，但这也同时意味着，济南其余 700 万人的生产生活没有受到大的影响，城市照常运转，生产生活也在继续。

事实证明，济南的抉择是符合城市实际、科学而有效的。

在实现社会面动态清零后，一位济南市民在朋友圈发文说，当初觉得济南没有封城是错的，现在看来，是我错了。因为，封城意味着济南这座城以及城里的所有人都将付出沉重的代价。现在，济南以整体最小的代价换来了疫情防控的重大成果。感谢奋战中的每一个人，感谢曾经被封控的每一位市民，是你们的勇敢和付出，换来了胜利的曙光！

就是要与病毒拼速度

天下"武功"，唯快不破。

与病毒赛跑，济南精锐出战，组建省市联合流调中心，每个区县都成立"追阳专班"，全市共设立专业流调队 32 支、459 人，基层流调队 1354 支、5546 人，借助数字化、信息化手段，快速精准开展流调溯源，确保第一时间查清源头。

他们中间，有人一天拨打数百个电话，有人一天排查上万条数据，有人一天爬遍十几栋楼，目的只有一个，用最快的速度找到密接、次密接，排查重点人群和风险场所，切断传播链条。

4 月中下旬，济南阳性病例和风险人员数量激增，隔离、转运需求急剧增长。但无论怎么增长，济南都做到了抢先一步，做到了应隔快隔、应转快转。

阳性感染者在 3 小时内由负压 120 救护车转运至定点医疗机构，密接人员在 8 小时内完成转运隔离，这是国家《新型冠状病毒感染者转运工作方案

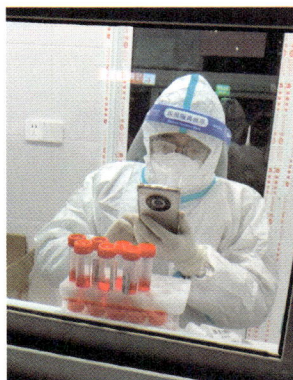

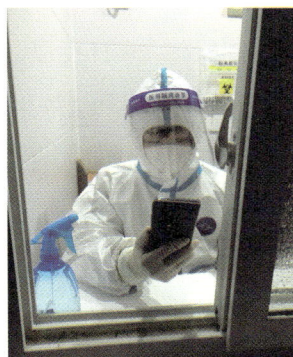

（第二版）》中的规定。但在济南，这一时限被大大缩短。

4月25日以来，济南累计实施跨区县隔离转运25批次、8113人，无一人超出转运时限，更没有发生一起次生感染。

5月1日，山东大学中心校区一名学生被确诊为新冠肺炎。一夜之间，13000名师生星夜大转移，被顺利转运至济南及淄博、泰安、德州等周边城市，单人单间隔离观察。这次转运，被山大学生戏称为"一阳千徙"，更有人称之为史诗级大转移。

这，就是疫情之下的济南速度！

开展区域核酸检测是筛查社区风险的有效手段。4月20日至4月21日，济南在主城区开展第一轮区域核酸检测。一夜之间，济南启用采样点4497个，组织起了包括采样人员、信息登记人员、秩序维护人员在内共近7万人的队伍，调度近千辆转运车辆，完成了660万余人的采样。

数字不止于此。据统计，4月20日以来，济南已连续开展15轮大规模区域核酸检测，累计完成采样1.2亿人次、人数超过1047万人。

这，也是疫情之下的济南速度！

疫情之下，民生保障一刻不能耽误。在这个战场上，济南同样创造了新的速度纪录。

面对市民对物资供应的担忧，济南建立起4大商超和4大批发市场为骨干的应急保供企业团队，稳定应急货源供应渠道畅通，并提前储备了能够满足全体市民6天生活需要的猪肉与蔬菜。4月25日，部分市民担心封城而屯菜，26日凌晨，济南紧急安排130辆"菜篮子"直通车，专程运送米面、肉蛋、果蔬等生活物资。此外，统筹400台、运输总吨位1300吨的机动运输保障车辆，保障应急配送。

整个4月疫情期间，济南生活物资供应始终充分，价格没有出现大的波动，保障了市民正常生活。

这，更是疫情之下的济南速度！

速度背后是有备而来，是一座城的力量。快速、有效、有序的组织、应急与处置能力，正是济南这座城市现代化治理能力的充分体现，而这也正是济南敢于不封城、以绣花功夫与疫情鏖战的底气所在！

三个关键词：科学、精准、透明

很多人好奇，在这个千军万马的战场上，济南是如何做到指挥若定、有条不紊的。

然而更应该关注到，沉着应对背后是科学的预判、精准的部署与夜以继日的拼搏。

整个4月，济南人通过媒体报道了解了这样一个会议——省市疫情处置工作济南现场联合指挥部工作会议。每天，对于济南疫情防控的最新部署从这里发出，落实到城市的每一个社区、每一条大街小巷。

反应迅速、运转高效的指挥体系是打赢疫情防控工作的"中枢大脑"。山东和济南省、市两级优化体制机制，组建了省市疫情处置济南现场联合指挥部。自4月4日起至今，省市疫情处置工作济南现场联合指挥部以每天一次的频率召开会议，即便是在中共济南市第十二次党代会及2022年市"两会"期间，这一会议仍照常举行，山东省委常委、济南市委书记刘强，济南市委副书记、市长于海田均以省市疫情处置工作济南现场联合指挥部总指挥身份出席，临场指挥。

每天，会议针对疫情形势最新变化，调整应对思路，作出最新部署。比如，4月初，建筑工地是济南疫情防控的重点，在4月5日的会议上，刘强特别强调要加强规范化管理，确保全市建筑工地疫情防控管控到位。4月底，针对部分小区管控，部分市民对生活物品供应产生焦虑，而4月27日晚召开的会议强调，积极回应群众关切，确保居民生活物资、就医看病等保障落实到位。

科学、精准、有力的部署，确保了济南这场疫情防控阻击战紧张、有序地进行，成为取得胜利的先决条件。

济南市人民政府新闻办公室

与省市疫情处置济南现场联合指挥部会议步调一致，济南市还以每天一次的频率召开新冠疫情防控发布会，积极回应群众关切，让一切谣言没有可乘之机。

自3月29日以来，新闻发布会已连续举办41场，市卫健委、交通局、商务局、市场监管局、教育局、交通运输局、公安局、大数据局、人社局、民政局、公共就业服务中心等部门轮番上阵，全面、系统回答市民群众关心关注的防控措施、物资保障、复工复产等问题，澄清谣言、稳定人心、鼓舞斗志，在全市上下凝聚起疫情防控的强大合力。

在这场没有硝烟的战争中，还有一个因素发挥了重要作用——数字抗疫。身处国内数字城市建设一流方阵的济南，对数字化、信息化手段的应用可谓得心应手。

在建筑工地疫情严重之时，济南搭建完善建筑工地管理信息平台，对全市2293个建筑工地、26.2万名施工人员实现平台建档管理，确保了封闭管理不留死角、核酸检测不漏一人，彻底切断工地疫情传播链条。

为让防控更加精准全面，济南还开发疫情防控数据融合平台，打通8个省级系统、15个市级系统，接入11个单位22类近4亿条数据，并定时更新、系统分析，绘制电子地图，实时展示疫情态势，以便及时作出部署调整。

科学、精准、透明，成为济南"战疫"的三大"法宝"。

软实力的硬支撑

人间最美五月天。本是春光无限美好之时，千万济南人与病毒短兵相接。

无数人站了出来，日夜坚守的"大白"、默默奉献的志愿者、负重前行的社区工作者、严把输入卡口的执勤交警……每个人都在为守护城市万家灯火付出努力。

为确保防控、服务社区，济南还从市直机关、企事业单位抽调8000余名干部，与医务人员、公安干警等一起下沉基层社区，合力完成社区管控、核酸检测、居民服务等防疫重点任务。

无数人默默配合，不管是被临时封控，还是区域核酸检测；不管是居家办公，还是坚守工作岗位；不管是在家上网课的学生，还是穿梭在城市的快递员、外卖小哥，每一个人都用自己的方式、尽自己所能为抗疫做贡献。

他们，共同筑起了济南抗疫的铜墙铁壁！他们，展示出的良好素质与坚强精神，是这座城市最强大的力量之源！

济南人是豁达的。

面对核酸检测，由扁鹊、辛弃疾、秦琼、李清照组成的"抗疫天团"核酸贴纸频频出圈，充分展现了这座城市的文化底蕴、精神内核，也给予人们以信心和勇气。

面对社区封控，不少人在自嘲是"天选打工人"的同时，依然坚守工作岗位。被临时封控在小区的市民，也积极配合管控措施，不少人在做好防护的同时积极投身社区防控。

济南城是温暖的。

致敬"逆行者"，爱心店主连夜赶制 50 个小蛋糕送到防疫一线；为了表达谢意，村民开着三轮车接送做核酸检测的"大白"；爱心传递，多家餐馆贴出通知，为遇到困难的人提供免费饮食……至于这样做的原因，他们说得朴实、直接——希望能够为济南抗击疫情尽一点力。

这是一次城与人的双向奔赴。城市全力做好市民生活服务保障，市民全力支持城市防疫大局，成为济南疫情趋稳向好的关键。

什么是城市软实力？在这次疫情中，济南给出了最佳答案！

另一个战场

在抗击疫情的战场之外，济南也在另一个战场上日夜奋战。

过去一个月，济南市主要领导多次到企业调研，了解企业困难，强调在做好防控的前提下推动生产经营迈上新台阶。

全景燕山立交 / 王昆远

4月7日，刘强到博科集团、齐鲁制药生物医药产业园、临工集团济南重机有限公司、浪潮产业园调研。

4月13日，刘强到历下区调研，其间，调研了济南科技金融大厦、山东超星智能科技有限公司、山东远盾网络技术股份有限公司及历下总部商务中心、中国济南人力资源服务产业园。

5月1日，于海田调研济南翼菲自动化科技有限公司、宏石激光科技有限公司，了解企业生产经营情况，强调增强服务企业意识，主动思考，积极作为，帮助企业解决实际困难和问题。

5月7日，刘强与于海田再次到浪潮集团调研，要求浪潮不断提升核心竞争力，拉长产业链条，营造良好产业生态，发挥创新平台载体作用，推动企业做大做强做优。

在疫情形势紧张的4月，济南还在百忙之中"抽空"开了几个重要会议，这几场会议无一不与稳增长、促发展有关。

4月16日，济南市召集经济工作主要职能部门分析研究全市经济指标运行情况。

4月25日，市委常委会会议听取市政府党组关于一季度经济社会发展情况的汇报。

5月3日、4日，接连召开区县委书记统筹疫情防控和经济运行工作座谈会，听取各区县工作汇报和意见建议。

5月5日，召开重点企业和重点项目座谈会，了解重点企业和项目推进情况，鼓励大家坚定信心决心。

这次座谈会，有一个细节引发广泛关注——刘强提醒在会上公布手机号的某位局长"重要的事情要讲三遍"，以方便企业有困难随时联系。

科学高效的指挥、精准有效的举措，为推动复工复产、稳定经济运行打下坚实基础。为助力企业发展，济南还制定出台应对疫情冲击助企纾困"25条"等政策措施，帮助市场主体渡过难关。

总而言之，疫情要防住，经济要稳住，发展要安全，济南有信心、有底气。

阶段性胜利

截至5月9日，济南已连续两天实现本土阳性感染者"零新增"，连续5天无本土社会面新增阳性感染者。

这场济南"战疫"，取得了阶段性胜利！

这份胜利，属于每一个济南人，正是在千万市民众志成城、齐心协力下，济南才打出了一场堪称教科书式的"战疫"。

零新增不等于零风险。疫情尚未结束，病毒也可能有朝一日卷土重来，但只要未雨绸缪、科学研判、精准应对，济南就有信心、有能力应对一切挑战！

疫情如此，一切困难都是如此。

（弓予/文，2022年5月）

济南，人太好了

昨晚下楼做核酸，前面是一个老人，抱着个两三岁的孩子，孩子张嘴，棉签伸进去的刹那，"呕"一声，动静不小。老人和"大白"都笑了，"大白"说，这孩子胃浅，昨天做完都吐了。

我也想吐，一阵心酸，往喉咙里顶。

手机贴满了完成核酸检测的粘贴，从扁鹊、辛弃疾，到秦琼、李清照，据说后面是大舜，我觉得不如换张养浩，"清照"清了零，也该"养浩"了。

这次，从济南出现第一例阳性到今天，40多天，终于看到了零新增。此时，我最深刻的感受，就是济南人太好了，生活在这座城市里的人太好了。

酒店堂食，通知停，就都停了，餐饮老板没有抱怨，一个个咬着牙硬撑，关门或靠外卖甚至团购食材自救。学校的线下课，让停，立刻停了，孩子们在家上网课，家长陪着，还要填各种健康表格。每天都有那么多小区突然封控，谁也不知道自己睡一觉起来后，还能不能出去，但所有人都很自觉，不让出门就不出，不让下楼就不下。大学，全封闭，最美好的青春关在校园里，也都坚持住了。还有山大，一夜之间的大迁徙，师生们有条不紊地收拾行李，分道扬镳。

如果不是疫情，这些都是难以想象的事情。但，正是因为大家难以想象地做到了，才及时控制住了疫情。

其实，这并不意味着济南人温顺、听话，而是因为人们心里清楚，只有每个人都自觉配合，才能在最短的时间里实现最大的自由。

济南，人太好了。如此豁达，如此乐观，不去做无谓的质疑，能够在低落中保持信心，在等待中积蓄力量。

相信济南，相信未来。

最后，想起食指这首诗。很多年前，第一次读到时震撼了我的心灵，那时，我还是一个迷惘的少年，后来开始写诗，也有幸见过食指几次。有一次是在济南，听他现场朗诵，声音不大，但每一个字都充满内在的力量。即便，从现代诗本身的角度，这首诗的艺术水准并没有那么高，但其精神内核则是永恒的，让我们读一次，再读一次……

相信未来
食指

当蜘蛛网无情地查封了我的炉台，
当灰烬的余烟叹息着贫困的悲哀，
我依然固执地铺平失望的灰烬，
用美丽的雪花写下：相信未来。

当我的紫葡萄化为深秋的露水，
当我的鲜花依偎在别人的情怀，
我依然固执地用凝霜的枯藤，
在凄凉的大地上写下：相信未来。

我要用手指那涌向天边的排浪，

我要用手掌那托起太阳的大海，
摇曳着曙光那支温暖漂亮的笔杆，
用孩子的笔体写下：相信未来。

我之所以坚定地相信未来，
是我相信未来人们的眼睛——
她有拨开历史风尘的睫毛，
她有看透岁月篇章的瞳孔。

不管人们对于我们腐烂的皮肉，
那些迷途的惆怅，失败的苦痛，
是寄予感动的热泪，深切的同情，
还是给以轻蔑的微笑，辛辣的嘲讽。

我坚信人们对于我们的脊骨，
那无数次的探索、迷途、失败和成功，
一定会给予热情、客观、公正的评定，
是的，我焦急地等待着他们的评定。

朋友，坚定地相信未来吧，
相信不屈不挠的努力，
相信战胜死亡的年轻，
相信未来，热爱生命。

（魏道泉城/文，2022年5月）

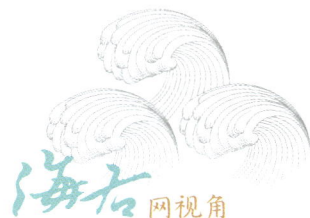

比亚迪也许给了济南最好的机会

• ● ●

前言

7月3日，比亚迪新王登基。

2022年上半年，比亚迪新能源车全球出货量超过特斯拉，跃居世界第一！

正是这家神一样的企业，在2021年下半年来到济南，设立了比亚迪汽车工业园。

新能源汽车，是当前中国最炙手可热的赛道，是中国汽车产业弯道超车的"全村"希望。一条赛道，却牵扯起电池、材料、芯片、功率半导体、车联网、人工智能等N个硬科技产业，足以为一座城市构建起极具扩张力的科技和经济骨架。

因此，对于新能源汽车之争，争夺的不是项目，不是产业，而是未来。

现在，正是刻不容缓的窗口期。

所以，济南和比亚迪下起了一盘快棋。

2021年12月28日，比亚迪以10.31亿元在济南起步区拿地2946亩。仅仅半年时间，比亚迪相继在济南闪电布局了电池、芯片生产基地以及汽车产业园。

这已经不是产业链，而是产业网了。而其背后贯穿交织的两条主线更加值得我们关注：

一个是城市竞争。在培育影响城市未来二三十年发展的新兴产业上，新能源汽车产业无疑最为火热。各城市围绕这张"车票"明争暗斗，招商大战此起彼伏。

另一个是产业竞速。2022年，各种因素交汇下，新能源汽车产业将出现更多变数，这使得比亚迪必须快速布局。这个时候，大就是基本面，大就是性价比，大就是竞争力。

两条主线相互博弈，最终呈现在公众面前的是：一座城市与一个新能源车企巨头的深度绑定，走"共同富裕"的路子。

济南和比亚迪之间能否演绎出"合肥模式"？

在新能源的赛道上，上海是中国新能源汽车第一城，合肥、南京、杭州等新能源汽车规模正在崛起，常州依托新能源电池再次起势。

济南，则低调地承接了比亚迪、吉利这样的新能源厂商的产业转移。

美有特斯拉，我有比亚迪。

济南的野心、比亚迪的创新，能否让泉城在新能源的赛道上后发先至？

缺芯潮下，济南和比亚迪下了一手快棋

比亚迪这次布局济南，全盘在下快棋。

2021年下半年，比亚迪股份有限公司在济南建设工厂的消息引发关注。比亚迪陆续在济南一地投建了包括芯片、电池、汽车销售在内的工厂和产业园区。自年初项目开工以来，工程建设进展迅猛，园区内大批工业和办公楼、厂房已经初具规模，更多大型厂房正在打地基。项目进展很快，其中弗迪电池项目预计2022年下半年投产，整车制造项目预计2022年年底投产。

比亚迪果断决策在济南发展，推波助澜的是2020年底全球爆发的"缺芯"

潮。比亚迪斥资 50 亿元购得富能半导体，是成就济南市和比亚迪这场"姻缘"的关键点。

富能半导体是济南市在战略性新兴产业上的重要布局，项目规划占地 630 亩，包括两个 8 英寸和两个 12 英寸圆晶厂，分 3 期建设。

这个山东省重点扶持项目于 2018 年 9 月在媒体公开报道，在这个项目上接力出现的两个产业大佬——富士康和比亚迪，都是近两年在半导体领域最活跃的投资者。

持"第一棒"的富士康在与济南市签约后表示，将以产业基金形式服务于济南市集成电路发展，主要投资于富士康集团现有半导体产业项目，富士康先期促成 1 家高功率芯片公司和 5 家集成电路设计公司落地济南。

芯片制造是资金密集型产业。济南看准时机毫不犹豫，于 2019 年 3 月动工，济南产发集团负责厂房建设，济南高新控股集团负责设备采购。2020 年 12 月底，首条产线建设完毕。

在这个重大项目的对外传播上，济南市极为低调。究其原因，芯片产业投资极大，成功率极低，风险极大。很多城市在芯片项目上碰得头破血流，折戟沉沙者比比皆是，比如武汉。

2021 年 1 月 27 日，富能半导体 8 英寸产品下线后，再无"第一棒"选手富士康消息传出，反倒是因为缺芯潮，富能半导体引来众多竞购者。

富能半导体拥有现成的半导体生产线，是 2006 年以来国内除存量大厂扩产外，自主建成并实现产线调通为数不多的 8 英寸功率半导体生产线。最多时，有 5 家企业同时跟济南市高新区谈判，包括世界级芯片研发设计和销售企业北京豪威科技。

济南市最终选择了比亚迪。对于济南市而言，比亚迪拥有更强大的产业链优势，落地济南会产生强大的产业聚集效应。

2021 年 8 月，济南市与比亚迪签署合作协议，宣布在新能源动力电池、半导体等领域开展全方位合作，这是济南市首次与比亚迪签署全方位合作协议。

8 月 24 日，比亚迪斥资 50 亿元购得富能半导体。据悉，富能半导体一期建设先期已投入 60 亿元，包括两个 8 英寸厂和两个 12 英寸厂，而 50 亿收购协议中，包括先期购置的半导体设备。

同一天，比亚迪电池板块弗迪电池落户济南，4 个月后又敲定二期项目。

不管是"聘礼"还是"嫁妆"，双方都显示了足够诚意。

对于比亚迪而言，其在济南布局是目前产业环境下的最优选。受疫情影响，自全球化下不同地域的协同生产优势打破后，产业分工在一地聚集成垂直整合的产业链集群，是目前最合理的集群化生产模式，并且有效降低物流成本，在疫情期间尤显竞争力。

比亚迪的"投资大年"

但济南并不是比亚迪的唯一。

2021年8月，在牵手济南的同时，比亚迪又大步进军安徽省会合肥。8月初，比亚迪先在安徽无为，也就是王传福家乡落户注册资本5000万元、年产能10GWh的电池厂；随即又在合肥圈地3918亩，投资60亿建整车生产基地，助力合肥拥抱"中国新能源汽车之都"的梦想。

2021年是比亚迪的投资大年。

据"天眼查"数据显示，2021年8月以来，比亚迪先后新增安徽无为、江苏盐城、山东济南、浙江绍兴4家刀片电池公司，此前还在长春投资百亿建电池厂。

比亚迪在济南的电池项目一期和二期总用地1150亩，总投资100亿，年产能达30GWh，这意味着济南将成为比亚迪刀片电池的主要生产基地。目前，比亚迪在深圳、惠州、长沙、重庆、西安、西宁等地布局了电池厂。位于重庆的电池生产基地，年产能已提升至35GWh；投资120亿、2021年开工的西安电池厂二期达产后，加上一期，总产能达30GWh。

目前，比亚迪动力电池出货量全国第二，但在新能源汽车的狂飙突进下还是引发了"电池荒"。据不完全统计，2021年以来，宁德时代已投资近800亿元扩充电池产能。

在整车项目上，目前已明确的比亚迪整车基地包括深圳、西安、长沙、常州、合肥五地。这五地中西安基地产能最大，全部投产后将达到60万辆。

从公开报道和公开渠道查到的信息显示，比亚迪在济南起步区投建的新能源乘用车及零部件汽车产业园，占地4000亩，总投资150亿元，如果年产能30万辆的话，将超过深圳基地20万产能（已投产），与长沙基地（已投产10万辆）持平；低于常州（投资100亿，未投产）、合肥基地（未投产）40万辆产能。

除去济南，这些已确定的整车基地全部投产后，产能将达到 190 万辆。

比亚迪一路狂奔，目的就是在窗口期做大产能，以规模优势带来的超高性价比打败对手，稳住市场地位。由于比亚迪在动力电池、芯片、电驱动、电控系统上都是自研，在性价比上已超越同行。

济南 PK 青岛，从资本招商到资源要素招商

2021 年，比亚迪在全国频频投资布局，或者追加投资。但早在 2015 年就获得比亚迪投资的青岛，在比亚迪最新一轮产能大举扩张中颗粒无收。

2015 年，比亚迪将新能源山东总部、纯电动客车出口基地和电动车及储能技术研发中心项目落在青岛城阳区。这是当时山东省最大的新能源客车项目，占地 1000 亩，2015 年 5 月开工建设，总投资 30 亿元，一期生产纯电动大客车，年产能 1000 辆。2016 年 7 月，首批比亚迪 K9 纯电动客车下线，交付青岛交运集团使用。

新能源客车市场是一块巨大蛋糕。笔者注意到，除了青岛外，比亚迪在杭州、南京等多地建大巴工厂，主要目的就是以投资换市场、换销量。

但一期项目后，比亚迪在青岛再无投资项目。倒是青岛国资于 2019 年 12 月以 144 亿元收购奇瑞股权，成为奇瑞第一大股东，引发各方震动。

这个时候，正是"中国最牛风投"合肥拿 70 亿出手相救蔚来之时。

时隔 14 个月后，2021 年 2 月，奇瑞在即墨投资 230 亿元建整车厂，生产乘用车、新能源商用车等，达产后年产值 500 亿元以上。

青岛国资借奇瑞"混改"之际，以资本导入产业落地。

济南则以富能半导体这棵"梧桐树"，引来比亚迪几乎全产业链式布局。

不同市场机遇下，呈现出两种不同的招商模式。到底哪种模式更有效率，投入产出比更高，时间能给出最好答案。

按照青岛市新能源汽车产业发展规划，2020 年要建成新能源汽车产业聚集区，整车产能 12 万辆，加上电池和电机总产值 850 亿，培育 3~4 家大

型整车企业、3~4 家大型关键零部件企业。

相比多方新能源产业势力角逐的青岛，济南目前拥有中国重汽、豪驰智能、吉利 3 家新能源汽车整车厂家。在这种情况下，比亚迪这个自给自足的"全能型选手"落户济南，更容易获得政府资源倾斜。

从城市产业发展看，在要素资源配置并不充分富裕的二、三线城市，聚焦式发展反而更容易集中资源，将产业做大做强。

谁将是中国新能源汽车第二城

上海作为中国新能源汽车第一城，其地位无可撼动。那谁是第二或第二梯队的城市呢？

2021 年，城市间新能源城市之争越发激烈。

尤其是有关"特斯拉在中国选址第二工厂"的消息，传得沸沸扬扬，济南、青岛、长沙、西安、合肥、武汉等多个城市均在"推荐名单"，其中不乏当地主政者积极争取。

大举布局新能源汽车赛道的不乏合肥、武汉、深圳等"优等生"。混战之下，谁能如愿冠名"新能源汽车之都"？

上海	到 2025 年，本地新能源汽车年产量超过 120 万辆；新能源汽车产值突破 3500 亿元，占全市汽车制造业产值 35% 以上
广东	到 2025 年，世界级汽车制造产业集群培育取得实质性进展，全省汽车制造业营业收入超过 11000 亿元，新增 1~2 家汽车整车企业进入世界 500 强企业名单
江苏	到 2025 年，全省新能源汽车产业综合竞争力明显提升。动力电池、智能网联汽车、氢燃料电池、电驱动系统等关键领域技术取得新突破，新能源汽车产量突破 50 万辆

山东	到 2025 年，新能源汽车产量达到 50 万辆。行业产值突破 5000 亿元。成为国内外竞争优势明显、国际影响力突出的新能源汽车产业聚集区。千亿级、500 亿级和 300 亿级企业分别达到 2 个、2 个、3 个
浙江	到 2025 年，新能源汽车产量力争达到 60 万辆。规模以上工业产值力争达到 1500 亿元。动力电池与管理、驱动电机与电力电子等关键零部件实现突破。培育生态主导型企业 10 家，"单项冠军""隐形冠军"和专精特新"小巨人"企业 100 家
安徽	到 2025 年，培育 3~5 家有重要影响力的新能源汽车整车企业和一批具有全球竞争力的关键配套企业，拥有 10 个以上行业知名品牌。打造世界级新能源汽车和智能网联汽车产业集群。到 2023 年，全省新能源汽车产量占全国比重 10% 以上。零部件就近配套率达到 30% 以上
湖北	到 2025 年，新能源汽车和专用车产值分别达到 800 亿元和 1000 亿元
福建	到 2022 年，新能源全产业链产值超过 2800 亿元，累计推广应用新能源汽车标准车 56 万辆，均比 2019 年翻一番；全省便捷高效的充电网络基本形成

公开信息显示，西安汽车工业产值超百亿的企业有陕西汽车控股集团有限公司、比亚迪汽车有限公司、陕西法士特汽车传动集团有限公司等 3 家。其中，比亚迪是西安新能源汽车的一张"王牌"。

作为新能源汽车赛道上的"优等生"，合肥的表现更为剽悍。2020 年 2 月，蔚来中国总部落户合肥，随后入股威马汽车，大众汽车（安徽）有限公司揭牌，再到 2022 年 2 月吉利宣布落地独立新能源业务，合肥越发成为新能源汽车赛道上公认的黑马。

如果仅仅对比合肥与西安两座通过不同路径发展新能源的城市，尚未有谁具备压倒性优势。

把范围拉大，新能源产业依然是许多城市竞争的风口，西安和合肥之外，武汉、重庆、深圳等多座城市都喊出了打造"新能源之都"的口号。

这不难理解，在互联网经济格局大致定型的当下，所有城市都在不遗余力寻找差异化定位，并在新能源汽车上看到了求新求变的可能性。

谁能争夺到"新能源汽车之都"的名头，谁就会获得强大的产业聚集效应，成为城市对外招商引资和吸引人才的名片。

2020 年以来，上海、广东、山东、江苏等省份均已发布关于加快新能源汽车产业高质量发展的行动计划，对于新能源汽车的产能规模、市场占比以及市场渗透率等方面都有了具体的目标。

整体来看，差异化发展的趋势已经显现。其中，广东率先向汽车制造业营收破万亿元发起冲击，上海则定下产量突破 120 万辆、产值突破 3500 亿元的目标，追求更高的质量与效益。**山东凭借强大的工业基础，谋求国内外竞争优势明显、国际影响力突出的新能源汽车产业聚集区，2025 年行业产值目标是突破 5000 亿元。**

尾声

对于参与这场新能源汽车争夺战的城市来说，看见风口并追逐只完成了战争的第一步。

风口上的猪好当，但是能不能长出翅膀才是关键。

无论何种产业风口，只有真正做到产业落地，形成生生不息的产业循环，才能发挥出应有的价值，并带来经济和就业的增长。

虽然济南新能源名气不如合肥、西安打得响，但是依靠"富能半导体"这种资源要素式的招商，目前看来，更符合当前大产业、大产能、快进式的新兴产业发展模式。

山东的优势在于强大的工业基础。这种基础优势和资源要素招商模式结合，能够更好地打通"企业—产业—区域"之间的"任督二脉"。

从这个角度来看，这种深刻理解产业大势、理解企业需求的要素招商模式，更能代表一个城市真正的软实力。

而这种软实力要求的不是我们有多少知名的古人，而是有多少真正深入产业的城市管理者。

在新能源这个决定性的赛道上，济南能否后发先至，不能靠辛弃疾，而要靠比亚迪。

（ET 财经观察 / 文，2022 年 7 月）

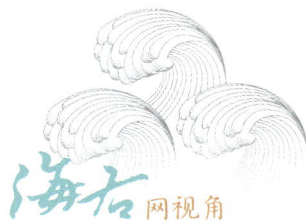

这样的"城设"，最济南

• • •

"宾至山东如归家，客到齐鲁似还乡。"6月26日晚，2022山东省旅游发展大会在济宁市尼山圣境开幕，山东省省长周乃翔致辞，"热情邀请朋友们到山东做客，来一场说走就走的旅行"。

作为大会的重要活动之一，2022世界文化旅游名城济宁（曲阜）论坛于当天下午在尼山圣境举办。山东省副省长孙继业致辞，他不无骄傲地向大家展示山东文化旅游的家底："山东拥有10座国家级历史文化名城，打造形成东方圣地、仙境海岸、齐国故都、水浒故里、亲情沂蒙等十大文化旅游目的地，正致力于推动青岛、济南、泰安、曲阜、蓬莱等打造国际化旅游城市。"

这里有三个坐标：

——10座国家级历史文化名城，

——十大文化旅游目的地，

——国际化旅游城市。

三个坐标交汇点，就有泉城济南。

一个让人再也无法忽略的城市，正因其深厚的文化底蕴和强劲的发展动能，打造自己最新的"城设"。

"三大名胜"之外

就像人有"人设",城市也应该有自己的"城设"。

关于"城设"的重要性,清华大学文化创意发展研究院副院长张铮认为,城市建设越发繁荣、城市生活水平日益提高,但城市的形象面貌越来越模糊,文化特质越来越同质化。因此,我们呼唤以"城设"概念,指引推动城市文化建设、构建城市认同、打造城市美好生活的新蓝图。

简言之,鲜明的"城设"对内可以增强自我的认同,对外则可以凸显城市的特质。

就像提起成都人们会想到各种美食,提起西安人们会脱口而出兵马俑,提起北京少不了长城、故宫、天安门一样。就连人们认知中几乎没有存在感的石家庄,近日也被《新周刊》一篇文章冠以"最摇滚的省会",原因是几次上热搜都借了本土乐队"万能青年旅店"的光。

济南呢?有什么能让人念念不忘、心向往之、非去不可的理由呢?为此,笔者曾在网上寻找答案,也问过身边许多人,得到的答案出奇地一致:"三大名胜"。大明湖、趵突泉、千佛山的江湖地位由此可见一斑。

然而,这样的答案,又让人心生些许失望和遗憾。因为对于有着8000年泉水史、4600年文明史、2700年建城史的济南来说,这样的答案显然太过单一,太浮于表面。

就像一坛老酒一样,需要小口慢呷、细细品味方得其滋味绵长,济南也是如此。千泉之城、千园之城、名士之城、东亚文化之都、文明城市"四连冠"、中国十大美好城市……各种头衔加身、各种奖项拿到手软的济南,可品的远不止于景,更有深厚的历史、人情。

最近,"济南的夜"惊艳了一位印度小伙,他迫不及待地用手机镜头记录下来,发到网上,一时还登上了热搜。整洁的街道、美丽的夜景,让印度的网友感到震惊:你确定这不是在欧洲?

对此，作为目睹济南 10 多年变化的新济南人，我也只能"傲娇"地说：视频里这几个镜头才哪到哪呀，不过是更美更好更惊艳的济南一角而已。殊不知，济南的灯光秀还数度登上央视。

但也不可否认，几年前的济南确因夜景的缺失而遭到过游客吐槽。一位江西游客就曾因想要夜游泉城吃了闭门羹而毫不客气地说：护城河和大明湖的游船晚上都不能坐，浪费了济南这么美的夜景。如今，依托一湖一环，集灯光秀、演艺秀等为一体的"泉城夜宴"，绝对不会让人再有悻悻而归的遗憾。

往东看，CBD 片区、汉峪金谷片区高楼林立，齐鲁新高度、泉城新地标拔地而起，山东自贸试验区济南片区也落地生根……笔者曾看到过一个航拍视频：傍晚时分的东部片区，华灯初上高楼直入云霄，让人震撼之余不禁有些恍惚：这是济南吗？分明就是现代化国际大都市的模样。

往西看，印象济南泉世界，集济南风采与格调潮范于一体，更是凭着大汉手印、东夷密码、时光记忆、老城寻踪等特色景观，成为具有"济南味儿、国际范儿"的网红打卡地。

如果王先生一家再来济南，坐游船、赏夜景，看看流光溢彩的明湖秀，是否会有"桨声灯影不输秦淮河"之感呢？而拍视频的印度小伙，待其与济南深度接触后，相信自会发现更多的惊喜、惊艳处。

在"知乎"上，有一位来自河北沧州的网友，大学毕业后找的第一份工作便是在济南，此后虽有变动，但兜兜转转到最后，他还是选择了济南。此前他虽与济南无任何交集，最多的了解也仅限于"大明湖畔的夏雨荷"，但他心中就是认定了济南。从 2018 年至今，济南于他而言，是越来越迷人了：

可以去大明湖畔散步慢跑、听雨赏荷看日落，去制锦市的老街遛达遛达，去大树下喝三块钱一大杯的趵突泉扎啤，去哗啦啦的小瀑布下泡泡脚丫子，去中山公园淘书，去英雄山淘文玩，喜欢赶集的还可以去赶"仲宫大集"；想压马路的可以去经三路、经四路，文艺又浪漫，超级适合文艺小青年；周末了可以去南部山区天然氧吧走一走，去七星台看星星，看藏在各个地方的泉水，去华山公园露营，吃烧烤喝啤酒……不得不说，这位网友算是死死地拿捏住了济南的全景，大有"可上九天揽月，可下五洋捉鳖"的架势。

听完他的讲述，你还会觉得济南只有"三大名胜"吗？这样景色不胜收的济南，是不是值得你慢下脚步来，慢慢品味？

"文化越千年"

说起济南的"三大名胜"，可能大部分人都能脱口而出：趵突泉、大明湖、千佛山。

但是，这并不是最初的版本。曾经的"三大名胜"，并没有千佛山的位置，而是济南的另一座名山：华不注。

明代王思任《游历下诸胜记》这样开篇："华不注、大明湖、趵突泉，济南之'三誉'也。"

而华不注的"名胜地位"，据分析原因有三：

一是于《左传》关于齐晋鞌之战的记述中，有齐顷公被晋军追逼，"三周华不注"，于山脚"华泉"取水趁机逃脱的典故；

二是北魏郦道元《水经注》中，有"华不注山，单椒秀泽，不连丘陵以自高；虎牙桀立，孤峰特拔以刺天"的形象描绘；

而第三则是诗仙李白曾登临过华不注，留下"昔我游齐都，登华不注峰。兹山何峻秀，绿翠如芙蓉"的诗句。

名士之于济南的文化加持，诗仙李白对华山的吟咏只是一例而已。

我们常会用"秀外慧中"来形容一个人，意思是说不仅长得好看，还聪明有内涵。济南就是如此，不仅秀外，还慧中。如果说迤逦风光只是外表的话，那数千年的人文历史则为济南增添了神韵和内涵。

向以泉水闻名天下的济南，在众多名人雅士的诗词文章加持下，"四面荷花三面柳，一城山色半城湖"的印象早已深入人心，大明湖、趵突泉、千佛山的声名更是远播海内外。

如今，华山已成济南又一个网红打卡地

"名士之城""诗词之城""文化之城",更是名不虚传。

细细数来,从唐宋年间到金元之际,从明清时期到新中国成立后,从元好问到王士禛,从唐宋八大家到老舍,听着这些响当当的名字,你是不是也会由衷地发出"济南名士多"的感慨。走街串巷的时候,说不定就会遇见哪一位名人的故居;去景区游玩的时候,也随处可见像舜祠、娥英祠、鲁班祠、清照祠、铁公祠等众多历史文化古迹。

在趵突泉景区,有一位名叫郭茂福的保安,在执勤之余,他还给游客"说文解字",讲解趵突泉的历史,头头是道,一点也不亚于专业导游。若问原因,只能说景区里有文化的东西太多了,从一个石碑到墙上一首诗词,背后都大有来头。在这样的环境里,久而久之,耳濡目染,再加上有心、用心,郭茂福便成了趵突泉版的"扫地僧"。

"每个城市都有自己的文化价值,相较于旅游资源,传统文化对于游客而言理解起来比较困难,通过旅游可以把历史文化名城以更加生动、直观的方式展现给游客。"在文化旅游名城论坛上,北京大学城市与环境学院旅游研究与规划中心主任吴必虎说。

让旅游解读文化,郭茂福足够有理由成为济南的一个"名片"。

试想一下,坐在大明湖的历下亭里,有清风吹送荷香,遥想一千多年前,李白、杜甫、苏辙、曾巩、张养浩等一代代诗词大家,一次次地在此雅聚,诗酒唱和,歌物咏怀,是何等风流、惬意!当历史名场面在脑海中闪现的瞬间,他们仿佛从诗文中穿越而来,与你相遇,又是何等荣幸!

如果您愿意移步,像这样跨越千年的相遇,在济南东南西北皆可实现。您可以在城子崖遗址探寻龙山文化,在"华夏第一塔"四门塔前静心礼佛领悟真谛,在"海内四大名刹"之一的灵岩寺与诸罗汉谈谈心,在我国现存最早的地面房屋式建筑"郭氏墓石祠"前感受孝道文化……

如果说古迹文物承载的是历史文化的厚重,那么,历经千年流变发展,如今不断出现的网红打卡点,则是新时代活力与新潮济南的代表。比如,在人们的翘首以待中,"德云社济南分社"来了,"开心麻花"也来了,并且还上演了一部部以济南为创作灵感的作品，华谊兄弟电影小镇里既有沉浸式实景剧本杀，还能代入式演绎角色……就像泉水无声流动、生生不息一样，虽然跨越千年后文化的呈现形态有所不同，但一脉相承的内蕴始终不变。

这样内蕴深厚的济南，可是让你心心念念的目的地？你是否也想来趟穿越之旅，细细聆听历史的回响？

"潇洒似江南"

似乎每一个城市都有一个让人念念不忘的老街区，那里充斥着人间最美的烟火气，小店此起彼伏的叫卖声，居民进进出出的日常，在古朴的巷子里弥漫，是一个城市最古老也最纯真的记忆。

"在济南老城，确实有一个小桥流水的地方，不是江南，胜似江南，就像一个藏在闹市里的水乡，依然保留着原汁原味的泉城风韵，那就是曲水亭一带。"近日，山东省副省长孙继业在一篇题为《济南潇洒似江南》的文章

济南百花洲

里写道。

的确是。济南不光有山有水，有七十二名泉，有深厚的历史文化底蕴，还有"九街十八巷七十二胡同"。

西更道、花墙子街、辘轳把子街、起凤桥……

每次去曲水亭街，看到路标上的这些名字，心中就会有种莫名的好感，带着某种遥远的诗意，让人忍不住想要探究一下它们的故事。

比如起凤桥，据孙继业文中介绍，相传因此桥连接榜棚街、贡院、文庙等科举场所，是过往文人学子求学、赶考必经之地，因此建有"腾蛟起凤"牌坊。这座桥便称为"起凤桥"，附近的两口泉便称作"起凤泉"和"腾蛟泉"。

沿着曲水亭街往里走，沿途路过青砖黛瓦的小院，大门敞开着，有时会有老人坐在门廊，闲话着家常；有时会有孩童猛地窜出，肆无忌惮地奔跑；有时会有饭香飘来，让人忍不住蹙起鼻子使劲闻一闻……这便是老济南的日常，悠闲自得。走进去看一看，有的人家庭院里的水盆或水缸里，清清的泉水里浸泡着啤酒、西瓜、西红柿等，天然冰镇后的味道，是不是想想就觉得惬意。

再往里走，街东边的小河里，绿藻随着水流轻摇曼舞，还有小鱼小虾游来游去。沿街的小店，古色古香，多了几分文艺气息。在曲水亭街的北头东侧便是百花洲。除了清泉石上流外，这里更多了些耐人寻味的故事，有名人故居，有传说中的"雨荷居"，还有商贾遍布。随便找家店坐下来，歇歇脚，来壶泉水沏的茶，一股甘洌浸润肺腑，才不枉到泉城走一遭。

如果你想要寻味美食，芙蓉街、宽厚里自然不能错过。在这里不仅能吃到网红爆款美味，还能在街边小店里感受一把济南人热情的待客之道。一位来自浙江的网友分享了她来济南游玩时的经历：在一家不起眼的小餐馆，吃到了人生中最大盘的菜：一盘经典的回锅肉，一口下肚顿时觉得人间美味。盘子里的葱段很粗，老板劝我尝尝，原本以为只是配菜，没想到吃到嘴里，它是甜的，瞬间就感觉以前吃过的大葱都是假的……

曲水亭街边歇歇脚，看水草摇曳、小鱼游来游去，也是一种享受

其实，在济南的街头巷尾，像这样不起眼的小店很多，像这样的人间绝味也有很多，一个外酥里嫩的油旋，一碗营养丰富的甜沫，一块肥瘦相间的把子肉……都能让你吃着叫绝，更何况还有糖醋鲤鱼、九转大肠、爆炒腰花等鲁菜经典，还有精致的荷花宴……

有位网友推荐，在济南，如果你想压马路，经三路、经四路千万不要错过。作为屡屡上热搜的网红打卡地，凭着爱心斑马线、粉红草莓熊等，老商埠街区频频出圈，文艺又浪漫。如果你想体验一下济南的夜生活，还可以到印象城、π星球、悦立方、世贸广场、万象城等大型综合体周边，热闹的夜市，烟火气中还夹杂着欣欣向荣的活力。

黑虎泉边打水的老大爷，宽厚里唱歌的小哥哥，老商埠里各种各样的曲艺表演……在这些再普通不过的日常里，尽显济南的风土人情。

济南市第十二次党代会上，山东省委常委、济南市委书记刘强指出要加快建设"青年发展友好型城市"。

打开当前最受青年欢迎的短视频 App，中央商务区天际线、经十路动态夜景、汉峪金谷内透航拍……青年人制作的海量短视频正在不断刷新人们对济南的传统认知，济南新"城设"逐渐深入人心。

"远看这座城，能感受到她每天都在长高长大。""这不是纽约，也不是曼哈顿，这是中国洛杉矶！一起为济南速度点赞！"……大家通过留言表达了对济南的朴素热爱。

结语

海明威曾说过，假如年轻时你有幸在巴黎生活过，那么你此后一生中不论到哪里，她都与你同在，因为巴黎是一席流动的盛宴。

笔者也想说，如果你想了解一个真正的济南，还请到曲水亭街走一走，百花洲畔遛一遛，老商埠里逛一逛，坐在小茶馆门口，听一听人低语鸟啾啾。你会发现，济南不仅娇俏可人，还温婉端庄，有自然、有人文、有历史、有故事、有未来。

6月26日，文化旅游名城论坛发布了《世界文化旅游名城济宁尼山宣言》，向全球旅游城市发出倡议。宣言中提道："要注重对文化核心要素的挖掘，以世界语言加以阐释，赋予经典文化新的表达方式。"

志在"十四五"期间打造国际知名文化旅游目的地的济南，显然已经做好了准备。

（玉臂匠／文，2022年6月）

软实力赋

● ● ●

硬实力者，人所易见也。软实力者，若隐若现也。

若隐若现之软实力，迩来忽成热词，媒体时时讨论，众人言必称之。何则？未可怪也。仓廪实而知礼节，实力升而思软硬，理固宜然。

老子曰：天下莫柔弱于水，而攻坚强者莫之能胜。滴水穿石，惊涛拍岸，所谓软者，实天下之至硬也。

实力之道，宜软硬并进，不可失之偏颇。有硬实力而无软实力，譬犹有武功而少文治，能令人畏而未必能令人敬也。秦隋之朝，二世而亡。君子之风，山高水长。故曰：硬者至硬，软者至软，软硬相济，方可谓真实力也。

软实力者何谓也？曰善治也，曰尚德也，曰宜居也，曰开放也，曰包容也，曰宽厚也，曰安全感也，曰美誉度也，曰话语权也，曰活力迸发也，曰魅力无穷也，曰多主人翁也，曰有精气神也，曰近者悦也，曰远者来也……关涉甚广，几无所不包，有可量化考核者，有可描摹叙述者，亦有可意会不可言传者。

软实力强劲者何似也？若桃李不言而下自成蹊，若大海虚怀而万川归之，若静水无波而奔流不息，若大树将军不争而兵士称许，若游侠郭解不言而少公殉身，若疏氏叔侄还乡而送者云集……以仁厚为美，不以霸道为能，有阳春之和，无肃杀之威，温润而泽，绵密以栗，其疾如风，其徐如林。

泰山以北，黄河之畔，有城曰济南者。其为城也，烟峦浓淡，荷芰扶疏，流泉海内无，胜概天下少，名士古来多，有厚重之历史，有璀璨之文化，有敦厚之风俗，有阔达之市民，改革热度居前，营商环境争先，文明城市连冠，天时地利人和，软实力不可谓无凭依也。然仅持盈守成，非其志也。

软实力之锻造，犹至善之追寻也，一山放过一山拦，一岸抵达一岸出，山外尚有山，彼岸永在前，不懈怠为前行之法则，不自满乃向上之阶梯。故济南欲十城并建，十城者，曰红色之城，曰文化之城，曰天下泉城，曰温暖之城，曰魅力之城，曰活力之城，曰品质之城，曰开放之城，曰善治之城，曰幸福之城。众志成城，未来可期也。

一城之软实力，在于先天之秉赋，更在于后天之养成；在于城，更在于人。于城市也，施行善治，赓续良风，光大文化，昌明教育，改善环境，提升生态，尊重权利，增进福祉……则一城之软实力便日见丰茂也。于市民也，

趵突泉——云雾润蒸／王啸

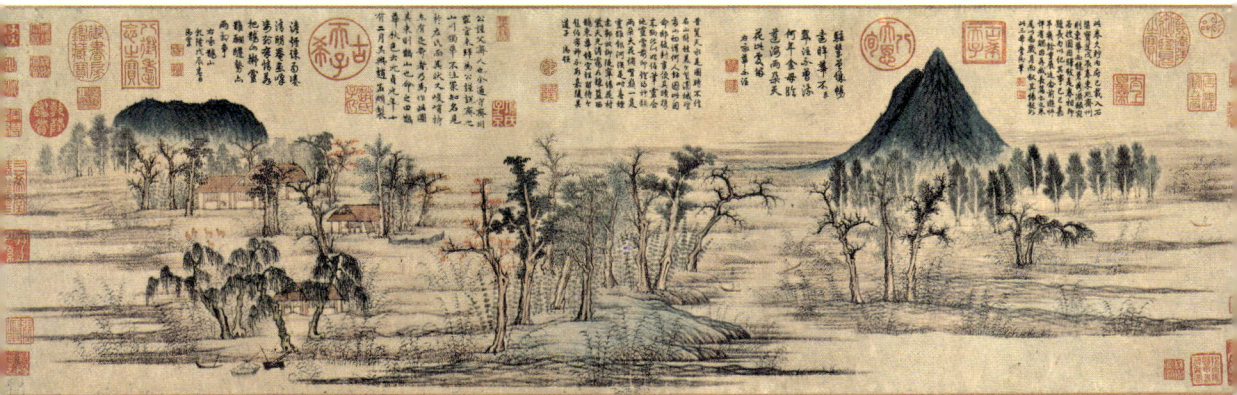

《鹊华秋色图》

振作精神，涵养身心，学而不辍，日新日进，爱岗敬业，谦和守信……则一城之软实力亦潜滋暗长也。

正所谓从善如登，软实力之锻造，难期其速成，宜久久为功，能锲而不舍，自金石可镂。不当旁观者，共做主人翁，一日一拱卒，一日三省身，可矣。

（孙立忠／文，2022 年 5 月）

"见人见泉见生活"，泉畔对话·面向世界讲好济南故事

●●●

秋色旖旎，泉城大地欣欣向荣；千泉之城，处处奔涌生命之律。

9 月 22 日晚，由济南天下第一泉风景区服务中心和济南国际传播中心联合主办的"'泺源论坛·泉畔对话'——中外推荐官眼里的济南"活动在天下第一泉风景区趵突泉泺源堂成功举行，引发市民和网友的观看和转发热潮。

论坛举办前夕，主办方组织泉城市民代表和部分专家学者，乘坐画舫畅游黑虎泉、趵突泉、大明湖，大家现场感受泉水文化之韵，欣赏山泉湖河城竞秀之魅力，体验百泉竞涌之盛景，在济南向全世界宾客发出诗意的邀请，让更多的人来到济南共享泉水盛宴。

作为 2022 年泉水节敬泉盛典系列活动之一，本次论坛以泉为媒，秉持开放、包容、共享的理念，邀请中外泉城推荐官相聚一堂，畅谈泉水文化，共话泉城之变，共促城市文化软实力提升，让更多的海内外友人通过泉水了解济南、爱上济南、选择济南，使"远者来，近者悦"的文化效应大放异彩。

泉畔对话，是一场传统与现代、过去与当下、泉水与城市的精神对谈。与以往的论坛不同，这次活动在内容和形式上都有所创新，地点选在趵突泉泺源堂，邀请中外泉城推荐官现场对话，他们中既有市民熟悉的老济南人、市民巡访团团长、文史专家、资深媒体人等，也有经常出镜的外国友人。他们以"新济南人"视角话泉水、说泉城、畅谈眼中的济南人，这样的对话横跨中西文化，连接传统与现代、过去与当下，以立体讲述传播视角推介济南，"告诉世界这才是真实的济南"，向国际社会传播济南好声音，这是国际传播领域一次非常有益的实践和探索。

泉畔对话，是一场体验感足、互动性强的城市软实力文化论坛，既有"十大之城"崛起的全面展示，也有泉边生活细微的人文定格。有体验才有发言权，中外泉城推荐官乘坐画舫游泉城，赏夜景，品香茗，拍美景，论泉城，在亲身体验中把"深度游"变成"文化游"，深入一座城市的文化肌理发现泉水之美，感受从"天下泉城"到"千泉之城"的变化，以及"十大之城"崛起的文化自信，这本身也是一场硬核的文旅融合推介。正如济南市作协原主席、泉城推荐官张柯所说："济南的泉水就是济南的核心竞争力，就是济南的天然禀赋。要利用各种机会推荐济南，让泉城进一步名扬天下！"

人情味、有温度、有安全感，是论坛中嘉宾们的高频词。讲好济南故事，关键是讲好济南人故事，不仅要有"致广大"的高端场面，最重要的是要重视"尽精微"的泉边生活，老百姓与泉相依、泉畔洗衣、枕泉而眠的场景，是济南的，也是世界的。学者牛国栋分享了泉水豆腐里的济南味道，这就是济南区别于其他城市最有特色的地方；来自德国的泉城推荐官王赛博分享了"两块钱里的诚信济南"，他在一家炸鸡店支付14元买了两个汉堡，店家

又退给他两块钱，因为第二个汉堡 5 元，令他十分感动。

细微之处见品格，细节之中显精神，这样的对话让我们充分认识到，平凡的生活最具传播力，友好的城市最具磁场力，提升国际传播水平，要见人见泉见生活，烟火漫卷的泉边生活就是最好的软实力表达。

泉畔对话，为提升济南城市文化软实力打开一扇国际视窗，让世界听得见济南好声音，让甘甜泉水更好地福泽子孙后代。泉声光影交织，中外对话精彩，这样的论坛已经不是第一次举办，但是以泉城推荐官的名义开展开放性对话，尚属首次。大家对济南的认可和点赞，凝聚文化自信，升格城市的知名度，激活市民群众爱泉护泉保泉的热情。

与此同时，各位嘉宾的建言和"金点子"，为提升城市软实力打开国际视窗，为泉水走向世界"破圈"又"出圈"凝聚智慧。比如，山东大学儒学高等研究院副教授、来自美国的泉城推荐官孟巍隆建议，多举办一些大型的、大众的集体活动或体育赛事，让更多的人都能参与进来，借以提高国际传播影响力和知名度；好客山东文旅推荐官邢琦娜表示，多开发和打造一些泉水

济南百花洲

趵突泉 / 王琴

文化的衍生品，提高城市的知名度；学者牛国栋表示，讲好济南故事，要"小中见大""小题大做""以小见大"，展现人与自然的和谐共生。这些，都为国际传播提供澎湃动能，为城市软实力进阶提供精神力量。

滴水之恩，涌泉相报；千泉之城，涌向未来。

作为济南人，笔者感同身受的是，泉水是灵魂、是根脉，也是诗意栖居的精神家园。《济南泉水诗全编出版》后，有位朋友对作者侯林先生说："千百年来流落在天涯各处的济南泉水诗，今天回家了。"同样地，今天我们举办国际泉水节，也是为了以泉为媒打造泉水共同体，让更多的人走进济南、爱上济南，与泉共生，拥抱美好生活。

泉畔对话结束了，但是"泉水深度游"没有终点，"泉城推荐官"时刻在线。事实上，每位济南人都是"泉城推荐官"，面向世界传递泉水之美，讲好济南故事。我们不妨以此为新的起点，多些国际视野，多些百姓视角，以实际行动宣传好济南，争做城市的代言人和推荐官！

（钟倩 / 文，2022 年 9 月）

关键时刻，济南来了能人

● ● ●

一

山东省委常委、济南市委书记刘强，交出了"济南答卷"。

9 月 27 日，"山东这十年·济南"主题新闻发布会召开。市委书记、市长一起出席，展示了济南的家底。GDP 过万亿，人口突破 1000 万。看点非常多。

我想说，这是济南变化最大的 10 年。

二

其一，全省支持济南建设"强省会"。

济南作为省会城市，在很长一段时间里是非常沉寂的。比如，省会首位度排名倒数第一，空气质量倒数第一，拥堵排名第一。

整个城市，陷入了低谷，也没有什么存在感。一个"大县城"还指望谁能高看咱一眼？

关键时刻，济南来了能人。

这座城市的治理者，擂鼓击醒了这座城：

如果我们再不知耻后勇，恐怕济南现在的地位也岌岌可危。

于是，在济南的极力争取下，山东顺应了时代大势：济南强，山东强。济南"强省会"建设，成为全省大战略。

昨天看发布会，听到一个令人振奋的消息。

刘强书记说，锚定"勇当排头兵、建设强省会"目标不动摇。

济南新一届市委还确立了更高的目标：

在全国副省级城市中争一流，加速向国家中心城市迈进，奋力开创新时代社会主义现代化强省会建设新局面。

这才是济南该有的精气神。这才是能人辈出的济南。

三

与 2013 年相比，2021 年 PM2.5 浓度下降 61.2%，优良天数增加 106%。

这是昨天发布会上的一个数据。

了不起的变化。

想起一个故事。

有一年，一位市领导刚到济南任职时，雾霾很严重。他说，一到济南，就被济南的雾霾给震撼住了。他就想，这得戴口罩呀。但是，看看周围的人几乎没有戴的，他也就没戴。

一点没有夸张。

在济南生活的人，谁能忘记当年的雾霾？有时候，上午的天，就暗淡如黄昏。空气里，都是发涩发苦的味道。

济南一位常务副市长，曾在全市扬尘污染治理大会上痛心地说，空气质量差，对不起泉城人民。

济南痛下决心，把大气污染防治列为全市"三大攻坚战"。后来，在一

次全市大会上，市委书记还请环保局长起立，接受与会人员的鼓掌致敬。这得有多激动。

真的。10 年之前，是不敢想象空气能变得这么好的。

四

再看一些数据。

济南在国家发改委营商环境评价中位列全国第 9。

年均净增户籍人口约 10 万人，实有人口突破 1000 万。

驻济高校数量达到 52 所，在校大学生数量超过 70 万，比 2012 年增长 36%。

济南成为全国唯一连续 11 年命案全破的省会城市。

每一个数据，都不简单，都是实干干出来的。

五

又是一个新的 10 年，又是新的关键时刻。

啥也不说了，再接再厉，接着干。

（浮见／文，2022 年 9 月）

五年，见证一座城

● ● ●

济南位于齐文化和鲁文化的交界点，"齐才鲁德"铸就了这座城市独有的历史文化风貌。老舍在《济南的冬天》里说，"一个老城，有山有水，全在天底下晒着阳光，暖和安适地睡着，只等春风来把它们唤醒"。

2022年4月，伴随着新时代的春风，济南市第十二次党代会的胜利召开。此时的济南，已是一张崭新的面孔——轨道交通进入换乘时代、形成"双千亿"经济结构、进入特大城市行列……一份份厚重提气的高质量答卷裹挟着创新与活力，在这座千年文化古城徜徉。

济南，一座"硬汉"之城。面对袭扰城市发展步伐的疫情，济南同样展现出坚韧不拔、处变不惊的从容气魄和坚毅品格。第一时间，济南以"动态清零"为总方针，以"内防反弹、外防输入"为总策略，拿出了"早、快、精、准、稳"的科学防控体系和做法，做到了"早发现、快反应、准管控、稳生产"，赢得了主动，快速控制住了局部聚集性疫情，"硬汉"打了一场硬仗，交出了一份亮眼的疫情防控成绩单。

济南，一座"强势"之城。过去的5年，济南经历了几个重要节点——从区划调整到携河北跨，经济体量从进入"万亿俱乐部"到全国排名上升，

华灯初上的济南西站 / 孙帅

地区生产总值 5 年跨越 5 个千亿大关，总量达到 11432.2 亿元，排名连续 3 年前移，至全国城市第 18 位，城市能级不断迈上新台阶，发展可以用"强势"来形容。2022 年年初，《山东省黄河流域生态保护和高质量发展规划》出炉，这份"重磅级"规划明确提出济南的发展定位——"实施'强省会'战略，支持济南建设'大强美富通'现代化国际大都市，争创国家中心城市。"济南正面临着前所未有的机遇。

济南，一座创新之城。在强省会战略下，济南这座古老又朝气蓬勃、激情澎湃的城市，坚决扛起深化落实黄河重大国家战略的历史使命，不断以创新演绎着高质量发展。济南新旧动能转换起步区获批建设；规划体系日益完善、高端产业项目加快导入，18 家世界 500 强企业相继落户；浪潮服务器市场占有率稳居全球前三；伊莱特重工轧制世界上直径最长、单体最重的奥氏体不锈钢整体锻环……以创新加持，这座城市在做强"增长极"，为加快建设创新涌动、富有活力的现代化强省会目标提供"源泉动力"。

（网平／文，2022 年 5 月）

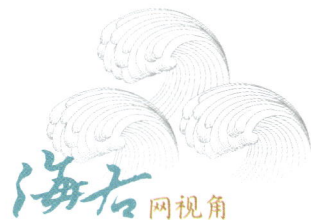

济南的朋友们：
这一次，还需要我们共同守护家园

笔者小区临时管控，一向安静的群从接到通知的那一刻，不断地有人发言，群里有疑问、有不解、有焦虑，也有安慰、理解、正能量的解释，这大概是每个封控社区的现状吧。

封控在家的焦虑、单位无法处理的工作、两个娃在家的吵闹，经过一天的沉淀，慢慢消散。

静心想想，你出不去的门，是防疫人员回不去的家；你不想睡的觉，是无数社会管理者熬不完的夜；你不想见的"大白"，是别人日夜思念的家人。

此刻，唯有信任和理解，才能一起战胜疫情。

也许，你的小区被临时管控。请相信，这是根据每个小区的实际，对经评估可能存在风险的区域实行的临时管控，目的就是尽量跑在病毒前面，尽早筛出潜在感染者，尽快阻断疫情社会面传播途径。

没有谁希望小区封闭，经流调和核酸筛查排除风险后，会尽快解除管控。

也许，你的疑问没有那么快得到答复。请相信，每名参与防疫的人员都在和病毒赛跑。就我们社区来说，社区工作人员都超负荷工作，一个 24 小时一个 24 小时地连轴转。一旦小区隔离，也许你在焦急地等待回复，但是防疫工作者除了紧急排查阳性人员，隔离他接触的人，核查没有做核酸的居民，还要处理太多太多的事：紧急就医，孕妇待产……一个接一个的电话。

所以，请安静地等待回复。

也许，你担心物资储备没有那么充足。封控前到社区超市采购，人确实多了一些，但货品很充足，因为流动很快，蔬菜都是最新鲜的。政府已经配备充足的米面、粮油、肉蛋等生活物资必需品，在每个街道（镇）设立供应点，在相关社区（村）设立分拣点，保障"柴米油盐"货源充足、价格平稳、配送畅通。

3 年的防疫经历，加上半年前的实战抗疫，请相信我们的政府有足够的经验和能力。

疫情当下，没有旁观者，也没有"局外人"，我们能做的其实很多。

请继续理解、支持、遵守防疫政策。也许我们没有科学家、研究人员的科学水平和鉴别能力，但我们有不传播非官方渠道消息的能力。

如果，你被临时封控在家，请相信，安静居家也是支持防疫的一种方式。珍惜在家的时间，陪陪年迈的父母，陪陪繁忙的孩子，为家人做一顿美餐，读一本自己想读的书，享受一下初冬的暖阳。如果可以，在小区做志愿者，让社区工作者有些许喘息的机会。

如果，你能出入小区，还是要减少外出、减少聚集。做好个人防护，科学规范佩戴口罩，按时参加核酸检测，主动配合落实扫码亮码、流调排查、入济返济报备等防控措施。务必及时关注新增风险点信息，如有重合请速报备，让工作者少打一通电话，能够最快联系到你。

如果，你是一名防疫工作者，想一想市民温情的体恤，想一想为防疫做出的巨大贡献，想一想那么多人需要你，一定要坚持住。

冬天可能有些漫长，但温暖的春天一定会到来。

防控疫情，从我做起，一起加油。

（田小宣/文，2022 年 11 月）

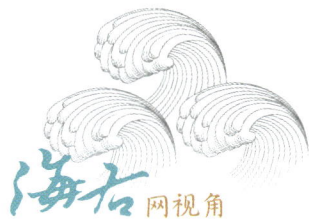

济南一天三件大事，历史性的一天

● ● ●

———

毫不夸张，昨天真是济南历史性的一天。

11 月 16 日，在一天之内，三件跟济南相关的大事发生。

其一，胶济铁路至济青高铁联络线（黄东联络线）正式通车运营，济南三大火车站实现互联互通。

其二，济南莱芜间高速公路，济南籍小客车点对点免费通行。

其三，2022 数字经济城市发展百强榜发布，济南上榜新一线城市。

巧了，太巧了。

三件大事，都赶在了同一天官宣。

即便单独拎出来，每一件事对济南都特别重要。

这是属于济南这座城市的高光时刻。

要说第一件大事，是济南三大火车站实现互联互通。

终于等来了这一天。

从济南东站通车的第一天起，很多人就盼着这一天的到来。

我看了媒体的报道。

有记者赶在第一时间，跑去替读者进行了体验。

从济南站到济南东站，用时仅需 17 分钟，票价 6 元。

从济南到青岛北，用时从 2 小时 18 分减少为 1 小时 45 分。

它带来两个影响：

其一，市区内转乘火车更便捷了，能减少拥堵；

其二，它把京沪高铁、石济客专、郑济客专和济青高铁更紧密地串在一起，盘活了。

1+1+1，它的结果大于 3。

高铁流光 / 王仁锋

三

凡是济南籍小客车，点对点通行于济南莱芜间高速的，一律免费。

昨天下午公布的这条消息，是送给济南人的一件礼物。

济南与莱芜合并之后，已经是一个市，都是一家人。

做强做大济南，是国家交给济南的重大使命。要想真正做强，必须实现交通出行一体化。

其实，济南一直在努力。

在9月份时，网上就有消息说，济南市有关部门正在为此事奔跑忙碌。

现在，终于落地了，兑现了。

四

第三件大事，事关济南的产业发展前景。

昨天发布的2022数字经济城市发展百强榜，很有指标价值：

城市综合经济实力，与数字经济发展水平整体呈现正相关。

我看到，凡是上榜的城市，都是经济实力强的。

由此，济南能够再一次进入数字经济新一线城市，证明了济南的实力与潜力。

从名次上看，济南这一次排全国第16位。跟去年比，又往前拱了两位。不容易。

目前看，上榜城市已经形成了各自的数字经济优势产业。

比如，北京，是软件产业。2021年，北京市完成软件业收入约1.9万亿元，位居全国第一。

广州，则是游戏产业。2021年，广州游戏产业营收超千亿元，占全国游戏产业总营收的四成以上。

合肥，是新型显示产业。2021 年，合肥新型显示产业产值超千亿元，整体规模居国内第一方阵。

这份榜单还注意到了济南的优势产业，是量子通信。

希望它也能奔着千亿、万亿的产值目标前进。

五

多说几句。

把这三件事拢在一起，绝对不是为了造一个概念。确确实实，是这三件大事特别重要。

它们都是济南这座城市发展的助推剂，会激发出无穷的动力。

济南的未来，有无限的想象空间。期待更好。

（朱之 / 文，2022 年 11 月）

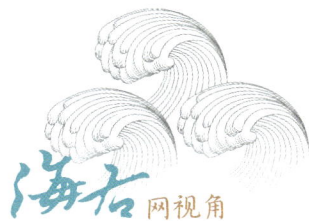

书记市长一同出席，济南重磅发布"十年成绩单"，信息量很大

●●●

———

济南举行了一场重要活动，备受关注。9月27日下午，"山东这十年·济南"主题新闻发布会举行，多家官方媒体对这场发布会进行了直播。中共山东省委常委、济南市委书记刘强，中共济南市委副书记、市长于海田出席发布会，共同向大家介绍济南"十年成绩单"，回答记者提问。

过去十年，济南发生了哪些变化？刘强书记这样描述：

"党的十八大以来的这十年，是党和国家事业取得历史性成就、发生历史性变革的十年，也是济南发展进程中极不平凡、具有里程碑意义的十年。"

发布会具体总结了这几条：

这是高质量发展积厚成势的十年，

这是改革开放持续深化的十年，

这是民生福祉大幅增进的十年，

这是文化建设繁荣发展的十年，

这是治理效能显著提升的十年，

这是全面从严治党纵深推进的十年。

信息量很大，济南的成绩有目共睹，很振奋人心。

二

发布会上，有一句表述值得一提。

在谈到"高质量发展积厚成势的十年"时，刘强书记说"奋力推动济南发展由'量的积累'向'质的跃升'转变"。

十年磨一剑。这十年，济南在新旧动能转换上，承担着给全国"当引领"的重任。

使命光荣，任务艰巨。"质的跃升"四个字，可以说准确概括了济南的成绩。

先说一个例子。

前段时间，2022 中国企业 500 强名单公布，济钢排在第 499 位，再次入选，这一消息令不少人感到惊讶：济钢又回来了！

在名单发布的当天，一名济钢员工在微信朋友圈发文："济钢再次跻身中国企业 500 强，正走向二次辉煌之路。"

回看这个 64 岁的济南国企发展历程，从巅峰走向低谷，又从低谷攀上新的高峰，5 年时间实现了无钢胜有钢。钢铁主业关停后，济钢"浴火重生"的过程，正是济南新旧动能转换教科书般的代表作。

这样"浴火重生"的案例，在全国都很罕见，济南做到了！这就是济南交出的新旧动能转换答卷！

这只是济南十年高质量发展的缩影。

十年来，济南综合实力不断提升。2021 年，全市完成地区生产总值 11432.2 亿元，是 2012 年的 2.15 倍，自 2017 年以来连续 5 年跨越 5 个千亿台阶；一般公共预算收入突破千亿元，是 2012 年的 2.65 倍。

创新实力显著增强。研究与试验发展（R&D）经费投入十年增长近 3 倍，发明专利授权量年均增速达 16.2%；全市高新技术企业数量达 4397 家，比 2012 年增长了 10 倍多。电磁驱动超高速测试装置、大气环境模拟系统、国家超算济南中心等一批大科学装置加快建设。全市人才资源总量超过 255 万，比"十二五"末增长 105 万。

数字赋能势头强劲。全市数字经济规模超过 5000 亿元，占 GDP 比重达到 45%；按照中国信息通信研究院统计，全市数字经济核心产业增加值占 GDP 比重达 16%，是全国平均水平的两倍多，软件业务收入从 2012 年

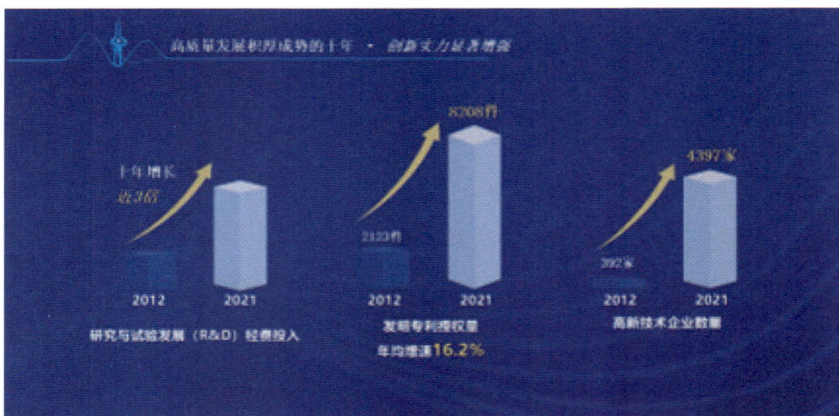

的 1042 亿元增长到 2021 年的 3803 亿元，济南在中科院发布的 2022 数字经济城市排行中居全国第 6 位。大数据与新一代信息技术、智能制造与高端装备、精品钢与先进材料、生物医药与大健康四大主导产业总规模达到 1.3 万亿元。

综合立体交通网络加快形成。轨道交通从无到有、联网运行，"米字形"高速铁路进一步加密。济南国际机场航线数由 2012 年的 68 条增加到 2021 年的 186 条，二期改扩建工程已启动建设，建成后将拥有 3 条 4F 级跑道，跃居全国省会城市前列。

乡村振兴扎实推进。粮食生产实现"十八连丰"，12 个特色农产品产

业集群年产值超过 200 亿元，种业及衍生产业集群年产值近百亿元。农村居民恩格尔系数由 2012 年的 35.6% 下降到 2021 年的 30.5%。

这些都是原汁原味的发布会实录，文字很精练，内容很丰富，从中可以清晰地感受到济南"质的跃升"！

三

作为一名济南"老师儿"，对济南十年的最大感受是：**济南的格局放大了，习惯站在国家舞台甚至世界舞台上来定位、来发展。**

比如说，黄河重大国家战略明确了济南黄河流域中心城市定位，新旧动能转换起步区、自贸试验区济南片区、科创金融改革试验区等战略先后落地，国家战略不断向大河之畔的泉城汇聚，这恐怕是十年前的济南人未曾想到过的。但如今，这些都成为了现实。

正如发布会所表述的——

济南新旧动能转换起步区获批建设，享受自贸试验区、国家级新区、国家自主创新示范区和全面创新改革试验区"四区合一"的政策红利，进一步拉开了济南的发展空间，提升了城市综合承载能力，也为济南服务和融入新发展格局提供了新的战略支点。

改革开放持续深化的十年 · 外贸外资蓬勃发展

综合保税区　自贸试验区济南片区

跨境电商综试区

81家世界500强企业落户济南

外贸外资蓬勃发展，随着自贸试验区济南片区、综合保税区、跨境电商综试区等高能级开放平台的加速壮大，开放发展的步伐不断加快，**十年来全市进出口总额保持了年均 11.5% 的增速，实际利用外资年均增长 7.1%，81 家世界 500 强企业落户济南**。

改革开放持续深化的十年 · 外贸外资蓬勃发展

300.3亿美元

111.2亿美元

2012　　2021

进出口总额年均增速11.5%

26.6亿美元

14.0亿美元

2012　　2021

实际利用外资年均增速7.1%

营商环境持续优化，政务上云率达到 100%，98.4% 的市级政务服务事项实现网上受理，企业开办从原来的 7 个部门 8 个环节到现在的一网通办、半天办好，**济南在国家发改委营商环境评价中位列全国第 9 位**。全市市场主体总量超过 148 万户，比 2012 年翻了两番多。

重点领域改革不断深化，金融领域围绕服务实体经济、防范化解金融风险，持续深化改革，全市金融业增加值年均增长超过 10%，占 GDP 比重达到 10% 左右，全国首个科创金融改革试验区落地建设。在国资国企、开发区体制机制改革方面也取得明显成效，在副省级以上城市中率先全面放开落户限制，年均净增户籍人口约 10 万人，实有人口突破 1000 万。

格局大了，眼界就开阔了，发展自然能打开一片新天地。

前不久，华顿经济研究院发布 2022 年中国百强城市排行榜。济南以 63.65 的总分上榜准一线城市，排名全国第 14，山东第 1。在排名前 15 位的城市中，北方城市只有北京、天津、济南。济南在该榜单上荣登"北方第三城"！

现在，不仅济南人，很多外地人也习惯把济南放到全国舞台来审视了。

四

济南的成绩是全方位的，下面来通过这组数据感受一下千年古城的巨变：

2021 年民生支出比重达到 79.8%，比 2012 年提高 22.2 个百分点。

十年来累计新增城镇就业人口 181.8 万人。

2021 年，城乡居民人均可支配收入分别达到 5.74 万元和 2.26 万元，分别是 2012 年的 1.76 倍、2.15 倍。

1006 个贫困村、21.13 万建档立卡贫困群众实现稳定脱贫，33.9 万黄河滩区居民圆了安居梦。

新建改扩建中小学幼儿园 1268 所、增加学位 58.7 万个，在全国率先实

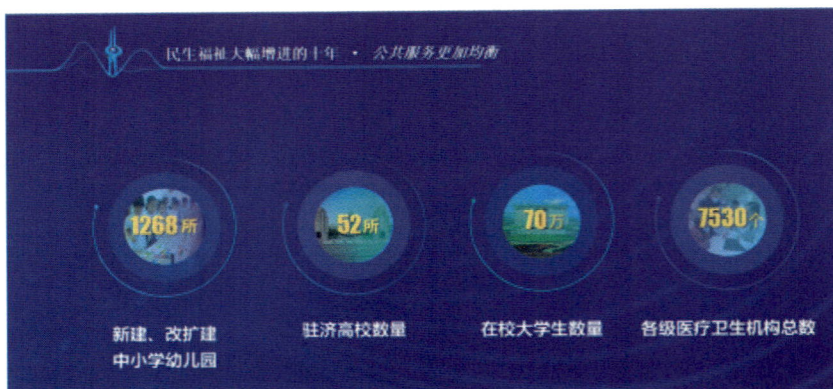

现"零择校""零择班";驻济高校数量达到52所，在校大学生数量超过70万，比2012年增长36%；全市各级医疗卫生机构总数达到7530个，每千人口拥有卫生技术人员的数量由2012年的7.28人提高到2021年的11.61人，增长59.5%。

全市基本医疗保险参保率达到97%，职工养老、工伤、居民养老、失业保险基本实现法定人群全覆盖，城乡特困人员分散供养标准十年来分别提高326%、525%；累计建成各类养老服务设施3350处，老年人助餐场所站点的镇街覆盖率达到100%。

全面打好蓝天、碧水、净土三大保卫战，PM2.5浓度下降61.2%，优良天数占比增加106%；国控河流断面水质全部达标，好Ⅲ类水体比例达到100%，受污染耕地均实现安全利用。

十年来累计建成基层综合性文化服务中心5300余处，市、县、镇、村四级公共文化服务设施网络实现全覆盖，文化事业机构数量增长40%，国际泉水节、"书香泉城"全民阅读节等品牌活动成为济南鲜明的特色文化标识。

全市A级景区达到82家，十年增长两倍多。2021年，游客人次、旅游收入分别比2012年增长75.5%、113.1%；城乡居民人均文教娱乐支出分别比2012年增长89.3%、198.6%。

创新推行"综治中心＋网格化＋数字化"模式，做实12584个基础网格、3875个专属网格，千万人口信息实现落格进楼。

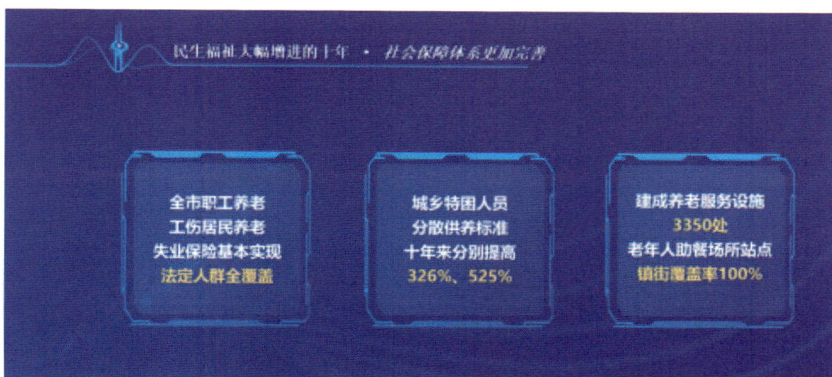

全市职工养老
工伤居民养老
失业保险基本实现
法定人群全覆盖

城乡特困人员
分散供养标准
十年来分别提高
326%、525%

建成养老服务设施
3350处
老年人助餐场所站点
镇街覆盖率100%

济南成为全国唯一连续 11 年命案全破的省会城市，在全国公共安全满意度测评中，济南连续 5 年位列前十，获评"全国最安全城市"。

……

十年弹指一挥间，这座城市发生的每一个变化，我们既是亲历者，又是受益者。是成绩，更是动力，下一个十年，济南值得期待！

（泉文／文，2022 年 9 月）

提升城市软实力，
争做有"里"有"面"济南人

● ● ●

"一株开花满坡香，一家煮饭四邻香。"最近，登陆央视一套的热播剧《三泉溪暖》把"济南元素"演绎得淋漓尽致，从古泉贡米到铁锅、黑陶、鲍芹、大葱等，引人共情共鸣，也从细节之处彰显出济南这座千年历史文化名城的软实力。

2022年以来，"提升城市软实力"成为高频词。伴随全面推进"十大之城"建设，济南人的身边悄然有了很多新变化，"文化味"浓起来，各类文化演出精彩纷呈，文旅产业线上线下有机融合，万券齐发解码消费，燃旺济南的烟火气，就连一张小小的核酸检测贴纸也是软实力，带动"济南名士"文化出圈；"时尚味"多起来，国际传播中心走向世界，入选全国青年发展型城市建设试点名单，举办"青年城市 泉城青秀 Show"主题活动，市图书馆推出全国首个"图书馆 × 剧本杀"主题互动体验活动，还有"泡泡屋初夏夜之梦亲子互动夜"……

这些，无不彰显城市的里子和面子，也很好地启示我们，提升城市软实力，最终的发力点和落脚点都是要做有"里"有"面"济南人——文化温润民心，涤荡灵魂，好比在一个人心中"种桃种李种春风"，从而发生由内而外的蜕变，这才是与新时代现代化国际大都市相匹配的精神气质。

做有"里"有"面"济南人，要"在济南，知济南，爱济南"，全力以赴当好济南的代言人和宣传者。"文明典范城市作为文明城市的'升级版'，是更高层次、更高水平，更具示范性、引领性的文明城市创建典范。"近日，济南走出去的"新晋首富"蔡浩宇和在深圳的"济南女生"徐宇珊的励志故事让济南人引以为傲，同时也带来一种全新文化视角，那就是喝着泉水长大的济南人，本身就是"行走"的软实力。比如，蔡浩宇的父母都是高校教师，家风家教给予他良好的成长空间，而济南的文化底蕴创造了自由而包容的环境，这些都是潜移默化的滋养，为打好精神底子奠定基础。因此，每个济南人要增强文化自信，摒弃老观念，走出"舒适区"，争取话语表达权，以站在地球旁讲述济南故事的底气，做好城市的主人翁和代言人。另一方面，要从细节做起，以"别人看得见"和"别人看不见"一样做，规范言行举止，从"0.1"到"0.01"寻找差距，做小做细做实，全面提升精神指数。要知道，个人修养增一分，城市文明加十分，每个人都是文明典范城市的最大公约数。

做有"里"有"面"济南人，要用心用情践行济南精神，适应数字化发

俯瞰济南百花洲

展趋势。作为市政协委员，笔者注意到，越来越多的市民群众通过"码上商量"反映民意和参与商量，而且言值高、含金量高、互动频率高，市民的互动体验和协商场景，从侧面映照出一座城市的发展活力和民生温度。无独有偶，"泉民悦读"小程序、"惠企政策"二维码等，也成为指尖上的"顶流"，方便了市民，提升了效能。一"码"当先，引领数字化改革纵深向前，最关键的是提升了公共服务的体验感，以及"生活在济南"的幸福感。但是，这些做得还远远不够，从黄河国家战略背景下的济南强省会建设角度审视，要树立国际视角，勇于创新思维，提升数字治理水平，不断加大开放力度，重视群众体验和评价，以"啄木鸟"挑刺的精神把工作做得精益求精，从"做了多少"过渡到"做得怎样"，最终以老百姓的口碑来检验改进实效，从而实现城市里子和面子的双提升。

城市软实力就是竞争力和文化力，就是一个地方的根和魂。然而，软实力并非一蹴而就，而是不断递增和积累的缓慢过程，需要循序渐进，辩证施策，既要拥有"小火慢炖"的匠心，也要有"快速出圈"的能力。所以，每个济南人都要行动起来，为文明典范城市建设增光添彩，争做有"里"有"面"济南人，实现城市"美美与共"，像满城泉水那样熠熠发光，照亮世界每个角落！

（钟爱泉城／文，2022 年 6 月）

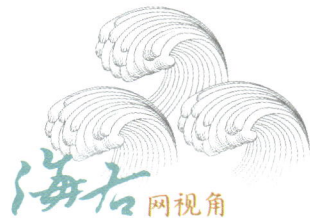

山东需要一个大济南，
国家需要一个大济南

● ● ●

一

官宣了，济南上榜"特大城市"。

在最新公布的《2020 中国人口普查分县资料》中，济南被列为特大城市。

"特大"两个字，分量很重。

这证明，济南的城市能级，到了一个新高度。

其一，这是济南拼搏奋斗的成果。

其二，这也是国家的重大战略布局。

二

这里，插播一个大背景。

2019 年，最高领导人在《求是》杂志上发表了一篇重要文章。

开篇就说，当前我国区域经济发展出现一些新情况、新问题。

具体来看，"新"在哪里？

其一，**经济和人口向大城市及城市群集聚的趋势比较明显。**

其二，一些北方省份增长放缓，全国经济重心进一步南移。

怎么理解？

我觉得可以用一句话概括：大城市的地位与责任，越来越大。

这就是情况有变，国家要顺应时势。

国家需要大城市，需要把一些城市做得更大。

三

山东需要一个大济南，国家需要一个大济南。

前面提到，全国经济重心进一步南移，由此带来一个新情况。中国经济的走势变化，由原先的"东西差距"变成了以黄河为界的"南北差距"。

济南中央商务区

山东刚好是黄河穿流而过的省份。

山东强不强，山东省会济南强不强，直接影响到整个中国经济格局。

国家出手了，一个大动作。

2019 年 1 月 9 日，国家宣布将莱芜市整体并入济南市。

我还记得，就在山东省政府召开的新闻发布会上，领导专门解释了为什么要进行区划调整：

做大做强省会济南，打造全省区域发展的重要增长极，让济南在省会城市群经济圈中发挥龙头作用，在全国区域发展大局中发挥重要作用。

做大做强济南，这是国家的战略布局。

四

济南为做大做强城市规模，很拼。

举两个例子。

其一，济南已经连续两次，以整座城市的名义，为在济大学生办毕业典礼。

山东省委常委、济南市委书记刘强亲自上阵，真情邀约。希望大家在高考志愿选择济南之后，在就业城市上，再一次选择济南。

其二，在全国副省级城市里，济南是第一个实现零门槛落户。

过去十年间，济南人口增加了 109 万，其中大学程度以上人口增加了 72 万多，大多数是青年学子。

五

很多人好奇，特大城市与大城市，有什么区别？

直说了吧，区别很大。

来看一个政策，马上能懂这种区别。

前一阵，国务院印发了《"十四五"现代综合交通运输体系发展规划》。

我摘一段原文："超大特大城市构建以轨道交通为骨干的快速公交网络""大城市形成以地面公交为主体的城市公共交通系统"。看出不同了吗？

超大特大城市，是以轨道交通为骨干。（这是鼓励修地铁。）

大城市，是以地面公交为主体。（还是以公交车为主。）

这仅仅是在交通领域，就存在巨大的政策差异。

想想吧，在其他领域，还会有多少政策差异。

六

这一次，苏州、宁波这两个经济强市，因为城区人口不到 500 万，都没能成为特大城市。非常遗憾。

济南能够成为特大城市，这是非常重要的一步，也是一个新的起点。

经济的竞争，城市的比拼，将会更加激烈。真心祝愿济南，更大更强。

（朱启禧 / 文，2022 年 10 月）

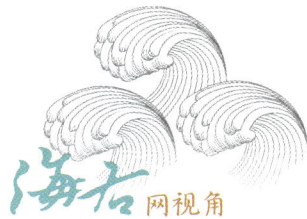

济南市委书记谈宣传工作：
"小切口"做好"大文章"

● ● ●

一、用老百姓喜闻乐见的语言和形式

8月6日上午,山东省委常委、济南市委书记刘强调研宣传思想文化工作。在此, 海右君把刘书记的重要观点作一梳理——

· 坚持"小切口"、做好"大文章";

· 用老百姓喜闻乐见的语言和形式;

· 让"正能量"成为"大流量"。

市委书记的表态, 说到了咱济南"老师儿"的心里。无论是文字稿还是短视频, 只有说到老百姓心里, 大家才爱看, 才能形成传播力, 真正让"正能量"成为"大流量"。

宣传就是生产力!

全媒体时代, 越来越多的领导干部对宣传工作提出要求。

比如, 山东省委书记李干杰指出, 宣传也是生产力, 正能量要有大流量。宣传工作做好了, 经济社会发展动力活力就会更加强劲。

再比如，内蒙古自治区党委书记孙绍骋提出，要说短话、写短文，讲实话、道实情。

……

现实生活中，有的同志未能正确看待"干与说"的辩证关系，片面地把"做功"与"唱功"对立起来，觉得只要"干得好"，不用"说得好"。其实，这是一种典型的认识误区。

工作干得好，同时故事讲得好、传播好，才能给一个地方、一个行业带来好名声，换来好形象，才能凝聚起本地市民的自豪感、外地人的好感，久而久之累积成城市的美誉度，转化为助推城市发展的"软实力"。

比如，曾任新疆昭苏县副县长的贺娇龙，身着红袍、策马雪原的视频在互联网上传播，对当地文旅宣传推广起到了"四两拨千斤"的作用；再比如，四川省甘孜州文旅局局长刘洪，因在广东参加活动被粉丝团团围住合影，被网友誉为"最帅气的康巴汉子"，引得人们将目光投向甘孜的多彩风光……

反之，有成绩、有亮点，但如果讲不好、传不出去，"酒香也怕巷子深"，工作成绩转化出来的效果就会打折扣。

各地领导密集对宣传工作提出要求，说明新形势下宣传工作的重要性，也说明围绕"说得好"还有很多工作要做。

二、"小切口"如何做好"大文章"

"小切口"，做好"大文章"。这就如同解剖麻雀，由点及面、由浅入深，才能达到整体效果。

譬如，我们常说"经济社会发展"，这是一篇大文章，囊括了社会发展和市民生活的方方面面。如果在宣传时张口"经济发展"，闭口"社会事业"，估计很多人不愿意看，也看不明白。但如果把这篇大文章选好角度、小处着手，效果可能就会立竿见影。

比如，可以从大家都关注的房地产入手，讲讲济南的去化率、空置率、房价的走势，让大家能很容易看明白济南的房地产形势。

再比如，可以从工业入手，讲讲济南发出的全球最大锻环，讲讲比亚迪2万人项目给济南带来了什么，让大家在具体事件中看明白济南工业的优势、亮点和存在的问题。

……

"经济社会发展"的重点分项讲明讲透了，"大文章"也就出来了。

小切口，要胸怀大格局。

从具体切入，可读性出来了，但是不一定能全面。这就像一个品牌机器的返修率一样，哪怕只有万分之一，如果宣传时只盯着这个"一"穷追不舍，大家就会形成这个品牌"不大行"的印象。

同样，社会发展中可能出现这样那样的小问题，如果不能全面了解，以偏概全，就会出现偏差。这就要求宣传工作既要有小切口，也要胸怀大格局，了解大势、知晓全局，真正起到把舵定向的作用。

小切口，要展现大变化。

小切口并不是说从任何地方切入都行，而是要做到精准切入，从能够展现"济南形象"、讲好"济南故事"的细节开始，由小及大、由点及面，娓娓道来，有理有据，让大变化一目了然、大发展一览无余，这样的"大文章"才令人信服。

小切口，要坚持项目化。

只有项目化，才能具体化，各项工作才能抓牢抓实抓出成果。坚持项目化，要做好分解、制定清单、建好台账，把每项任务实化细化到一个个具体的小切口项目上，把"大任务"分解成若干个可落地、可推进的"小任务"，形成落实工作任务的具体抓手。

"小切口"写出"大文章"，有很多技巧，既要胸怀大格局，又要坚持项目化，还要展现大变化。

三、"正能量"如何变成"大流量"

"言之无文，行之不远。"这句古文，用在现在依然不过时。一些正能量作品在网上传播效果不理想，症结不在于太"正"，而在于"无文"。

做到"言之有文"，让"正能量"变成"大流量"，关键在于增强"含金量"。

首先是语言风格要用百姓语言。

古人说"秀才遇到兵，有理说不清"，指的就是语言风格不同带来的问题。知识修养和语境不同，语言风格也会形成隔阂，一个是"之乎者也"的官方语言，一个是"村野乡夫"的民间口吻，当遇到矛盾、争论或者各执一词时，就显得格格不入。秀才可以感慨大兵"不讲道理"的简单粗鲁，大兵也可以斥责秀才"满口仁义"的空洞虚伪。

官方语言，例如一项法律的颁布或者对于某项政策的解读，针对的是公众利益、社会事务，必须比"民间语言"有着更为复杂的利益考虑和全局性的平衡需求，大而全可能是首要考虑的事情。民间语言是个人情绪和利益的表达，可以无视全局性的利益平衡和各方满意，没有束缚和压力，张扬个性和态度，因此更鲜活、更朗朗上口、更易于传播。

百姓语言最有生命力。

官方语言和百姓语言，在大部分情况下分别在各自舞台上使用，但有时也会出现在同一个场合，宣传工作就是如此。对媒体而言，必须要善于"翻译"，把官方语言变为百姓语言，让大家愿意看、看得懂、有收获。

其次是展示形式要与阅读习惯接轨。

进入全媒体时代，读者的阅读习惯已经发生重大变化，不再局限于传统的文字、图片。在这种情况下，宣传工作要善于运用百姓习惯的短视频等形式，要学习借助虚拟现实（VR）、增强现实（AR）技术开展场景式、空间化故事讲述，形成图文并茂、声色俱佳的故事产品，让故事的人物、情节、场景等更加丰满、更加生动，从而增强济南故事的吸引力、感染力，不断提升传播效果。

再次是内容要与主旋律同频。

正能量的范围很大，宣传工作要善于聚焦，就济南而言，就是要聚焦"强省会"建设发出主流声音，把济南的"十大优势"讲明白，把软实力提升的"十大之城"说清楚，让"强省会"这个千万济南人共同的"大梦想"成为舆论报道的"最强音"。

流量"密码"不是简单的"芝麻开门"，既要搞明白其中的规律，还要抓好工作的创新，在守正中出新、出彩、出成绩。

······

市委书记的观点，正是济南"老师儿"的观点，也是宣传工作的方向。对于讲好"济南故事"、传播"济南好声音"，海右君充满期待！

（庭轩/文，2022年8月）

团结奋斗强省会

习近平总书记在党的二十大报告中强调，"团结就是力量，团结才能胜利""团结奋斗是中国人民创造历史伟业的必由之路"，号召全党全国人民为全面建设社会主义现代化国家、全面推进中华民族伟大复兴而团结奋斗。

我们靠团结奋斗创造了辉煌历史，还要靠团结奋斗开辟美好未来。实现伟大复兴的宏伟蓝图，就要保持全党的团结统一，巩固全国各族人民的大团结，加强海内外中华儿女的大团结，让全党全国各族人民团结奋斗的号角更加嘹亮、行动更加坚决、意志更加顽强。

一个国家、一个民族只有团结奋斗，才能谋求进步和发展，屹立于世界民族之林；一座城市只有团结奋斗，才能凝聚起最强大的发展合力，实现全体市民的共同梦想。当前的济南，GDP 过万亿，财政收入突破 1000 亿元，人口超过 1000 万，面积超过 1 万平方公里，进入特大城市行列，发展能级跃上新台阶，面临着黄河重大国家战略等千载难逢的机遇，正全力建设新时代社会主义现代化强省会。无论是从国家层面还是从省级层面，都对济南的发展寄予厚望。

机遇抓住了就是良机，抓不住可能就会面临危机。关键时刻，唯有团结奋斗，凝聚起 1000 万济南人的共同力量，激发起众志成城的"济南合力"，才能战胜挑战、抓住机遇，让强省会梦想成为现实。

懂团结是一种智慧，善团结是一种境界，会团结是一种能力。实现团结奋斗强省会的梦想，就要用一个共同愿景维护团结局面、用一支力量铸牢团结根基、用一个方法提高团结效率、用一个标准提升团结水平、用一股精气神塑造团结面貌、用一个指挥棒引领团结导向、用一个支撑增强团结斗志、用一种追求涵养团结情怀、用一种信念夯实团结目标、用一种定力砥砺团结意志。用好"十个一"，以大团结凝聚大力量，以大力量推动大发展，就能达到"上下同欲者胜"的效果，开创 1000 万济南人众志成城、携手筑梦的壮阔局面。

喜迎二十大

一个愿景：建设强省会

围绕共同目标形成的团结，才是最牢固的团结。

济南的共同目标是什么？毫无疑问，应该是建设强省会。

济南市第十二次党代会提出了"在全国副省级城市中争一流，加速向国家中心城市迈进，奋力开创新时代社会主义现代化强省会建设新局面"的蓝图。

建设强省会，符合济南发展的时代特征。

今天的济南，综合实力不断提升，地区生产总值 5 年跨越 5 个千亿大关，2021 年达到 11432.2 亿元，在 2022 年中国百强城市排行榜中位列第14 位。

特别是经过多年的发展，济南具备了"十大优势"：战略红利交汇叠加、交通网络四通八达、科技创新实力雄厚、数字赋能势头强劲、人才保障基础坚实、金融服务优势突出、营商环境持续优化、消费市场潜力巨大、城市品质生态宜居、人文环境厚重淳朴。

济南百花洲

作为"四连冠"的全国文明城市，济南正以创建全国文明典范城市为统领，全力建设"十大之城"——信仰坚定的红色之城、底蕴深厚的文化之城、闻名中外的天下泉城、美美与共的温暖之城、品牌荟萃的魅力之城、创新创意的活力之城、功能完善的品质之城、融通内外的开放之城、高效和谐的善治之城、生活美好的幸福之城……

站上新的发展台阶，济南具备了建设强省会的基础和底气。

建设强省会，是济南必须担当的重任。

从国家层面讲，济南在黄河重大国家战略中地位突出，是黄河流域三大中心城市之一；在新旧动能转换的战场上，国家把全国第二个起步区给了济南，赋予了济南为全国"打样"的使命。从全省来看，山东大力实施强省会战略，济南作为"一群两心三圈"的两大中心之一，省会兴带动全省兴，济南强助推山东强，做大做强责无旁贷。

建设强省会，符合全市人民的共同期盼。

每个人都有自己的梦想，每座城市亦然。济南曾经一度被贴上"保守""中庸"的标签，这不符合济南人的形象，也不应该是这座城市该有的状态。习惯于说"大济南"的济南"老师儿"，心中有一个大城梦，期待这座城市更加强大，成为全国舞台上的主角。唯有如此，每一个在此生活、工作的人，才有更广阔的舞台、更好的平台、更便利舒适的生活。

天下泉城，成全天下。建设强省会，是济南应当担负的光荣使命，符合发展大势，符合全市人民期待，是 1000 万人梦想的"最大公约数"，理应成为全市上下的共同愿景。有了这样的共识，济南就有了团结奋斗的共同追求和目标。

一支力量：1000 万济南人

强省会这张答卷，1000 万济南人，人人都是答卷人，人人也将是受益者。城因人而生，人随城而长。每个市民的一举一动，就是一座城市的"一点一滴"。济南是每个人的济南，每个济南人，都是强省会的"命运共同体"，每个奋斗的你我他，都是强省会前行的推力。

奋斗无大小，力合则磅礴。济南的今天，是上上下下披荆斩棘，一点一滴干出来的。强省会的美好明天，仍需大家以"人一之我十之、人十之我百之"的劲头接续奋斗。

无论我们身居何职、身处何位、身在何方，无论我们力量大小，只要共同发力，聚在一起就是排山倒海之力，只要一起发光，聚在一起就是璀璨夺目之光。

"强省会"没有局外人，每个人都是建设强省会的主角。只要每一名济南"老师儿"都能做到肩上有担当、心中有目标、手上有行动、脚下有速度，在各自领域、各自岗位守土有责、守土负责、守土尽责，当好"螺丝钉"、守好"责任田"，就一定能达到"人心齐，泰山移"的效果，推动强省会蓝图加快变为美好现实。

一个方法：突出重点、讲求细节、压实责任、形成闭环

方法对了头，一步一层楼。干任何事，都应该讲求方式方法。虽然我们工作的性质不同、岗位不同、责任不同，但在对待工作的方式方法上有相通之处。

建设强省会，就要突出重点，就要讲求细节，就要压实责任，就要形成闭环。

突出重点，就要既讲"两点论"，又讲"重点论"，优先解决主要矛盾和矛盾的主要方面，善于从全局出发把握重点，善于在发展中把握重点，善于以前瞻的视角把握重点，抓纲带目、以点带面，以重点突破带动整体工作提升。

讲求细节，就要明白"致广大而尽精微"的道理，认真负责对待每一个细节和小事，把工作细化到最小单元，把每个细节做到最优，注重系统集成、整体衔接，防止"细节中的魔鬼"损害大局。

压实责任，就要加快构建权责清晰、科学高效的责任体系，明确责任分

工，严格完成时限，密切协同配合，强化激励约束，切实把该担的责任担起来、把该抓的工作抓起来。

形成闭环，就要坚持具象化、可量化、可评估，坚持清单化、台账化管理，坚持项目化、工程化推进，坚持过程化、动态化督导，建立"任务部署—建立台账—督导考核—评估问效—成果巩固"的全链条工作推进体系，确保件件有着落、事事有回音。

方法对了，事半功倍。如果大家都能把"突出重点、讲求细节、压实责任、形成闭环"的工作方法运用到各自岗位上，相信济南的各行各业都能从中受益，不断取得新收获、新突破。

一个标准：全省领先、全国一流

标准是一面镜子，标准高一点，镜子的"分辨率"就会高一些，追求的目标就能看得更清楚一些，也能让"不是问题的问题"纤毫毕现，从而扬长补短，争创一流。

建设强省会，是一项光荣使命，也是重大责任，对各行各业提出了更高要求。只有把这种要求转化为更高的工作标准，每个行业都能立足省内、面向全国，甚至放眼世界，做到"全省领先、全国一流"，强省会才能名副其实。

齐鲁软件园——济南的"硅谷"

我们一定要以更高站位、更宽视野来审视和谋划济南未来发展,更加自觉地把各自工作放到全国、全省舞台来谋划,与最优者对标、与最强者比拼、与最快者赛跑,找准自身位置,把握自身有利条件、比较优势和发展机遇,找出矛盾问题、制约因素和短板弱项,找差距、提标杆、学先进。拿营商环境来说,一个地区要发展,短期靠项目,中期靠政策,长期靠环境。比拼营商环境,大家都在一个赛道上,谁能做得更好、服务更到位,谁就能占领投资高地。这要求我们,一方面对标先进,聚焦市场主体关切,强化问题导向,拉长长板,补齐短板,做到人有我优;另一方面大胆创新,主动谋划出一批具有首创性、引领性的制度创新成果,确保赢得主动、抢先发力,做到人无我有。

如果各行各业都能成为"全省领先、全国一流",济南自然能够"走在前"。

一股精气神:"拼"字当头

同样一件事,为什么有人看到的是重重困难,感到的是"压力山大",选择的是畏葸不前,有的人却总能够走遍千山万水、历尽千辛万苦、想尽千方百计?其中一个关键的差别,就在于有没有"敢"的精神、"拼"的劲头。

好日子是拼出来的、干出来的。要实现强省会宏伟目标,就要始终保持那么一股子拼劲。

可以想象,在成功的道路上必然困难重重,但只要保持昂扬的斗志,拿出"敢拼"的劲头和破釜沉舟的气概,就一定能勇往直前,战而胜之。

劈柴不照纹,累死劈柴人。"敢拼"还要"会拼"。俗话说,"旧船票上不了新船",新时代我们所要面对的形势是新的、所要破解的问题是新的、所要完成的任务也是新的。这意味着因循守旧没有出路,一味"蛮干"也难以取得成功,我们应该在"敢拼"的基础上,用与时俱进的观念、方式和方法去拼、去干,寻求突破。

无限风光在险峰,虽然拼的过程往往很累、很苦,但只要我们给自己的精神"满格充电"、给自己的头脑"更新程序",用"敢拼"的劲头、"会拼"的能力,过了一山再登一峰,跨过一沟再越一壑,就一定能到达胜利的彼岸。

一个指挥棒：用好考核激励机制

考核"指挥棒"指向哪里，目光就会向哪里聚焦。用好考核"指挥棒"，让想干事、能干事、善成事的人拥有舞台，让不干事、不想干事、干不成事的人失去市场，就能更好地激发干事创业的内生动力。

拿党政机关来说，要紧紧围绕建设强省会这一宏伟目标，科学合理设置考核指标内容，切实增强考核的系统性和针对性，对不同地区、不同单位、不同岗位，精准提出差异化的考核指标，既考出显绩又考出潜绩，既考出共性又考出个性，彻底点燃干事创业的激情。

拿经济战场来说，要用好优秀企业、企业家表彰奖励等激励手段，树立鲜明的"尊重企业家，推崇企业家，让企业家站 C 位"的导向，让发展的主角得到更高的礼遇、感受到更自豪的"荣誉感"，以更加豪迈的激情干大事、创大业。

再拿文明创建来说，要通过开展守信联合激励和失信联合惩戒，让守信者处处便利，让失信者处处难行；要通过道德模范、身边好人等的榜样选树，让文明蔚然成风。

……

建设强省会，需要各行各业的共同助力。每个领域、每个行业都应当建立起明确的追求和鲜明的导向，激发起共建强省会的激情和动力。

一个支撑：软实力

硬实力让城市强大，软实力让城市伟大。城市既要有筋骨肉，更要有精气神。老百姓既要富口袋，更要富脑袋。

强省会之"强"，包括两个方面：硬实力和软实力都要强。二者如鸟之双翼、车之双轮，相互促进、相辅相成，必须做到两手抓、两手都要硬。

城市软实力是指一座城市传统文化与现代文明，价值认同与品质认可，内在形象与对外影响，政府服务与社会治理等多种非物质元素聚合，显示出来的软力量。

当前，济南正处于加快建设新时代社会主义现代化强省会、加速迈向国

济南中央商务区

家中心城市的关键阶段，随着硬实力的强势崛起，全面提升软实力正当其时、势在必行。

城市软实力提升是一项系统工程，也是一项具有"生长性"的渐进工程，就一般规律而言，需要经历从 1.0 到 5.0 五个阶段：**软实力 1.0，就是天赋禀赋；软实力 2.0，就是塑造创造；软实力 3.0，就是结合融合；软实力 4.0，就是转变转化；软实力 5.0，就是归零归真。**用好软实力，就要准确把握提升城市软实力的实现路径，循序渐进，稳扎稳打。

当然，提升城市软实力是一项开创性的工作，没有先例可循。当前摆在我们面前的一项重要课题就是：软实力提升有什么好招硬招、好办法好经验，如何把软实力运用到经济发展、城市建设、科技创新、民生改善、社会动员、文化建设等各项工作中。

一种追求：勇创新

唯创新者进，唯创新者强，唯创新者胜。创新是一个民族进步的灵魂，

是一个国家兴旺发达的不竭动力，也是中华民族最深沉的民族禀赋。党的二十大报告指出，"必须坚持科技是第一生产力、人才是第一资源、创新是第一动力"。

创新是济南"走在前"的核心动力和最大势能，更是激活一池春水的密码。近年来，济南始终坚持把发展的基点放在创新上，着力推进以科技创新为核心的全面创新，把科技创新和体制机制创新作为双重任务，营造创新驱动发展的良好生态和政策环境，以创新之力推动强省会建设。发射世界首颗量子微纳卫星"济南一号"、获批建设全国首个科创金融改革试验区、成功运行世界首个电磁橇设施……"创新活水"已经流淌到济南的各个领域，推动全市高质量发展驶入"快车道"。

创新，就要走前人没有走过的路，做前人没有做过的事，创前人没有创过的业绩。我们要坚定不移地把创新作为自觉追求，从理念、思维、机制、作风、方式方法等方面着手，让创新贯穿工作的全过程各环节，成为强省会建设的"最大增量"，推动各项工作开创新局面、迈上新台阶、再上新水平。

一个信念：一定赢

2022年以来，济南市经济发展经受了多方面严峻考验，一方面是受国内外宏观形势等各种因素影响，一方面是疫情防控对经济社会发展的影响。

"不经一番寒彻骨，怎得梅花扑鼻香。"成功的过程中，难免会有挫折和暂时的失败。

信心比黄金更重要。对当前复杂多变的形势，我们要有清醒的认识，坚定信心，保持"一定赢"的信念，鼓足勇气，持之以恒，坚定不移地向着目标奋进。

当然，信心不是盲目乐观，而是基于面临的基础、面临的形势、面临的机遇。

济南的基础和形势如前所述，有实力、有底气建设新时代社会主义现代化强省会。

济南的机遇多多，前途光明。近年来，济南被国家赋予的发展重任、迎来的大力支持和重要机遇非常密集。2021年，《黄河流域生态保护和高质量发展规划纲要》公布，其中多次"点名"济南，尤其是提出"支持济南建设新旧动能转换起步区"，起步区成为《纲要》中唯一支持建设的城市新区。作为全国第二个起步区，国家显然寄予厚望。

"全国独一份"的科创金融改革试验区"落子"泉城，更是彰显了济南在科创金融领域的重要地位。

前不久，国务院印发《关于支持山东深化新旧动能转换推动绿色低碳高质量发展的意见》，明确提出"培育发展济南、青岛现代化都市圈"。现在来看，济南的目标获得国家的认可和支持，有望晋升"国家级都市圈"。

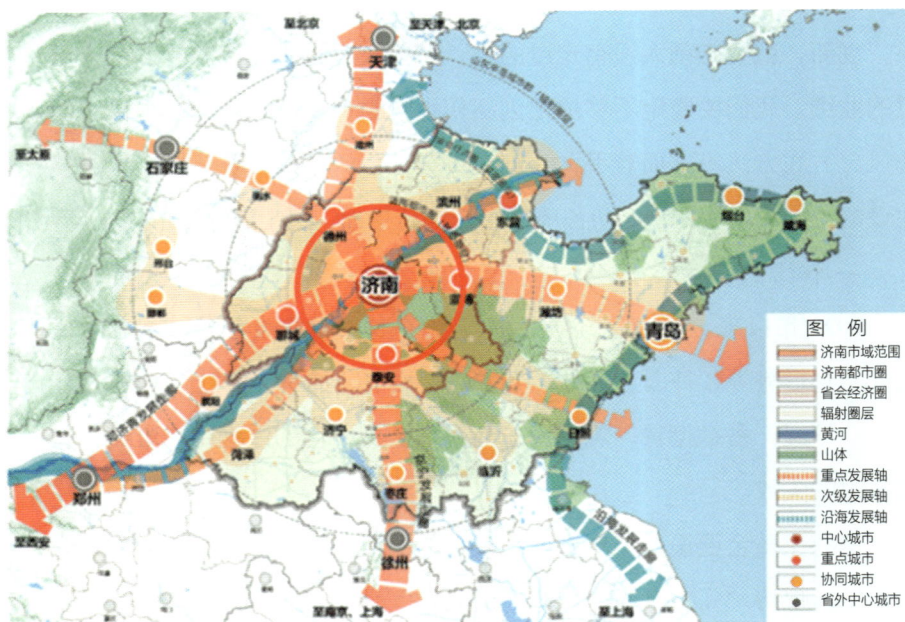

山东半岛城市群

随着国家的频频"点名"，当今的济南，堪称机遇叠加、厚望已寄，前景令人期待。

坚定信心是为了迎难而上、奋勇前进。我们要带着"一定赢"的信念，把形势判断准、把问题研究透，选准突破口，找到着力点，增强工作的主动性、预见性和针对性，一个难题一个难题地解决，一个困难一个困难地战胜，推动各自领域的目标圆满完成。

一种定力：一直做

共产党人有一种好作风，叫"抓铁有痕、踏石留印"。抓铁之所以有痕，是因为常抓不懈地坚持；踏石之所以留印，是因为脚踏实地地落实。

建设强省会，绝非一朝一夕之功，需要瞄准目标持之以恒。这就要求我们树立"一直做"的战略定力，不达目的决不罢休，不获全胜决不收兵。

千里之行，始于足下。把推动发展的"钉子"，钉牢一颗再钉一颗，必然有大成效。我们要大力发扬钉钉子的精神，讲实效、出实招、办实事，以抓铁有痕、踏石留印的劲头，一茬接着一茬干，赢得经济社会发展的接力赛，早日实现建设强省会的共同梦想。

"能用众力，则无敌于天下矣；能用众智，则无畏于圣人矣。"济南的基础扎实，济南的机遇千载难逢，济南的前景无限光明，只要我们把握好"十个一"，1000万人心往一处想、劲往一处使，就一定能实现团结奋斗强省会的宏伟蓝图！

（海右轩／文，2022年11月）

济南举行重磅"数字大会"，
迎来又一重大机遇

● ● ●

9月23日上午，济南开了一场重磅会议——数字济南建设推进大会。

一、大会

这场大会，真的很"大"。

第一，规模很大。 根据媒体报道，济南市四大班子领导悉数出席，会议除了设主会场，还在市直各部门（单位、企业）、各区县（功能区）和各区县直部门（单位）、各街道（镇）设分会场。

换句话说，这场会从市、区，一直开到了各街道，参与人数非常之多，是一次规格高、规模大的重磅会议。

除此之外，北纬君了解到，会议还提供了视频在线收看地址，供大家收听收看，总参会人数估计超过了2万人。

通过在线收看地址，北纬君全程收看了这次会议。

以这样的会议规模，部署加快推进数字城市建设，在国内城市中并不多见。北纬君觉得，济南此举释放的信号明显：对数字济南建设，全市各级干部不仅要高度重视，而且要全面参与。

第二，意义很大。会议的主题是推进数字济南建设。数字化是最近几年的热点，其对经济社会发展的影响日益加深。

当前，无论是城市大脑、智慧社区等数字政府领域还是城市安全、疫情防控等数字社会领域，抑或工业互联网、智能制造等数字经济领域，数字化都已日益成为推动经济社会发展的核心驱动力，引领着生产方式、生活方式和治理方式全方位、系统性的重塑和变革。

这场以"数字"为主题的大会，注定将对济南未来经济社会发展产生重要影响。

第三，信心很大。在这次会议上，山东省委常委、济南市委书记刘强提出，数字济南建设的总体目标是，**打造全省领跑、全国一流的数字城市，率先建成数字先锋城市。**

全国一流、率先建成，这样的目标，充分彰显出数字济南建设的雄心和信心。

二、选择

那么，济南为何如此重视"数字"？

当前，在全球数字化变革的浪潮下，无论是国外还是国内，各大城市都把数字化视为撬动新一轮突破的支点和塑造城市未来核心竞争力的重要抓手。数字化所影响的，不仅仅是经济产业，更涉及社会治理、政府服务、公共安全等各个方面，影响到每一个人。

比如，上海城市数字化转型着眼于人工智能、元宇宙、物联网、可信算法等未来产业，促进经济、生活、治理三大领域深度融合，打造"最国际、最时尚、最人文"的数字城市。

再如，杭州提出以数字化改革为总抓手，纵深推进全面深化改革，部署

国家超级计算济南中心

了35项重大改革、100项重大应用，"数字"成为杭州城市发展的新引擎。

在山东，省委、省政府提出全力推进数字强省建设，将数字变革创新列为"十大创新行动"之一。作为省会城市，济南有责任也有必要在数字济南建设上勇当"排头兵"。作为经济新格局中的重要城市，济南有需要也有能力在数字变革创新大潮中蹚出路子、作出示范。

一言以蔽之，加快数字济南建设既是贯彻落实中央和省委部署的具体行动，同时也是在大数据时代，济南提升城市核心竞争力和推进治理现代化的必然选择，是大势所趋、发展所向、时代所需。

三、信心

空前的重视，是因为济南有着充足的信心。那么，信心何来？

数字化是个系统工程，涵盖数字政务、数字经济、数字社会等等各个方面。无论在哪一方面，济南都已先行一步。

先看数字经济，济南具有多个方面的优势。

一是国家赋予的先行先试优势。作为全国 8 个"中国软件名城"之一，济南是全国唯一的国家人工智能创新应用先导区、新一代人工智能创新发展试验区、国家工业互联网示范区"三区叠加"城市，成功入选国家首批 5G 商用城市、千兆城市、新型信息消费示范城市等，还有国家信息通信国际创新园、国家超算济南中心等多个国家级平台。

二是数字产业规模总量优势。2021 年，济南跻身国家数字经济新一线城市前列，数字经济总规模达 5000 亿元，占 GDP 比重达到 45%。软件和信息技术服务业规模占山东省一半以上，形成了以浪潮集团、华天软件等一批重点企业为引领、2000 多家优秀企业集聚的产业集群。

三是产业基础优势。济南拥有 41 个工业大类和全部 31 个制造业大类，在服务器制造、数控机床、重型汽车、生物医药等领域拥有一批领军企业。比如，济南生产的服务器产销量居全国第一、全球第二；专精特新企业、瞪羚企业、累计上云企业数量均居全省首位。这为数字化发展提供了充足的"应用场景"。

四是数字基础设施优势。济南已建成开通国家级互联网骨干直联点、国际首个面向商用的量子通信专网、全球首张确定性网络，建设 5G 基站超过 3.7 万个，数量全省第一。同时，济南还拥有北方健康医疗大数据中心等 10 余个规模较大的数据中心。

数字政务方面，济南通过持续强化"一网通办"能力，服务效能不断提升。

数据显示，目前济南 2050 项市级依申请政务服务事项在"一网通办"总门户上线运行，"爱山东·泉城办"移动端上线应用 1913 项，注册用户达 613.5 万人，日均访问量 3.8 万次。此外，"泉惠企"企业服务综合智慧平台汇集 148 万市场主体信息，集中发布惠企政策 2800 余条、政策兑现事项 110 项，实现涉企服务"一口办理"。

这些，都为加快建设数字济南奠定了基础，打开了广阔空间。

四、雄心

随着大数据时代来临，数字也与每个人息息相关，最直观的影响就是办事越来越便捷、高效。

仅举两例。

济南通过公交卡与电子健康码的"卡码联动"，每天为130万人次乘车节省3600个小时，数据的赋能极大地方便了市民，也提高了社会治理的效能和水平。

在房产证办理上，以前市民需要跑多个部门，现在已实现零跑腿、当日办结，每年减少跑腿次数220万人次，精简申请材料380万份。

对于企业，前面所说数字政务服务，不仅让办事不难，还让办事不慢、办事不繁，这是城市营商环境提升的直观体现。

北纬君注意到，除此次召开重磅会议以外，近期济南对数字化建设也是频频部署。

中科新经济科创园

8月23日，刘强主持召开加快推进数字济南建设工作专题会，研究推进数字济南建设相关工作，提出努力形成共建、共治、共享的数字济南建设新格局。

9月3日，于海田主持召开市政府常务会议，研究加快数字济南建设等事项。会议提出，全力打造全国一流的数字强市。

9月19日，济南市委常委会召开会议。其中一项议题是研究加快数字济南建设，审议了《关于加快数字济南建设的意见》。

这也意味着，这一加快数字济南建设的"顶层设计"或将在短时间内出台。

至9月23日，数字济南建设推进大会这一高规格、大规模的会议举行，济南"数字雄心"充分显现。

五、重点

在这次会议上，刘强讲话的内容非常丰富，信息量很大。其中，首次披露了数字济南建设的总体部署和推进方式。

刘强表示，前期，济南市委、市政府经过深入研究谋划，形成了数字济南建设"1+4+N"工作体系。

"1"是围绕推进数字济南建设，制定了加快数字济南建设的意见，明确了总体部署，目标是打造全省领跑、全国一流的数字城市，率先建成数字先锋城市。

"4"是推进数字机关、数字政府、数字经济、数字社会建设，这也是数字济南建设的四大核心领域。

"N"是由数字纪检、数字组工、数字法治、数字统战、数字防疫等相关重大专项体系建设构成的开放式应用场景体系。

此外，针对提升广大党员干部乃至全社会的数字化素养，刘强说，工作中，要做到"四个注重"：注重发挥各级各部门"一把手"的引领性，数字化建设就是"一把手"工程，"一把手"要做到以上率下学到位、盯紧靠上抓到位、

以身作则用到位，实现工作思路、工作机制、工作流程向数字化迈进。此外，注重增强干部学习的自觉性，注重加强学习培训的系统性，注重提升社会参与的协同性。

针对数字济南建设的推进，刘强强调，数字济南建设是数字强省建设的一部分，必须在省统一部署下有序推进，做到"规定动作接得住、自选动作有创新"。要全方位推进、一体化推进、依法推进、循序渐进推进，按照"**一年夯实基础、两年重点突破、三年全面提升、四年示范引领**"的总体安排，项目化、工程化推进，坚决避免重复建设、低效建设，坚决避免搞运动、大跃进。

刘强强调，要准确把握数字济南建设的共性核心问题。数据要高质量归集共享，建强市一体化大数据平台，规范数据归集标准，完善数据共享协调机制。系统要协同衔接，牢固树立"用户思维"和"一件事一次办成"理念，推动业务流程再造，打通系统壁垒，推进数据资源"一脑统管"，优化系统开发模式，完善制度机制。安全要有效保障，在设计、建设、运维、应用等各个环节都充分考虑安全。

针对数字济南建设的组织保障，刘强提出了四个"要"：

要明确任务分工，市委、市政府主要领导同志负总责，相关市级领导同志分兵把口、具体负责，数字济南建设领导小组各工作专班要密切协同配合，各区县、各部门主要负责同志要直接抓、亲自干。要健全考评体系，将数字济南建设纳入全市高质量发展综合绩效考核，纳入市委、市政府督查重点内容，完善政策激励措施。要汇聚各方力量，促进全社会广泛参与。要强化队伍建设，健全完善数字化人才的选育管用机制，培养更多数字化建设行家里手，为数字济南建设提供坚实的人才和智力支撑。

既有顶层设计和总体安排，又有实际推进举措，同时还予以充分的制度、组织保障。不难看出，随着这次会议的召开，数字济南建设将进入一个新的阶段。

六、未来

数字时代，城市竞争格局正在重塑，把握住机遇、跟上了潮流就会在未来发展中赢得先机。如果把握不住机遇，失去的恐怕就不只是一个产业，而是核心竞争力的全面落伍。

而今，济南正在这条新赛道上不断加速，更多的空间和更大的未来将在创新与探寻中逐步展现。

这是济南又一个重要的历史性机遇。

（高原/文，2022年9月）

把图书馆"搬"上核酸贴纸，济南走心了

●●●

火出圈的济南核酸贴纸又上新了。

6月2日下午，济南市新一轮常规常态化核酸检测开始，不少市民在领到核酸贴纸后发现了上面的一个小变化——多了一个小程序码。

不要小看这个小小的程序码。扫描进去之后，正是济南市前段时间推出的免费公益电子书阅读项目"泉民悦读"，其中涵盖文学、历史、艺术、科技、生活等30多个门类的4.8万余册图书，静待市民"开卷有益"。

前些日子，核酸贴纸上的泉城"抗疫天团"引发热烈讨论，如今，核酸贴纸又变成了市民随身携带的"移动图书馆"。不得不说，济南真的是用心了。

自济南市第十二次

党代会提出"推动文化繁荣兴盛，全面提升城市软实力"，软实力成为济南的一个热门话题。

那么，究竟软实力该如何提升？济南的核酸贴纸就是一次成功的实操案例。

作为一座历史文化名城，济南是不缺乏人文资源的。天下闻名的泉水、灿若群星的济南名士、源远流长的龙山文化、领天下风气之先的商埠文明……共同构成了这座城市的深厚底蕴，也成为济南宝贵的软实力资源。

进入新时代，这座城市同样文化味十足。遍布全城的泉城书房、高大上的"三馆"、老少皆宜的非遗绝活、扎堆落地的文体项目、连摘四年的文明城市桂冠、东亚文化之都的金字招牌……济南城雅俗共赏，一个个济南"老师儿"也德才兼备、能文能武。

济南城与济南人的这些特质和秉性，同样是宝贵的资源。

提升城市软实力，很重要的一点就是要激发这些资源的新活力，为城市发展、民生事业助力，让"现代化强省会"之强更加全面、更加有力。

拿泉城"抗疫天团"来说，李清照、辛弃疾、秦琼、大舜、房玄龄、赵孟頫等济南名人相继"走"出书本，为抗击疫情助力。这些人的故事以及他们身上所蕴含的人文精神，每个济南人都能念叨几句，但如果不是这些核酸贴纸，谁能把他们和抗击疫情联系起来？让他们成为济南"战疫"的"亲友团"，既展示出了城市文化底蕴，也为广大市民增添了温暖的慰藉和必胜的信心。

这就是提升文化软实力的济南智慧。

再说这次核酸贴纸变身"移动图书馆"。"泉民悦读"这一公益阅读项目自4月底推出以来，得到了市民的热烈欢迎。仅在五一假期期间，访问量就达到48万余人次。5月8日，济南的这一做法还得到了央视的点赞，登上了《新闻直播间》栏目。

我一直觉得，对个人来说阅读是件私密的事，但对于城市来说，全民阅读则是公共文化事件，事关市民文明素养，也事关城市文化精神。

没有书香的城市是没有灵魂的。济南很早就提出打造"书香泉城"，为

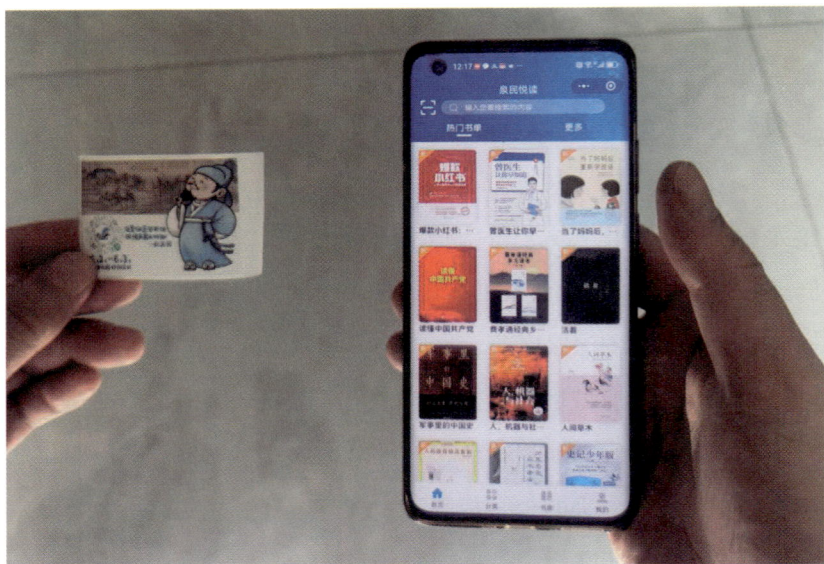

了实现这一目标，济南实际上做了更多。

比如说，在今年的济南市"两会"上，新建 20 处以上泉城书房等新型公共文化空间、建立数字图书馆等被写入"为民办实事"事项。

比如说，在 4 月 20 日第十二届"书香泉城"全民阅读节上，济南宣布今年将开展 100 余项 1000 多场阅读推广活动。其中，包括"泉民悦读"免费数字阅读行动，也包括"泉城共读一小时"、读者图书借阅权限提升等。

再比如，在前些日子抗疫紧张的时候，济南市各文化场所联袂推出线上活动，各种文体节目也纷纷免费播出，既丰富了市民文化生活，也为疫情防控提供了助力。

硬实力让城市强大，软实力让城市伟大。都说提升城市软实力是个很宏大的课题，但我觉得很重要的一点，就是要让城市的文化资源主动"走到"市民中去，满足市民需求，服务市民生活。只要市民有了精气神，城市就会有力量。

况且，这本身就是文艺的属性——从群众中来，到群众中去。

（历山尘 / 文，2022 年 6 月）

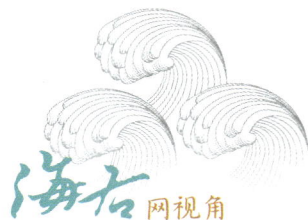

"一米高"的济南什么样

● ● ●

你有没有想过，如果弯下身子、用一米高的视野去看城市，城市会是什么样子的？

是被高楼大厦遮挡的远方，还是可望不可即的健身、娱乐设施？

不必怀疑，一米高的视野，就是孩子们的全世界。

孩子是未来，一个忽略孩子感受的城市，无法称之为现代化的文明城市，更不是温暖的家园。

在济南市"十四五"规划、济南市"十四五"儿童发展规划、2022年政府工作报告中，都提到了一个目标——创建儿童友好型城市。

这是一个城市对未来"小主人"的承诺，更是一种现代城市文明的理念。我们相信，对儿童友好的城市，必定是对每一个家庭、每一个人都友好的城市。

———

什么是儿童友好型城市？

这是一个不断发展的概念。最早在1989年，联合国《儿童权利公约》提出，

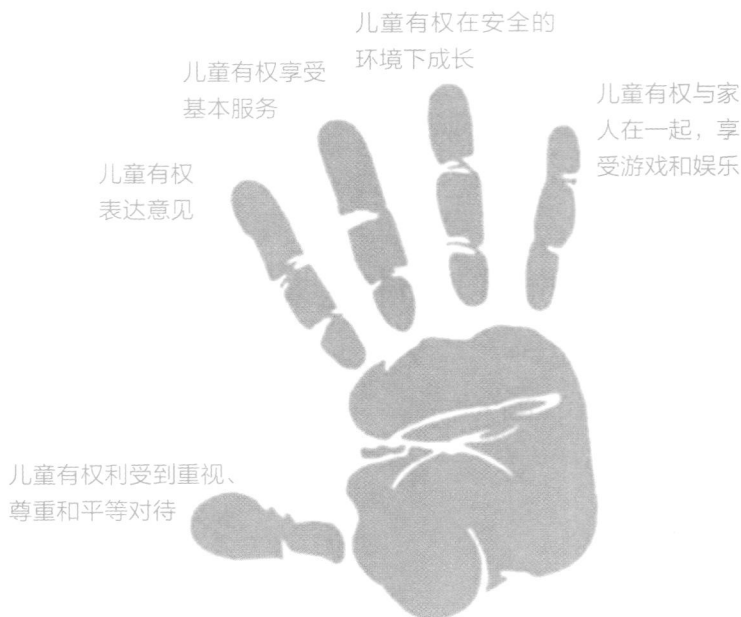

儿童有权在安全的环境下成长

儿童有权享受基本服务

儿童有权表达意见

儿童有权与家人在一起，享受游戏和娱乐

儿童有权利受到重视、尊重和平等对待

儿童具有生命权、受保护权、发展权与参与权四大权利。在此基础上，1996年联合国儿童基金会及联合国人居署正式提出"儿童友好型城市"，倡议将儿童的根本需求纳入街区或城市的规划之中。

那么，什么样的城市才能算对儿童友好？

不同的人有着不同理解，但有一个统一的大范畴，也就是联合国儿基会和人居署提出的儿童友好型城市建设"一只手"框架，即：

儿童有权利受到重视、尊重和平等对待，

儿童有权表达意见，

儿童有权享受基本服务，

儿童有权在安全的环境下成长，

儿童有权与家人在一起、享受游戏和娱乐。

儿童友好型城市自提出之后，随即成为一项全球运动。资料显示，该项工作已在全球 60 多个国家的 3000 多个城市展开，伦敦、巴黎、首尔等 900 多个城市（社区）获得认证。

遗憾的是，目前我国还无一城市通过儿童友好型城市的认证。

二

2021 年，国家"十四五"规划正式提出，2025 年前将在全国开展 100 个儿童友好城市建设试点。

同年，国家发展改革委、国务院妇儿工委等 23 个部门印发了《关于推进儿童友好城市建设的指导意见》，结合中国实际，明确了建设中国特色儿童友好城市的"五大"友好理念：社会政策友好、公共服务友好、权利保障友好、成长空间友好和发展环境友好。

实际上，在前述《指导意见》出台之前，已有北京、深圳、成都等多个国内城市在建设儿童友好型城市上开展了努力和探索。

其中，也包括济南。

但坦白说，创建儿童友好型城市，济南起步并不算早。甚至与青岛、日照等省内城市相比，济南在时间上也并不占优。

但是，**济南有着自己的独特优势。**

作为国家未成年人社会支持体系示范建设单位，济南市妇女儿童维权工作走在了全国前列；

教育方面，过去五年济南累计新建、改扩建中小学幼儿园 635 所，在全国率先实现"零择校""零择班"，首推午间配餐和课后延时服务，**学前教育、义务教育、高中教育入学率均处于全国一流水平；**

在全国副省级以上城市中，济南第一个全面放开落户限制，全力保障"新市民"的各项权益；

托育行业，济南整体发展速度和发展质量均列全省第一，且在全国名列前茅，拥有阳光大姐、婴贝儿等全国领先的儿童产业品牌。

......

三

更多的优势，体现在近年来这座城市在建设与发展中对儿童优先、儿童友好理念的坚持。

（一）顶层设计重视"小主人"

济南市"十四五"规划和2035年远景目标中提出，建设儿童友好型城市，打造安全、有趣、益智的生活空间。

济南市第十二次党代会报告提出，大力发展普惠托育服务，争创全国婴幼儿照护服务示范城市。

2022年济南市政府工作报告中提出，争创全国婴幼儿照护服务示范城市，创建国家儿童友好型城市建设试点。

《济南市"十四五"儿童发展规划》进一步提出，要实施与建设新时代社会主义现代化强省会相匹配的儿童发展战略。

（二）城市治理细节"有童心"

今年"六一"儿童节，济南市妇女儿童工作委员会为全市少年儿童送上了一份"大礼包"——13件为儿童办实事项目。

这些实事项目涉及社会政策、公共服务、权利保障、成长空间、发展环境五个领域，包含了免费为适龄女孩接种HPV疫苗，新改扩建80所中小学校幼儿园，建设100个"希望小屋"、200个"家门口的假期托管班"等。

今年暑假，"家门口的暑期托管班"正式开班。

这些公益托管班在社区举办，面向全市小学在籍学生，优先保障留守儿童、进城务工人员、家庭经济困难学生等亟需服务群体。每个托管班还根据自身情况，提供暑期托管、课业辅导、特色课程以及丰富多彩的实践活动。

这样的托管班，孩子喜欢、家长点赞。

建设儿童友好型城市是个复杂的工程，但"友好度"就体现在托管班等类似细节中。

（三）城市公共空间"适儿化"

城市公共空间，无论硬件还是软件，"适儿化"都应该成为标配。

硬件方面，济南的孩子们有了更多"独属"空间，有了更加优质的成长环境。比如，越来越优良的医疗条件，越来越多的儿童娱乐设施、儿童阅读空间、无障碍通道、亲子公园、城市绿地，以及单位、商场中的母婴室，娱乐场所的亲子卫生间，文化娱乐场所的儿童专属区等。

软件方面，更加均衡优质的教育，更加丰富多彩的文化、艺术生活，让更多孩子沉浸其中。比如，儿童书画展、阅读空间、开放日、声乐团、成长营……孩子们有了更多学习、表达、成长的机会，也有了更多参与城市治理的可能。

在今年的儿童节寄语中，山东省委常委、济南市委书记刘强说，诚挚邀请少年儿童朋友们充分参与到这座美丽城市的建设中，以"从一米的视角看城市"，为济南建言，为家乡助力，真正成为济南发展的小主人。

从规划到实施，从硬件到软件，从部门小组唱到城市大合唱，让城市更温暖、更包容、更能满足儿童的成长需求，已成为"泉城共识"。

四

建设儿童友好型城市为何在近年来成为潮流？

除了城市本身的生活宜居、民生福祉与人文关怀属性，对于一座城市来说，开展儿童友好城市建设也是提升城市竞争力和影响力的有效途径。

套用一个比较流行的词汇来说，它就是营商环境的重要组成部分。毕竟，无论是对外双招双引还是对内产业发展，一个人口结构优良的城市会更有竞争力，特别是在老龄化日益加剧的当下。一个城市要保持人口结构优良，就要注重人口的可持续性，通俗点讲就是"生得起、养得好、育得优"。

还有重要的一点：产业因素。

有网友调侃，孩子的钱最好赚。数据显示，目前全国儿童消费市场规模近 4.5 万亿元，产业年增长率高达 30%，而根据"七人普"数据，我国儿童人口规模超过 2.5 亿，未来市场规模仍在继续扩大。建设儿童友好型城市，涉及吃、穿、住、用、行、学、医等多个领域，可以带动相关产业加快聚集发展。

对正在加快建设强省会的济南来说，建设儿童友好型城市，无论是从城市责任、民生福祉，还是从城市可持续发展、营商环境优化、提升吸引力和综合竞争力的角度来说，都是必要的一步。

五

一座城市，因为对儿童友好而拥有了更加丰富的内涵。

建设儿童友好型城市，不会一蹴而就，也不是一次达标即可，而是一个持续不断完善的过程，需要真正做到从儿童视角出发，以儿童需求为导向，以儿童更好成长为目标来规划、建设城市。这尤其需要政府、社会、儿童及家庭多方协力推进。

在联合国儿童基金会及联合国人居署倡议中，有一句话成为全球共识——少年儿童的福祉是衡量人居环境健康与否、民主社会文明程度和政府良好治理水平的终极目标。

济南，正在加倍努力。

（青山／文，2022 年 7 月）

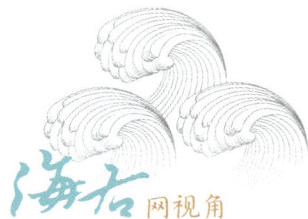

济南软实力的跃升之路

● ● ●

济水之南、泰山之北，是为济南。

古往今来、春秋轮转，千百年来凡是到过济南的人、读懂济南的人，都会对这座城市留下极为深刻的印象——马可·波罗、泰戈尔见了她情不自禁地赞美，"二安"李清照、辛弃疾在这里引领宋词潮流，赵孟頫留下千古名画《鹊华秋色图》，老舍先生用妙笔写下散文名篇《济南的冬天》，凡此种种，不胜枚举。

这是济南魅力的真实映射，更是城市气质的千年源流。

好印象伴随着好口碑，好口碑积聚着软实力。在当今城市竞争全面进入比拼软硬综合实力的时代，济南无疑是一座被低估的城市！

在硬实力方面，经历了过去5年经济总量连续跨越5个"千亿级台阶"之后，济南在全国二十强榜单中的位次升至第18位，进无止境！

软实力，恰是一座城市在发展能级、硬实力水平达到一定高度之后必须走好的关键一步，更承载着百姓对这座城市更高远、更迫切的希冀。"质速并重"提升城市软实力，济南坐不住、慢不得，更等不起。这也是"寸字寸金"的济南市第十二次党代会报告中，以千字篇幅用力着墨"软实力提升济南新篇"的重要原因。

全面提升软实力，恰如登攀高峰，拾级而上、昂扬"进阶"是应有之义。谋篇从软实力1.0跃升至软实力5.0，济南正昂首攀越"数重山"。在软实力1.0层面，致力用好天赋禀赋，深入挖掘雄厚资源，充分发挥十大优势，做到"物尽其妙"，推动形成广泛的城市认同、文化认同、方向认同；在软实力2.0层面，做好提炼、创新、塑造文章，以创新为轴、以文化为要，塑强"文以载道"之风，让"十大之城"形象深入人心；在软实力3.0层面，将软实力融入各个系统、各个环节、各项工作，实现"软包硬、软浸硬"，做到同频共振、同步推进，力促"以文兴城"；在软实力4.0层面，着重做好"建章

黄河在这里拐了个弯 / 王仁锋

立制"的文章，力促软实力转变转化，推动软实力建设的方方面面都形成一套系统、一众品牌、一批亮点、一打制度，让软实力成为硬支撑；在软实力5.0层面，实现归零归真，让软实力如水利万物，润物无声地影响城市的每一个人、每一项事业，让软实力和城市彼此赋能、相融伴生，抵达"到处都是软实力、人人都是软实力、事事彰显软实力、济南就是软实力"的至臻之境。

时间回溯到1300多年前，著名诗人史青以"五步成诗"写就了一段盛唐佳话。时代演进，当今济南，立足数千年来文化之盛、着眼新发展阶段城市所需，正以"五步成诗"之势，奋力书写一幅由软实力1.0跃至5.0的新时代盛景！

一、济南是一部厚重耐读的书
翻开第一页便爱不释手

如果把历史比喻成一部书，那济南无疑是一本"大部头"——拥有 8000 年泉水史、4600 年文明史、2700 年建城史，是中华史前文化——龙山文化的发祥地。

有的"大部头"晦涩冗长难以引人入胜，而济南这本"巨作"翻开第一页就让人爱不释手。

700 多年前，意大利著名旅行家马可·波罗到访过济南，在他的中国游记中写道："这个地方四周都是花园，围绕着美丽的丛林和丰茂的果园，真是居住的胜地。"

90 多年前，印度著名大诗人泰戈尔到访过济南，留下了让无数人心之向往的诗句："我怀念满城的泉池，他们在光芒下大声地说着光芒。"

80 多年前，文学巨匠老舍先生在济南生活期间写下了一篇美文《济南的秋天》。他写道："济南的秋天是诗境的。上帝把夏天的艺术赐给瑞士，把春天的赐给西湖，秋和冬的全赐给了济南。"诗境是什么样？老舍先生请读者想。"设若你幻想不出——请到济南来看看吧。"

而在另一篇美文《济南的冬天》中，老舍先生写道："请闭上眼睛想：一个老城，有山有水，全在天底下晒着阳光，暖和安适地睡着，只等春风来把它们唤醒，这是不是个理想的境界？"

后来，无数人循着老舍先生的"秋天之约""冬天印象"来到济南，感受那天光、那云影，感受那水清、那山色，感受那响晴、那冬日，留下了终生难忘的印记。

马可·波罗、泰戈尔、老舍先生对济南不吝赞美之词，是对这座城市优美自然环境的最好"代言"。不过，纵观古今中外，能够融"山、泉、湖、河、城"等独特风貌于一体的城市，唯有济南！

大明湖雪景／王啸

文人墨客对济南的好印象、好口碑多是自然风光，而济南骨子里一直有一种领风气之先的精神——

北宋年间，刘家功夫针铺的"白兔捣药"商标图案是中国历史上第一个商标。

清朝末年，孟洛川创立的瑞蚨祥商号遍布京、沪、津、济等大城市，所创办的联合经营模式是世界上最早的联合经营模式。美国连锁超市沃尔玛的创始人山姆·沃尔顿讲过，创建沃尔玛最早的灵感来自中国一家古老的商号——瑞蚨祥。

济南也是中国历史上第一个自主开埠的城市，并因此一跃成为中国重要的商业贸易名城。

厚重的文化历史，是软实力的本底。现实的资源优势，是软实力的支撑。

如今，济南在国家区域发展战略中占据重要一席——在黄河流域生态保护和高质量发展重大国家战略中，作为黄河流域中心城市、山东半岛城市群核心城市，济南正加快建设新旧动能转换起步区，而且被赋予"当引领作示范"的责任。发达的交通让经济要素的流动畅通无阻，高质量的综合立体交通网已经成型，真正让济南身在内陆通达四海，融入和服务新发展格局。

一流的研发让新技术、新成果如泉水喷涌——15 家中科系院所"扎堆"相聚，58 家省级以上"四不像"新型研发机构释放着创新活力；代表新动能的数字经济规模超过 5000 亿元，数字政府、数字城市、数字社会加速推进。

人才的汇聚让发展的活力、消费的活力叠加——247.8 万的人才总量、52 所高校驻扎；济南人口超过 1000 万，济南都市圈常住人口约 3700 万，1.5 小时高铁里程覆盖 4.1 亿人口。

环境的优渥让项目、企业纷至沓来，获评中国"国际化营商环境建设标杆城市"，荣获全国文明城市年度测评"四连冠"，优良天数占比接近 70%。

……

战略红利交汇叠加、交通网络四通八达、科技创新实力雄厚、数字赋能势头强劲、人才保障基础坚实、金融服务优势突出、营商环境持续优化、消费市场潜力巨大、生态宜居优化提升、人文环境厚重淳朴——当前济南的"十大优势"，正助力千年古城焕发新活力。

"厚重历史＋资源禀赋"——在软实力比拼基础、比拼本底的 1.0 层面，济南无疑具有明显胜出一筹的家底和优势。如今，这些"老家底"已经和新优势融合，形成 1000 万人广泛的城市认同、文化认同、方向认同。

走好这第一步，"五步成诗"就有了底气。

二、"济南名士"穿古越今
"抗疫天团"背后是一盘"大棋"

厚重的文化历史资源放在那里，只能算是"固定资产"，想办法"盘活"才能从中受益。

前不久的战"疫"，"抗疫天团"的轮番登场让济南从朋友圈火了！名

"历山溯源"雕像

士小粘贴的背后，其实是一盘"大棋"。

"海右此亭古，济南名士多。"中国历史上许多著名人物诞生在济南，比如神医扁鹊、唐代名相房玄龄、一代名将秦琼，著名词人李清照、辛弃疾、张养浩、李开先，明代文学"后七子"首领李攀龙，阴阳五行学派大师邹衍，墨家创始人墨翟，文学家鲍照等。

上古舜帝曾躬耕于历山。李白、杜甫、苏轼、蒲松龄、老舍、季羡林、欧阳中石等古今杰出的诗人、作家和学者，都先后在济南生活、游历或求学为官，是为"济南名士多"美誉的最佳佐证。清代刘凤浩更是留下了绝世佳句："四面荷花三面柳，一城山色半城湖。"

虽然这些名士闪耀历史长河，但对现在人来说更多地是存在于历史书、小说演义和教科书中，"只能想得到，却看不见摸不着"。

这次抗疫，济南让文化历史名士们"穿越"到 2022 年，纷纷以全新的卡通形象亮相。他们摇身一变，成为 1000 多万济南人人手一张的核酸检测贴纸，历史真正"触手可及"。

大舜——顺顺利利，辛弃疾——祛除疾病，房玄龄——早日清零……许多市民开开心心地带着贴纸出门上班，就为了图个好彩头。这波贴纸不仅火爆出圈，在全国网民面前秀了一把"济南名士"的存在感，还创造了独具特色的抗疫经验。

随着时间推移，抗疫的痕迹正慢慢从人们的记忆中消失，但很多人却牢牢记住了济南名士"抗疫天团"，小创意在软实力提升这盘大棋中下了一招"妙手"。

再好的酒也怕巷子深，再好的资源也怕无人识，"祖上"再好的 IP 也需要创造性转化、创新性发展。比如，大明湖、趵突泉已经深入人心，但美景只可观不可玩怎么办？大明湖雪糕、趵突泉雪糕被创造性开发出来，深受往来市民游客喜爱。文化原来可以这样玩！

在"抗疫天团"流行的时候，济南开启了城市形象标识（Logo）、城市吉祥物 IP 形象征集活动。可以想见，更好玩、更乐玩、更接地气的济南形象标识会越来越多地来到人们身边，不仅能唤起老济南的回忆，更能激发到过济南、关心济南的人的浓厚兴趣！软实力其实就应该这么玩！

信仰坚定的红色之城、底蕴深厚的文化之城、闻名中外的天下泉城、美美与共的温暖之城、品牌荟萃的魅力之城、创新创意的活力之城、功能完善的品质之城、融通内外的开放之城、高效和谐的善治之城、生活美好的幸福之城——让"十大之城"形象深入人心，推动文化历史资源的创造性转化、创新性发展，软实力的 2.0 层面，需要做好提炼、创新、塑造的文章。

走好这第二步，"五步成诗"就有了灵气！

三、让文化衍生更多故事
以文兴城的济南从不惜力

讲好"济南故事"，让文化衍生出更多内涵无疑至关重要。济南数千年的"文化家底"，已渗透到城市发展的方方面面，更成为城市软实力"进阶"

的有力支撑。

跨越百年，如今的济南已将这千年文化实现了"跨界融合"，以文兴城的理念被广泛应用到旅游、商业、人居环境、城市建设等诸多领域，天下泉城早已不仅是一方宜居宜业胜地，更是一座充满活力与时尚的现代化新城。

翻看近年来济南的城市发展脉络，济南已经把提升"软实力"摆在了重要位置，"以文兴城，以文塑城"成为城市发展的目标之一。自创建全国文明城市到年度测评实现"四连冠"，济南软实力更是以冲刺之势实现连年跃升。尤其是进入2022年，无论是在市第十二次党代会报告中还是在市政府工作报告里，"软实力"已成为治市施政的关键热词，被放到了前所未有的高度。

"城市既要有筋骨肉，更要有精气神，居民既要富口袋，又要富脑袋。"在市第十二次党代会擘画的发展蓝图中，"把城市软实力提升与文明城市创建有机结合起来，积极创建全国文明典范城市"成为济南着力"推动文化繁荣兴盛，全面提升城市软实力"的关键一招。

"硬实力让城市强大，软实力让城市伟大。"一座软实力强劲的伟大城市，必然是一座在文明进步之路上始终走在前列的城市。在这条进阶路上，济南不仅明确了高标定位的"方向标"，更给出了精准细致的"路线图"。5月17日，市委、市政府召开"提升城市软实力 创建文明典范城"动员大会，在精心谋划、周密部署之下，济南站在新的起点吹响了提升城市软实力、创建文明典范城的冲锋号角。紧接着，济南市印发了《"提升城市软实力 创建文明典范城"2022年"十大攻坚行动"实施方案》，主攻10项重点任务，目的就是为创建全国文明典范城市筑牢坚实基础。这"十大攻坚"可谓"犯其至难而图其至远"，攻坚的是社会痛点、管理堵点，回应的是人民关切、民生期盼，着实令人期待。

辩证来看，高水平建成全国文明典范城市，是城市软实力全面提升的重要表征；而城市软实力的提升，又是实现创建文明典范城市目标的制胜要诀，更是济南建设新时代社会主义现代化强省会的重要保障。对济南来说，城市软实力的提升，其时已至、其势已成，要想打赢这场"总体战"，必须创新发展、系统作战，既要补短板、强弱项又要固根基、扬优势，不断为强省会建设释放新活力、提供新动力。

曾经来济南作报告的赵启正先生说得很坦诚，他说，作为沿海大省的省会城市，济南是一座历史文化名城，要想发挥优势提高国际影响力，就需要讲好"济南故事"。软实力赋能，正在疫情防控、经济运行、招商引资、科技创新、城市更新、园区项目、营商环境、人居环境、安全生产、党的建设等各项工作中都彰显出济南优势。"济南故事"，因为软实力的持续进阶，必将变得越来越精彩。

如今的济南，早已不是温吞的性子，对机遇的把握、对目标的谋划都会迅疾地让人眼前一亮。这样审时度势的眼力、脑力和行动力，并非拍脑门作决策，而是对以往经验教训的自我反思、对标一流的敢闯敢试、对未来发展功成不必在我、持之以恒的信念追求。

将软实力深度融入各个系统、各个环节、各项工作，加快实现"软包硬、软浸硬"，做到同频共振、同步推进，这是软实力 3.0 层面的实践路径。

走好这第三步，"五步成诗"就有了动力！

四、让软实力成为最好名片
建章立制、久久为功是制胜之道

"道生一，一生二，二生三，三生万物。"我们常说，发展的关键就是找对一条路。对济南而言，软实力提升是一项系统工程，更是发展大计，制胜的关键就是找到、用好前行之"道"。

近年来，济南在文明创建之路上成绩斐然，其中最为可喜的，不是这座城市当年以"状元之姿"摘得全国文明城市的"桂冠"，也不是近年来百尺竿头更进一步取得全国文明城市年度测评"四连冠"的佳绩，而是在文明创建进程中将探索形成的一系列好办法、好措施通过建章立制的方式固化下来，使其持久发挥作用，让文明创建为济南前行充分赋能、为城市治理现代化水平的提升打下坚实基础。建章立制，是济南文明高度得以不断刷新、将文明塑成城市重要名片的制胜之道。

随着近年来的不懈努力，"在泉城·全办成"政务服务品牌已成功塑成。但对济南而言，所取得的成绩只是开启未来新篇的序章。在深化"放管服"改革、提升政务服务便捷度的进程中，这座城市从未停下脚步，久久为功、持续发力，不断推出改革创新举措，将"在泉城·全办成"品牌越擦越亮。久久为功，是济南政务服务水平不断提升、发展环境越来越好的制胜之道。

细致思辨，建章立制、久久为功是济南文明创建、政务服务工作塑成品牌、成为"名片"的关键所在。作为城市魅力、吸引力、竞争力的重要构成，强大的软实力，是一座城市"最优的品牌""最好的名片"。建章立制、久久为功，更是济南全面提升软实力的制胜之道。

增进先进文化引领力、释放传统文化新活力、提升公共文化供给凝聚力、

清河飞鸽 / 燕瑞国

激活现代文旅产业发展力……全面提升城市软实力、让其成为济南"最好的名片"，这座城市不乏优理念、好想法、硬举措，如何让这些理念、想法、举措在软实力提升的各个领域和环节贯彻始终，使其持续焕发澎湃动能、发挥长久作用，是走好软实力提升之路的关键所在。

正因如此，在推出诸多"济南策"推动文化繁荣兴盛、全面提升城市软实力的同时，以建章立制的务实精神、久久为功的勤勉态度，通过长效机制的加快建立、各类品牌的有力打造、工作亮点的密集形成、方法策略的迅速积累，推动软实力建设在各领域"开花结果"，以"量变"赢取"质变"，塑成长久优势——在软实力的4.0层面，这是济南开创软实力和硬实力"互促共进"新局面的制胜之道。

软实力＋文明创建、软实力＋政务服务、软实力＋文旅发展、软实力＋品牌战略、软实力＋城市管理……随着建章立制工作的不断深入、久久为功态度的贯彻始终，软实力将更有效地为做好各项工作赋能、添力，"软实力＋"对济南发展的助推作用将得以充分发挥，切实成为这座城市的"最好名片"。

走好这第四步，"五步成诗"就有了支撑！

五、恰似泉润万物、迈向至臻之境
让软实力和强省会彼此赋能、相融伴生

天下泉城，中国济南。长久以来，这已成为最具代表意义的"城市名片"，传扬四海、声震八方。

作为享誉中外的天下泉城，清澈甘洌的泉水千年来流淌在济南的大街小巷，时时刻刻浸润着这座城市，如空气，润泽万物且不可或缺，无声无息又无处不在，每当人谈起泉水就自然而然想到济南，提到济南第一印象就会想到泉水。城市软实力提升亦当如是！

数千年历史沿革，有些理念亘古不变，"大音希声，大象无形"始终被认为是美学中的"至高境界"，恰是因其代表了道法自然的本真之境。这，

也应是软实力追求的"至高境界"。

在抵达软实力 4.0 层面之后，谋篇城市软实力的再"进阶"，就要将软实力建设贯穿到济南经济社会发展的全链条、各层面，让软实力如泉水般润物无声地影响着每一个人、每一项事业，让济南的万事万物都彰显软实力、城市运行进程无时无刻不体现软实力，令人一想到济南就会想到软实力、一想到软实力就会想到济南，真正抵达软实力的"至臻之境"！

走好这第五步，"五步成诗"即可谓功成！

到那时，济南"人人都是软实力"。随着文明典范城市的加快创建，崇德向善、守望相助的城市氛围将愈发浓厚，和万千济南人热忱、善良、担当、厚道、包容的性格特质碰撞出崭新火花，形成更强的"人文软实力"，成为"文明向善之城"的鲜明标签，让济南更具影响力、更有吸引力。

到那时，济南"处处都是软实力"。当软实力深度嵌入城市经济社会发展的各领域，济南"人民至上、民生为重"的"政务软实力"、"敢领风气之先、注重'诚信为本'"的"商业软实力"、"宜居宜业、重商亲商""在泉城·全办成"的"环境软实力"、"以文兴城、以文塑城"的"文化软实力"等将进一步塑强，让济南更具竞争力、更添发展力。

大道至简、道法自然，让软实力无时无处不在，如泉水般润物无声，成为新时代济南城市气质和品格的关键组成部分，与强省会彼此赋能、相融伴生——全力以赴冲向软实力 5.0 的至臻之境，济南正踔厉奋发谋进阶、高歌而行越高峰！

这座城市软实力不断"进阶"的新未来，令人期待！

（王端鹏　赵云龙　范俐鑫/文，2022 年 7 月）

吃了吗？济南（视频）

扫一扫，看视频

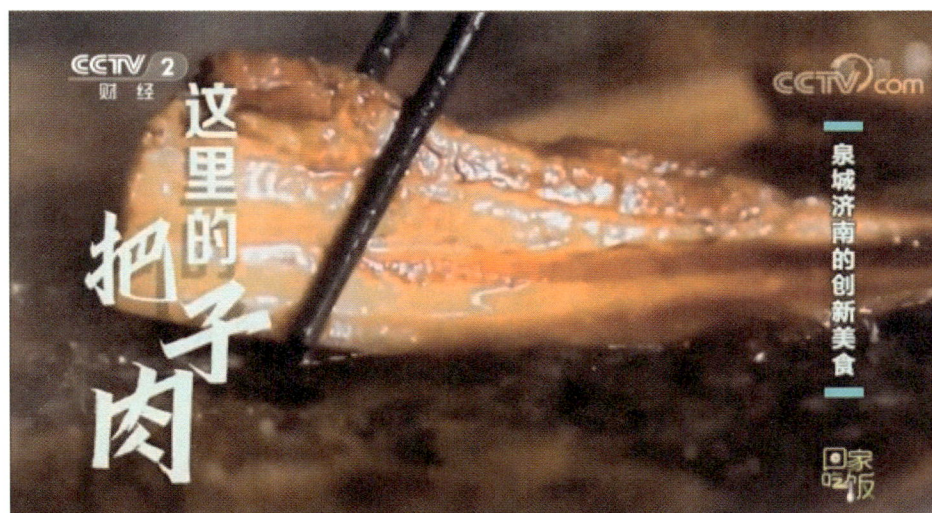

（魏道泉城／制作，2022 年 8 月）

你走过济南最窄的小桥吗（视频）

扫一扫，看视频

都愿意走这条街

有一天乾隆皇帝和刘墉啊来到起凤桥街

（拉济南呱/制作，2022年7月）

夏日来山东济南旅行，
遇见千年古韵之美（视频）

· · ·

扫一扫，看视频

（马且停旅途记/制作，2022 年 7 月）

镜头下的大观园（视频）

●●●

扫一扫，看视频

（济南卞志强/制作，2022年11月）

未来的路怎么走，济南确定了

• • •

4月，在这个生机勃勃的季节，济南锚定了未来航向。

4月9日，济南市第十二次党代会开幕，刘强代表中国共产党济南市第十一届委员会向大会作报告。这份先后7易其稿、全文约1.6万字的报告，总结回顾济南过去5年工作，擘画未来5年乃至更长一段时间的发展蓝图，是这座城市下一步开展各项工作的"顶层设计"，可谓字字千钧。

发展如同行船，航向尤为重要。过去几年，济南一改曾经留给外界的温吞印象，无论在干劲、拼劲层面还是经济、科技创新、城市面貌等层面，都焕然一新。特别是2020年，济南成功进入万亿俱乐部，更是令人惊喜。但与此同时，国内外形势风云变幻，城市之间竞争日趋激烈，迈入特大城市行列、站上新发展赛道的济南，怎么继续走好未来之路？尤其是在新冠肺炎疫情冲击之下，济南能否保持、如何保持高质量发展？

这些问题，不仅千万济南市民关注，关心关注这座城市发展的更多人也期待着答案。

济南市第十二次党代会报告做出了很好的回答。从今后 5 年总的要求到具体目标，从"六个现代化强省会"到 10 个方面新的更大突破，报告既绘蓝图也定路径，既看得远也看得清，既指出做什么也明确怎么做。可以说，只要按照这个"路线图"去做，美好济南的未来愿景将渐行渐近。

比如说对黄河重大国家战略的贯彻落实，毫无疑问这是济南当前最大发展机遇，也是最大的"势"，实现未来更高质量的发展，济南必须紧紧把握住这个"势"。报告中提出，必须强化战略意识、大局意识、争先意识，以"排头兵""领跑者"的进取姿态，努力增强对全省、对黄河流域的集聚、辐射、带动能力，引领推动济南都市圈、山东半岛城市群、黄河流域乃至北方地区高质量发展，坚定肩负起中心城市的责任与使命。此外，要汇全省之智、举全市之力加快济南新旧动能转换起步区建设。具体而言，要编制实施"1+4+16+N"规划体系，构建"一纵一横两核五组团"功能布局，打造"3+1"产业体系，创新完善管理体制和运行机制，加快引进建设一批大项目好项目，超前布局 5G、工业互联网等新型基础设施，建设黄河流域生态保护和高质量发展引领示范区，打造黄河流域对外开放门户。这些清晰的定位和措施，对济南实现"千年一跨、拥河发展"的历史梦想，承载起省会高质量发展跨越赶超的历史使命具有重要意义。

再如强省会建设。自山东明确提出实施强省会战略、省市一体化推进济南加快发展以来，济南针对加快强省会建设已多次落笔。但此次报告中对现代化强省会的"未来模样"做出了更加明确的判断——动能充沛、实力跃升，创新涌动、富有活力，功能完备、品质一流，人民幸福、共同富裕，绿色低碳、生态宜居，治理高效、平安和谐。这些清晰的目标，涵盖了经济、社会、民生各领域，是未来济南加快建设新时代社会主义现代化强省会的精准航向标。

再如民生方面。作为全国文明城市年度测评"四连冠"的济南，在文明城市建设中最典型的经验就是把创建与民生紧密结合，让广大市民群众共享

创城红利。对此，报告中提出未来 5 年要基本形成共建共治共享的社会治理格局，倾力创造高品质生活，推动共同富裕取得更为明显的实质性进展。在具体措施中，涵盖了就业、收入、教育、医疗、养老、托育等各方面，可以说构建起了从小到老、从生活到事业，从外来人口到新市民再到全体人口的全方位的民生保障体系。

简言之，济南市第十二次党代会报告有目标，也有路径，有厚度，亦有温度，既是一份美好的蓝图，也是一份施工的路线图、冲锋的动员令，更是一份寄托着民生厚望的宣言书。

对于济南这座千年古城来说，5 年只是短短一瞬，但很显然，未来的 5 年将成为这座城市发展史上极为重要的一段里程。雄关漫道真如铁，而今迈步从头越。在这个不寻常的春天，济南开启了新的赶考之路，现代化强省会的未来，我们拭目以待。

（姬望平 / 文，2022 年 4 月）

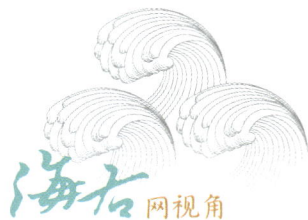

一起学习！济南市委书记的"项目谋划法"

● ● ●

产业强则经济强，项目兴则产业兴。近年来，济南经济社会稳步发展，经济总量在城市排名中持续前移，很关键的一点，就是持之以恒牵住产业项目这个"牛鼻子"。

10月29日，济南市委常委会召开会议，研究前三季度全市经济社会发展形势，安排部署下一步重点工作。

海右君注意到，在这次会议上，山东省委常委、济南市委书记刘强专门谈了如何抓好产业类项目谋划工作。

海右君根据官媒报道，对刘强书记的"项目谋划法"进行了梳理.

——盯牢"五类项目"：盯牢实体经济项目、高水平项目、投资体量大的项目、央企和省属企业项目、四大主导产业延链补链强链项目。

——坚持"三个并重"：坚持国家所需、济南所能、未来所向并重，坚持立足现有和无中生有并重，坚持自上而下招引和自下而上策划并重。

——用好"四个力量"：充分用好现有企业的力量、资本的力量、专业化的力量、政府部门的力量。

——按照"四个要求"：按照"突出重点、讲求细节、压实责任、形成闭环"要求。

刘强书记的"项目谋划法"，言简意赅，思路清晰，重点突出。显然，这是城市执政者在驾驭全市经济大盘的实践中总结提炼而出的经验，具有很强的可操作性，理应成为全市上下抓好产业类项目谋划招引的"方法论"。

一、盯牢"五类项目"

盯牢实体经济项目、高水平项目、投资体量大的项目、央企和省属企业项目、四大主导产业延链补链强链项目。

为何要盯牢这五类项目？

济南 CBD 夜景

实体经济是一国经济的立身之本，是财富创造的根本源泉，也是一座城市强大的重要支柱。对济南来说，当前正深入实施工业强市战略，努力让工业的"压舱石"成为实体经济的"硬核"，实体经济对济南的意义尤为突出。

高水平项目，代表着高质高效，是高质量发展的题中应有之义。

大项目带动大发展，投资体量大的项目带动作用强，是引领发展的"牛鼻子"。

央企和省属企业往往实力雄厚，资源丰富，对接央企和省属企业，既是主动融入全国新发展格局、承接国内产业转移、服务全省发展大局、助推新旧动能转换的积极举措，也是提升济南发展动能的重要途径。

主导产业是区域经济发展的龙头和"压舱石"。在一定程度上，主导产业的成色决定着济南强省会建设的质量。智能制造与高端装备、精品钢与先进材料、生物医药与大健康、大数据与新一代信息技术是济南的四大主导产业，也是全市的优势所在、底气所在、未来所在。只有拉长长板，放大优势，做大做强主导产业，才能真正实现建设强省会的蓝图目标。

这五类项目是产业类项目谋划的目标所在，其中的核心是四大主导产业。目标就是方向，谋划产业类项目要坚持目标导向，时刻盯紧五类项目，积极推进，确保执行不偏向、不变通、不走样。

二、坚持"三个并重"

坚持国家所需、济南所能、未来所向并重，坚持立足现有和无中生有并重，坚持自上而下招引和自下而上策划并重。

坚持国家所需、济南所能、未来所向并重，不难理解，只有融入和服务国家大局谋划项目，才能担当重任、赢得机遇；只有立足济南实际，才能引来适合自己的项目；只有坚持未来所向，才能引来符合发展趋势的项目，赢得未来。

坚持国家所需，要吃透国家政策和部署要求，加强向上对接和争取；坚持济南所能，要对全市情况了然于胸，做到知己知彼；坚持未来所向，需要加强学习和预判，超前谋划，就像当前炙手可热的量子产业，济南从2010年就开始布局，因此才有了现在的领跑优势。

坚持立足现有和无中生有并重，一方面要做到依托现有基础，发挥自身优势，实现做大做强。比如山东重工绿色智造产业城项目，总投资1535亿元，不折不扣的"巨无霸"，就是依托济南本土企业山东重工打造的。另一方面要大胆探索，以创新思维做到超前谋划，把不可能变成可能。比如短短3年，济南空天信息产业从无到有，成果加速产出，捷报频传，齐鲁卫星、微纳量子卫星"济南一号""泉城一号"低轨卫星成功发射；中科院空天院济南园区一期、空天信息产业基地、低空监视服务网等项目建设快速推进；200余家空天信息上下游产业链从业企业已在济南集聚。

讲立足现有，是要从实际出发，放大自身优势，让优势转化为胜势；讲无中生有，是要解放思想，大胆创新，提高预判能力，提前布局符合未来趋势的"新赛道"。

坚持自上而下招引和自下而上策划并重，一方面要做到自上而下"一盘棋"，全员上阵抓招商，特别是"一把手"要作表率，以上率下、上下同欲。另一方面要让直接参与、具体负责的基层一线职能单位、负责同志参与项目策划，同时让上级部门把关定向，既发挥基层靠近一线、立足现实的优势，又发挥上级部门站位全局、全面把握的优势。

讲自上而下，是要形成强大合力；讲自下而上，是要把立足现实与站位全局相结合。

三、用好"四个力量"

充分用好现有企业的力量、资本的力量、专业化的力量、政府部门的力量。

市场在资源配置中起决定性作用，这就要求招商引资工作要充分发挥市场的作用，强调用好"企业的力量、资本的力量"，就是要让市场发挥决定性作用。

前段时间，济南出台《关于开展招商引资"九大行动"的实施意见》，就专门明确强化重点企业招商，鼓励各区县、相关功能区制定以商招商工作机制和激励办法，依托本地龙头骨干企业开展以商招商。

资本在招商引资中的作用越来越突出，比如基金招商已成为当下一股潮流，济南就提出，整合拓展百亿规模的园区产业发展基金，瞄准独角兽企业、瞪羚企业、行业龙头企业和上市公司实施靶向招引，加快招大引强步伐。

招商引资作为一项工作，有其规律和窍门，这就要求打造一支具备专业素养、专业知识、专业能力的招商队伍。近几年，越来越多地方把"专业化招商"提升到一个重要位置。济南提出，每年选派不少于50名优秀干部到招商岗位和世界500强、中国500强等知名企业锻炼，打造年轻化、专业化的招商干部队伍。明确了加大招商领军人才引进力度，在济南新旧动能转换起步区、中国（山东）自贸试验区济南片区、省级以上经济开发区等重点区域先行先试，每年面向国际国内选聘招商领军人才。

发挥好政府部门的力量，需要形成一个共识：招商引资不仅仅是招商部门的事，也是各级各部门的共同任务；不仅仅是市级、区级单位的事，也必须得到街镇、村居的密切配合。

用好"四个力量"，就要使市场和政府各就其位、各展其长，推动形成市场作用和政府作用有机统一、相互补充、相互协调、相互促进的格局，推动招商引资工作不断取得新突破。

四、按照"四个要求"

即按照"突出重点、讲求细节、压实责任、形成闭环"的要求。

刘强书记曾在《济南日报》刊发署名文章《以科学方法推动各项任务落实落地》（详见《济南市委书记刘强的这篇署名文章，把如何推动工作落地讲透了！》），对"突出重点、讲求细节、压实责任、形成闭环"进行了详细阐释。在此，海右君对其中的核心内容进行了简单梳理。

第一，突出重点

当前，我们面临着艰巨繁重的改革发展稳定任务，往往要面对"既要、还要、又要、更要"等多难选择，必须既讲"两点论"，又讲"重点论"，优先解决主要矛盾和矛盾的主要方面，抓纲带目、以点带面，以重点突破带动整体工作提升。

1. 善于从全局出发把握重点。各级各部门都要紧紧围绕重点谋划工作，搞明白国家和省需要我们做什么、我们必须做什么，放大坐标找准位置，弄清楚单项工作在全国、全省以及副省级城市中是什么位次，与先进地区的差距在哪里、原因是什么，从而找到改进提升工作的有效路径。

2. 善于在发展中把握重点。一切事物都处在永不停息的运动、变化和发展过程中，同一项工作在不同阶段也会有不同的重点任务，要把握规律，因时而谋，有针对性地确定战术打法。做任何工作，只要抓住不同时期、不同条件下的重点，准确识变、科学应变、主动求变，就能有的放矢、精准施策，取得最好成效。

3. 善于以前瞻的视角把握重点。面对日新月异的发展变化，谁见事早、行动快，谁就能抢占先机、掌握主动、赢得未来。必须准确把握发展趋势和态势，超前谋划事关未来发展的问题，下好"先手棋"。

第二，讲求细节

细节决定成败，一项工作没有取得预期效果，原因有很多，但一定存在细节没做好的因素。各级干部要明白"致广大而尽精微"的道理，认真负责对待每一个细节和小事，防止"细节中的魔鬼"损害大局。

1. 把工作细化到最小单元。抓工作不能浮在面上、大而化之，必须细致细究，把工作落细落小。

位于齐鲁科创大走廊的国家超级计算济南中心

2.把每个细节做到最优。做任何工作，都要有精益求精的态度，有求真较真的精神，把每一个细节都做扎实、做到位。让极端负责、细致细究真正成为自觉。

3.注重系统集成、整体衔接。细节并非独立的存在，而是整体中的部分。抓细节要坚持以系统思维来谋划，注重统筹协调，特别是注意各细节间的整体性、协同性，坚决防止"合成谬误"。

第三，压实责任

责任决定成效。有些工作之所以效果不够好，一个重要原因就是责任不明确。必须加快构建权责清晰、科学高效的责任体系，引导全市上下明责、履责、负责、尽责，切实把该担的责任担起来、把该抓的工作抓起来。

1.明确责任分工。每一项工作都要建立横到边、纵到底的责任制，层层压实党委政府、行业部门和每个人的责任。牵头单位就是主攻手，就是负责兜底的。各区县（功能区）作为工作推进最前线，既要落实好主体责任，也要落实好属地责任，全力抓好本辖区内的各项工作。领导干部要以身作则，发挥好"关键少数"作用，不能当甩手掌柜。对重点工作，主要负责同志要亲自谋划部署、推进落实，既挂帅，又出征；班子成员要履行"一岗双责"，抓好分管领域工作落实。

2.严格完成时限。每一项工作、任务，都要明确时间节点、路径设计和具体要求。对于确定的事情，要早动手、快落实，在规定时限内，确保质量的前提下尽量往前赶，坚决防止平时不作为、该交账了搞突击，甚至乱作为。责任落实还要坚持实事求是，把各方面的情况搞真实，一就是一、二就是二，宁要不完美的真实，不要不真实的完美。

3.密切协同配合。既分兵把口，又加强协同，坚决反对本位主义、部门主义，做到分工不分家、补位不缺位，宁可向前一步形成交叉，也不能后退一步造成空档。

4.强化激励约束。责任落实得怎么样，很重要的是用好考核奖惩手段，树立公平公正、赏罚分明的鲜明导向。

第四，形成闭环

干任何工作，都要有结果，这就需要加强闭环管理，坚持具象化、可量化、可评估，建立"任务部署、建立台账、督导考核、评估问效、成果巩固"的全链条工作推进体系，确保件件有着落、事事有回音，坚决避免"把说了当做了、把做了当做成了、把做过了当做好了"。

1. 坚持清单化、台账化管理。对每项重点工作都要制定具体行动方案，逐条逐项拉出任务清单，分层分级建立工作台账，确保每项任务都有台账可查、完成情况可随时掌握。

2. 坚持项目化、工程化推进。抓工作要善于找准抓手、找到落点。不管多么复杂的工作，都要把任务细化分解为一个个具体的、实实在在的项目，完善指标体系、工作体系、政策体系、责任体系，让每项任务看得见、摸得着、可操作。要善于以工程化方式来推进，对每项任务都要明确时间表、路线图，按标施工、挂图作战，一个节点一个节点推进，确保落实到位。

3. 坚持过程化、动态化督导。部署了工作、出台了政策不是终点，关键要做好抓落实的"后半篇文章"。督导评估既要善于"找刺"，也要帮着"拔刺"，对一些跨地区跨部门跨层次、基层自身无法解决的事项，要提级办理，统筹协调，问题不除，决不收兵。

（清风/文，2022年10月）

泉城济南：一座被严重低估的城市，私藏了最美的赏秋胜地

● ● ●

　　有这样一个地方，因为"家家泉水，户户垂杨"，被称为"泉城"。

　　这个地方仅市区就有大小泉池百余处，百泉争涌，千姿百态，成就了这里独一无二的泉水文化。

济南百花洲

这里的夏日虽然炎热，遍布的泉水却足够消暑。想玩水，走出家门口就行。

这里就是济南，一个被泉水包围的城市，一个让人来了就爱上的地方。

一、趵突泉公园

还记得小学课本里老舍先生的《趵突泉》吗？

小时候读这篇课文的时候就觉得这个地方特别美，泉水很清凉，这样的印象一直留存在脑海中多年。

趵突泉就在山东济南，被誉为"天下第一泉"，至今已经有2000多年的历史。

正如老舍先生所写的"泉水清浅、鲜洁"，这里的水清澈见底，水质清醇，含菌量极低。

很多人都说，到济南如果不亲自来看看趵突泉等于白来。

进入公园，恍若走进了江南园林。古典的亭台楼阁，精致的园林景观，园中树木花草同泉水相映成趣，处处透露出一股古色古香的味道。

近看趵突泉，泉水宛如三眼巨轮汹涌而出，咕咚咕咚地往外冒，活泼鲜明，不知疲倦，永远不停息。不得不感叹大自然力量真是神奇！

如果是冬天，还能看见水面汩汩冒出的热气，水雾袅袅，波光粼粼，再配合旁边的亭台楼阁，那就是一幅如梦似幻的仙境奇观！

除了趵突泉，公园里还有漱玉泉、柳絮泉、黄华泉、趴牛泉等泉，这些泉宛如一颗颗明珠散落在园内，各有风姿，并肩媲美。

趵突泉公园的美景，自古以来就吸引了历代名人驻足停留。

据说园内最珍贵、最非凡的是那尊"双御碑"。上面记载着康熙、乾隆多次莅临趵突泉的题词诗文，标示着趵突泉的非凡地位。

南门内侧上的牌匾"激湍"二字则是康熙御笔亲题。

还有蓬莱阁，当年康熙、乾隆两位皇帝都曾经在这里临水静坐，品茗赏泉。

宋代才女李清照也曾来过这里，这里还建有李清照纪念堂。

趵突腾空，生生不息

趵突泉，已经不仅仅是一个单纯的旅游景点，还是鲜活存在于这座城市的一位历史见证者。来这里看看，赏美景，品文化，也是一种别样的情怀。

二、大明湖景区

说到大明湖，就会想起《还珠格格》中的那句："皇上，您还记得十八年前大明湖畔的夏雨荷吗？"

这句话中的大明湖畔说的就是济南的大明湖，也就是"中国第一泉水湖"。大明湖景区依靠大明湖而建立，是集水域风光、园林景观、古建筑为一体的公园。

"四面荷花三面柳，一城山色半城湖。"

大明湖最让人流连忘返的是荷花。从春夏之交的"小荷才露尖尖角"，到盛夏之时的"映日荷花别样红"，再到深秋时节的"留得枯荷听雨声"，不同的时节赏荷，不同的风景意境。

夏日大明湖 / 王琴

　　如今，盛夏已至，荷叶田田。

　　美女们坐着游船进入荷田，把荷叶当作伞，一边划船一边嬉戏。荷叶荷花连成片，船只在荷叶间若隐若现，远远望去，人比花娇，花似人美，恍然一幅美人嬉戏图！

　　在济南，荷花盛开的时候有一个特殊的习俗，就是吃炸荷花瓣。

　　这是一道济南夏季特有的名菜，将新鲜完整干净的荷花瓣清洗干净之后，抹上薄薄的鸡蛋糊，再放到油锅里炸。抹上白糖，吃到嘴里清暑降浊，味甜鲜香，让人回味无穷。

　　很多人都说大明湖景区堪称济南的颐和园。

　　这里有清澈婉约的湖水，有流传久远的古迹，还有古色古香的亭台楼阁。

　　大明湖景区的历下亭，就是济南的名亭之一。这个亭子因为杜甫、李邕曾在此宴饮赋诗而声名远扬，千百年来更成了济南的骄傲。

　　历下亭位于景区的湖心岛，整个岛上柳竹成林，花木青翠，景色宜人。

秋日的时候，在人文底蕴深厚的历下亭观赏湖光山色，可见水波荡漾、山色隐约，又有荷花飘香，微风徐徐，令人神清气爽，不愧是济南有名的"秋风"美景。

三、千佛山

山不在高，有仙则灵。

据传舜帝曾在千佛山耕耘，让这座山愈加充满了灵秀之气。

千佛山名称从何而来？

那是因为山上大小佛像和雕刻很多，甚至达到一千多的数目，所以叫千佛山。

开车一路往千佛山的方向走，老远就能看到一尊金光闪闪的弥勒佛，高大壮观、憨态可掬。不禁想起那句"大肚能容容天下能容之事，开口常笑笑世间可笑之人"。

走近千佛山，沿途可以看到左右两边分布着各个形态各异的十八罗汉，似乎在列队迎接国内外游客的到来。不同的形态，不同的坐姿，有些还俏皮地披着金黄色的大衣，甚是可爱。

千佛山内的兴国禅寺自古便是佛教圣地，至今仍然香火旺盛。

寺庙始建于隋唐时期，几经战火而毁后重建，这座千年古刹至今仍然焕发着生机和活力，迎接四面八方到来的香客。

卧佛，是佛祖释迦牟尼的侧身卧像，东西横卧，头朝东，面向北，右手托于头下，面颊丰满，双眼微眯。

舜祠是千佛山上最高的一座庙宇，建于周代。

祠堂中央供奉的是我国上古时期的帝王——舜，左右两边是他的两位妻子——娥皇和女英。

人少的时候，独自走在山上，山腰的云海，白而厚实，宛若一片片棉花，身处其中，感觉整个人都轻松自在了！

鸟瞰千佛山／侯贺良

弥勒胜苑

卧佛

千佛山历山院冬景

千佛山春景

如果没到过千佛山，很多人觉得这里只是一个佛教圣地。

其实，它不仅仅如此。当你来到这里的时候，你会惊讶于这里的山色美景，甚至觉得这里也是一个踏青赏花的好去处。

四、黑虎泉

到济南游玩，外地人大多数会选择去趵突泉或者是大明湖，但对于济南人来说，跟他们日常相关的却是另一眼泉——黑虎泉，据说那才是济南人最

黑虎泉奏出和谐乐章

爱去的地方。

其实黑虎泉离趵突泉很近，步行 15 分钟就可以到达。但是，在趵突泉的光环下，游客往往不会寻到此处，反而是当地人来这里的比较多。

黑虎泉的泉水涌量仅次于趵突泉，泉水很有气势，在夜色中远远听起来更像是虎吼，该泉也因此而得名。

站在亭台边上，可以看到泉水从洞中的三个石雕虎头中喷射而出，激起层层雪白的水花，听起来心魂激荡。

泉水喷射出来之后全部涌入泉池内，之后再一同流入护城河，形成微型的瀑布。

黑虎泉还有一个特点，就是泉水清澈透明，水质很好。

有很多居民经常到黑虎泉取水。每天清晨 4 点，就可以看到有不少人排队来打水，无论是小伙子还是老大爷，拿着一个大桶沉入泉水中，再互相帮助地拉上来，然后带回家烹茶煮粥，舒心品尝大自然的馈赠。

五、泉城广场

泉城广场距离趵突泉公园、大明湖公园、芙蓉街都很近，是济南的地标建筑，也是国内唯一一个被联合国教科文组织授予"联合国国际艺术广场"称号的地方！

来济南，当然不只是看泉水、爬千佛山，还要寻找这座城市最美的夜景！

泉城广场的夜景很美，莲花音乐喷泉或雄壮或柔美，广场灯光缤纷多彩，茶余饭后来这里逛逛，可以感受济南人的休闲情趣。

广场上标志性的"泉"字高达 38 米，它取篆书"泉"字之神韵，三股形似清泉的造型辗转上升，凝固的"泉"与喷涌的"泉"自"城"中磅礴而起，体现了泉城的风采，也寄托了泉城人内心对故乡的深情。

走在广场边上，一旁的护城河灯光绚丽，令护城河一片明亮。如果坐船沿着护城河游览，看到的泉城夜景又是另一番景象，让人流连。

济南泉城广场

　　每一个城市都有自己独特的夜景，济南的夜景结合了泉水的特色，又增加了音乐喷泉的多彩。这样的夜景，看多少次都不会腻！

六、芙蓉街

　　看山看水赏夜景，最后当然不免要去找吃的了！

　　如果到济南，一定要去芙蓉街逛逛，这条被誉为"齐鲁第一小吃街"的美食街，是吃货们不会放过的好去处。

　　芙蓉街因街上有芙蓉泉而得名。如今的芙蓉街，经过多次翻修之后，已经慢慢转变了风格，变得古朴又现代。

　　芙蓉街一带摆满了各地不同风味的小吃，烤肉串、烤猪蹄、榴梿酥、臭豆腐、草包包子、传统鲁菜餐馆……让人眼花缭乱，来这边就一个字：吃！

　　在芙蓉街，如果要寻找老济南的回忆，也是不难的。

　　老济南的回忆，绝对不会被美食挤走。在芙蓉街的两侧，有很多小巷子，

芙蓉街一带小巷

这些小巷子里还居住着不少济南人，这些住宅得益于芙蓉街的庇护，没有被拆除。

巷子里古朴的老建筑，沧桑的院墙，泛着青苔的石板路，这些就是老济南最深处的回忆。繁华如过眼烟云，这些老旧的建筑仍在默默注视着岁月的变迁！

（李砍柴／文，2022 年 7 月）

为什么是济南

● ● ●

两件大事，让济南再次站到全国舞台的聚光灯下。

第一件事，华为重返济南！

山东省会济南与民企巨头华为的签约照片在网上流出，让很多济南人心头大快。据媒体报道，华为研究所即将落户历下区长岭山片区。

低调而高规格的签约仪式，很符合济南人的作风，务实，"闷头干大事儿"！

营商环境可以表述得天花乱坠，但企业的选择却一定是理性甚至苛刻的。曾经因为"两个问题没能解决"而出走济南的民企巨头，此次卷土重来，有人不禁会问：济南凭什么让华为回心转意？

第二件事，济南在中国百强城市榜上位列全国第十四位，北方城市第三位（仅次于北京、天津），山东首位。

这一结果有些出人意料！毕竟济南的 GDP 总量排名全国第十八，在省内低于青岛，在北方城市中低于北京、天津、青岛、郑州。此次对青岛和郑州的逆袭，颇有些扬眉吐气的意味。

榜单权威性如何？此次发布排名榜的机构是华顿经济研究院，这是中国首家对宏观经济、区域经济和企业发展进行全方位、综合性研究的咨询机构，在业内可以说赫赫有名，权威性毋庸置疑。

一次次脱颖而出的，为什么是济南？

重新审视百强榜上的北方第三城会发现，**曾经被很多人贴上低调标签的省会城市，正在崭露头角**，雄心勃勃地向着国内城市"尖子生"行列迈进——城市定位方面，要"在全国副省级城市中争一流，加速向国家中心城市迈进"；文明创建方面，在全国文明城市"四连冠"基础上拾级而上，全力创建全国首批文明典范城市。

一、"虹吸效应"正在济南形成

6 年前，济南举行工作务虚会，一位市领导直言不讳："现在，华为已经是我国最大的制造业企业、高科技企业。其实，华为 20 世纪 90 年代曾经在济南布局发展过。"

当时，企业遇到两个问题：一是周围有个农贸大集，高峰期车进不来也出不去；二是希望能为其减轻发展负担。几经交涉，两个问题均未解决。无奈之下，这家下属企业于 2000 年左右离开了济南。

"如果这家企业不离开，说不定现在就是另一个浪潮。"遗憾与不甘，溢于言表，刻骨铭心。

几年后，华为与济南的"剧情"开始反转。

2022 年伊始，华为高层频频来访济南，与山东大学、山东能源、山东重工签署一系列合作协议，并在济南加码升级华为济南研究所。

华为公司董事、轮值董事长徐直军表示：希望双方发挥各自优势，在政府、企业数字化转型、工业软件创新、人工智能创新、新型智慧城市建设，尤其是政务一网通等方面开展务实合作，共同加快推进华为山东区域总部及济南研究所项目、人工智能计算中心等项目落地。

重返济南，成为一些企业的共同选择。

　　"十大杰出新香港青年"、衡宽国际集团董事局主席、济南人吴苏，在外创业 10 年，重返济南投资兴业。说起当年拒绝济南，他直言不讳："当年无法投资济南，很重要的原因是济南产业偏传统，我们无法与之进行业态对接。"如今，衡宽国际已与济南合作多个项目。

　　创建于济南、走出济南的全球化人工智能信息分发平台赤子城，将总部从北京迁回济南。公司创始人、CEO 刘春河坦言，返回济南，基于两个原因：营商环境和发展机会。

　　……

　　每个城市的资源禀赋和发展状况不同，对不同企业的吸引力和适应性也不一样。市场经济环境下，企业的选择、考虑会有多种因素，但归根到底看中的是城市能给企业带来什么回报，而这取决于城市的综合实力、产业基础、区位交通、营商环境以及发展前景等等，简单概括来说，就是城市的吸引力。

　　来看一组对比数据：截至 2017 年 3 月，在济南投资的世界 500 强企业有 62 家，如今有 86 家，5 年增加了 26 家，平均每年都有 5 家世界 500 强企业来到济南。

　　资本在看好济南。

　　2021 年，济南实际使用内资 2511.3 亿元，同比增长 21.6%；实际使用外资 26.6 亿美元，同比增长 38.1%。2022 年 1~5 月，全市实际使用内资

1239.8 亿元，同比增长 18.7%；全市实际使用外资 14.6 亿美元，同比增长
67.1%。疫情之下的这份成绩单，可谓耀眼。

人才在涌入济南。

过去 10 年间，济南人口增加了 109 万，其中大学程度以上人口增加了
72 万多，大多数是青年学子。2021 年博士研究生、硕士研究生和本科生留
济率分别为 90.3%、85.2%、74%，2017 年毕业留济的博士、硕士研究生，
目前仍在济南工作、学习、生活的高达 86.3% 和 70.1%。

人才和资本向大城市聚集是发展的必然趋势，反过来也可以看出，对人
才和资本有吸引力的城市，才会成为未来的"大城"。从这个角度看，正在
形成"虹吸效应"的济南，崛起之势令人看好。

从曾经媒体眼中的钝感之城，到如今的崛起之城，济南为什么行？

二、站上风口，济南的时代正在到来

作为省会城市的济南，曾经一度尴尬。北面是京津冀城市群，南面面临
南京、合肥等城市的强劲压力，西面的郑州被确定为国家中心城市，而济南
彼时没有被纳入任何国家战略。

"我们再不奋起直追，很有可能形成中间塌陷。"——济南人有着强烈

的忧患意识。

生于忧患，死于安乐。哲学家认为，忧患意识代表着人在精神层面的觉醒，并能通过自身的重构实现新突破。

中共中央党校（国家行政学院）经济学教研部教授王小广，在总结深圳经验时认为，深圳发展靠的不是优惠政策，而是忧患意识强、创新能力强。

深圳在忧患中不断涅槃，济南也在忧患中开始重生。

济南重新梳理自己的定位，设定更高目标——从强省会到国家中心城市，再到济南市第十二次党代会提出的"在绿色低碳高质量发展上作示范作用，在全国副省级城市中争一流，加速向国家中心城市迈进，奋力开创新时代社会主义现代化强省会建设新局面"。

济南的目标很明确，省会就该有省会的样子，就要在省内成为龙头，就要在全国舞台甚至世界舞台上争一席之地。

目标明确了，路径尤为关键。

在新一轮城市实力比拼中，工业、制造业日益成为决定胜负的关键变量。从全国看，GDP 排名前 20 强城市中，前 10 位的城市都是老牌工业强市，工业增加值常年居于前列；后 10 位城市中，宁波、无锡、长沙、郑州、合肥等近年跃升较快的新锐城市，也基本都是在工业，特别是制造业上持续用力、强力推进中不断积聚优势，从而在激烈的竞争中脱颖而出。

济南把工业强市作为主战略，明确提出要"坚定不移实施工业强市战略，加快建设先进制造业强市"。

经过持续努力，济南的产业正在发生蝶变。从标签上看，"中国氢谷""量子谷""世界透明质酸谷""国际激光谷""中国算谷"……加快推进新旧动能转换的济南，已与原来产业偏重的形象迥然不同，气质完成了蜕变。截至 2021 年，济南大数据与新一代信息技术产业规模达到 5000 亿元，智能制造与高端装备达到 4500 亿元。

越开放，越发展；越发展，越开放。济南深谙此道，只有主动拥抱世界，才能站上世界舞台。

中欧班列，是中国与欧洲对外贸易的新渠道。2020年以来，济南累计新开通7条线路，开行量连续两年稳居山东第一。

在国际货运航线方面，2020年以来济南已开通16条，搭建起覆盖"欧美亚"的国际货运航空网络，国际货邮吞吐量连续两年同比增长超过40%。

数据显示，自2020年新冠肺炎疫情发生以来，济南外贸持续保持快速增长：2020年为22.9%，2021年为40.1%，2022年一季度为43.6%。

后工业化时代，对外开放从更多依靠先天地理条件的1.0时代，变革到了比拼人才、技术、产业实力、营商环境的2.0阶段，济南逐渐找到开放的秘诀，后发优势正在显现。

努力的人更幸运，机遇开始垂青济南。

从新旧动能转换综合试验区到中国（山东）自由贸易试验区，再到黄河流域生态保护和高质量发展，济南成为国家战略的"新宠儿"。

特别是黄河流域生态保护和高质量发展，是济南迎来的第一个重大国家战略，而且济南在其中担当重任，是三大中心城市之一。新旧动能转换起步区享受"四区叠加"政策红利，全国首个科创金融改革试验区落户，济南在全国舞台上的角色越来越重要。

山东也重新审视省会的发展，大力实施强省会战略。

自身努力加机遇垂青，让觉醒的济南站上时代风口，开启属于自己的时代。

5年来，济南GDP实现快速增长，连续跨过5个"千亿级"台阶：

2017年，济南GDP从2016年的"六千亿级"跃升至"七千亿级"；

2018年，济南GDP达7856.56亿元，在不包括原莱芜市千亿级GDP总量的情况下，跃升至省内第二位；

2019年，济南GDP冲上"九千亿级"；

2020年，济南首次入列"GDP万亿级俱乐部"；

2021年，济南GDP达11432.22亿元，首次实现"千亿级"的GDP年增量。

济南发展进阶的含金量十足——在2021年全国城市综合实力20强榜单中位居第18位，连续3年实现位次前移；在2022年中国百强城市排行榜中位列第 14 位……

济南的崛起，是一座城市在历史大潮之中的激流勇进。

三、保持"紧迫感"，济南大动作频频

互联网行业有一句名言，"站在风口上，猪都能飞起来"。冷静下来，很多人开始思考：风停之后，怎么办？

站上风口的济南，始终保持着"紧迫感"。

2022 年是换届之年，济南新一届市委上任之后大动作频频，思路清晰而又信心十足。

在定位上，济南将强省会的目标更加具体化，提出了"六个现代化强省会"具体目标：加快建设动能充沛、实力跃升的现代化强省会，创新涌动、富有活力的现代化强省会，功能完备、品质一流的现代化强省会，人民幸福、共同富裕的现代化强省会，绿色低碳、生态宜居的现代化强省会，治理高效、平安和谐的现代化强省会。

在路径上，济南在明确以工业强市为主战略提升硬实力的基础上，旗帜鲜明地把提升城市软实力作为弯道超车的新突破口。

作为有着 2700 多年建城史的千年古城，济南软实力底蕴深厚。在华顿经济研究院发布的 2022 年中国百强城市排行榜上，济南的软经济指标位列北京、上海、广州等城市之后，排名全国第九，这也是济南综合排名位列全国第十四、山东第一的重要倚仗。可见，软实力是济南的优势所在、长板所在，把其作为综合实力的突破口，体现了城市执政者的远见。

在形象上，济南正在塑造"新城设"。

一是"十大优势"。知己知彼，方能百战不殆，济南梳理提炼出城市的"十大优势"——战略红利交汇叠加、交通网络四通八达、科技创新实力雄厚、数字赋能势头强劲、人才保障基础坚实、金融服务优势突出、营商环境持续优化、消费市场潜力巨大、城市品质生态宜居、人文环境厚重淳朴。

二是"十大之城"。围绕软实力提升，济南明确提出建设"十大之城"的新目标——信仰坚定的红色之城、底蕴深厚的文化之城、闻名中外的天下泉城、美美与共的温暖之城、品牌荟萃的魅力之城、创新创意的活力之城、功能完善的品质之城、融通内外的开放之城、高效和谐的善治之城、生活美好的幸福之城。

在行动上，济南大招不断。

"抢人""抢项目"，济南拿出"最大诚意"。

先是以"最高规格"为驻济大学生举办"集体毕业典礼"，山东省委常委、济南市委书记刘强出席活动并为毕业生们送上美好祝福。

此后又召开"双招双引"工作会议和人才工作会议，出台人才新政"双30条"（《济南市人才服务支持政策（30条）》和《济南市人才发展环境政策（30条）》）。专科以上学历来济即可享受生活和租房补贴，引进顶尖人才（团队）最高给予1亿元综合补助，高校毕业生在济自主创业个人可提供20万元贷款额度、合伙则为60万元……济南发出的人才"大礼包"，筹码十足，拿出真金白银"抢人"。

迈开脚步走出去，济南很拼。

6月18日至21日，济南派出"最高规格"的党政代表团，先后到烟台、青岛、潍坊，学习考察3市在招引、建设、服务先进制造业、新兴产业、现代服务业等领域好的经验和做法。有自媒体大V将济南此行解读为"'老大哥'济南的新姿态——目的在于'对标对表找差距，聚力攻坚补短板'"。

6月30日至7月3日，济南又赴广州、深圳、杭州走访企业、考察招商，加快推进更多合作项目签约落地。

此外，济南还成立国际传播中心，让地球人听到一个"会说话的济南"。

……

哲人说，梦想一旦被付诸行动，就会变得神圣。追逐大城之梦的济南，其崛起之路注定会很精彩！

（风言／文，2022年7月）

山东大赋能：济南，济南，还是济南

● ● ●

踏上新征程，迎来新机遇。

近日，山东接连发布重磅文件，塑造经济高质量发展新优势，加快建设新时代社会主义现代化强省。

强山东，首先要强省会。作为省会的济南，在全国、全省大局中，济南历来角色关键、作用突出，在这些重磅文件中自然少不了济南的身影。

直接点名、重磅支持，在新时代社会主义现代化强省建设中，济南迎来新机遇、大赋能。

———

11月5日至6日，中国共产党山东省第十二届委员会第二次全体会议举行，审议通过了《中共山东省委关于深入学习宣传贯彻党的二十大精神的决议》。

11月10日，《决议》全文印发。北纬君注意到，在这份总计1.2万余字的动员令、路线图中，"强省会"的身影无处不在。而在一些重点工作和重点领域中，具有明显优势的济南更被赋予了重任，大有可为。

在塑造经济高质量发展新优势部分，《决议》提出，促进区域协调发展，以落实黄河流域生态保护和高质量发展战略为牵引，优化"一群两心三圈"格局，省市一体推进济南新旧动能转换起步区建设。

作为"两心"之一、山东半岛城市群龙头，济南必须进一步发挥好核心角色作用，引领带动全省高质量发展。

起步区，这是济南的未来之城，《决议》再次点名省市一体推进，既是强调，也是鞭策。

二

《决议》提出，加快发展数字经济，实施制造业数字化转型行动，大力发展人工智能、大数据、区块链、量子信息等数字产业，打造国家工业互联网示范区，推动数字经济和实体经济深度融合，建设数字强省。

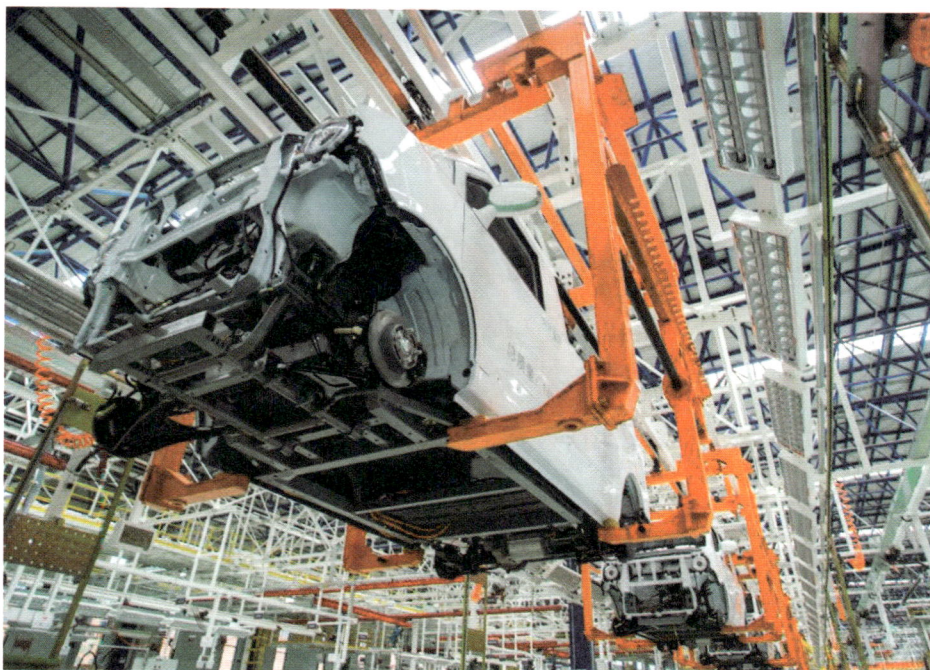

很明显，数字经济是济南的强项，自跻身全国数字经济一线城市以来，济南数字经济发展更加迅猛。日前召开的数字济南建设推进大会，更是吹响了建设数字济南的冲锋号。"打造全省领跑、全国一流的数字城市，率先建成数字先锋城市"，这是济南提出的目标，志在必得。

人工智能、量子信息、大数据……这同样是济南的优势产业。如今，济南优势加上省级赋能，未来大有可为。

大力实施科教强鲁人才兴鲁战略，《决议》提出，实施大科学计划大科学工程，合理布局重大科技基础设施集群，创建区域科技创新中心；多方位多渠道开展国际合作，打造科技创新国际交流合作新高地；打造新时代人才集聚高地。

近年来，济南科技创新异军突起，已经在国家创新版图上有了一席之地。在济南"十大优势"之中，科技创新实力雄厚、人才保障基础坚实两大优势尤为引人注目——

近年来，中国科学院 15 家院所先后在济南落地，全市拥有国家重点实验室 5 家、国家工程研究中心 3 家、国家企业技术中心 30 家、省级以上新型研发机构 58 家，综合科技创新指数稳居全省首位。

全市人才总量达 248 万，其中技能人才总量超过 137 万，专业技术人才突破 47 万，人才吸引力指数全国第 8、全省第 1。

全面促进社会主义文化繁荣兴盛，《决议》提出沿黄河、沿大运河、沿齐长城、沿黄渤海四大文化体验廊道示范；

持续增进民生福祉，《决议》提出建设国家中医药改革示范区；

加快建设改革开放新高地，《决议》提出创建中日韩地方经贸合作示范区，实施山东自贸试验区 2.0 版；

……

这些领域，虽然没有直接点名济南，但济南在这些领域同样具有明显优势，在强省战略推动下，济南的这些产业、领域、片区，将迎来新一轮大发展。

除了《决议》这份"顶层设计",还有具体产业领域的部署。

11 月 11 日,《先进制造业强省行动计划(2022—2025 年)》发布。根据《行动计划》,到 2025 年,山东制造业增加值占全省 GDP 比重达到 30% 左右,初步建成先进制造业强省。

《行动计划》共七部分,从高端化提升、智能化改造、绿色化转型、服务化延伸、生态化集聚等方面对山东制造业发展作出部署。

这同样是一份让济南充满机遇、迎来赋能的文件。

直接点名支持——

加快标识解析二级节点和济南"星火·链网"超级节点建设,积极发挥济南、青岛国家互联网骨干直联点的集聚辐射效应,支持济南、青岛软件名城建设。

战略层面赋能——

全面落实黄河流域生态保护和高质量发展战略。

产业领域支持——

聚焦生命科学、量子信息、基因技术、未来网络、深海空天开发、氢能

山东省人民政府
全国一体化在线政务服务平台·山东
2022年11月11日 星期五 简体 繁体 无障碍 关怀版 智能机器人 登录 注册
请输入关键字查询
一网通办

首页　要闻动态　政务公开　政务服务　政民互动　走进山东

首页 > 政务公开 > 政策文件

发布日期：2022-11-11
标　题：省委、省政府印发《先进制造业强省行动计划（2022—2025年）》

省委、省政府印发《先进
制造业强省行动计划（2022—2025年）》

近日，省委、省政府印发《先进制造业强省行动计划（2022—2025年）》，要求各级各部门单位认真贯彻落实。

《先进制造业强省行动计划（2022—2025年）》全文如下：

为深入学习贯彻习近平新时代中国特色社会主义思想，全面贯彻落实党的二十大精神，认真落实习近平总书记关于制造强国战略的重要论述，紧紧锚定"走在前、开新局"，加快发展新动能主导的现代化产业体系，努力为新时代社会主义现代化强省建设提供坚实支撑，制定如下计划。

与储能等领域，着力打造未来技术应用场景；聚焦基础零部件、基础元器件、基础材料、基础软件、基础工艺和产业技术基础，集中突破一批重要基础产品和关键核心技术。

这些关键技术和领域，正是济南当前发力的重点。

四

山东这份《行动计划》，与正致力打造工业强市的济南不谋而合。

2020 年 7 月，济南发布《关于加快建设工业强市的实施意见》。针对制造业，《实施意见》提出"聚焦智造济南建设，构筑制造业和数字经济高质量发展的现代工业产业体系"。

2021 年 6 月，济南再次发布《关于加快建设工业强市的若干政策措施》，明确到 2025 年，智能制造与高端装备产业集群规模将达到 7000 亿级。

制造业是工业的基础，智能制造是制造业的"皇冠上的明珠"。作为济南四大支柱产业之一，智能制造与高端装备产业已成为济南市新旧动能转换主引擎、智造济南新标杆、工业强市主战场。目前，产业规模已达到

4219 亿元。在这一领域，济南拥有国家级企业技术中心 16 家，省级企业技术中心 26 家，国家级单项冠军企业 14 家，省级单项冠军企业 77 家，省级隐形冠军企业 72 家。

不管技术与产业实力，都可谓实力雄厚。

优势不止于此。

聚焦加快制造业优化升级，济南还在全国率先提出打造智能经济强市，2021 年跻身国家先进制造业百强市前列。制造业占全部工业的比重达到 90% 以上，先进制造业占制造业比重突破 60%。

而今，制造业强省的号角吹响，无异于为济南制造业发展注入了新的动能，也无异于为济南打造工业强市增添了新的助力。

还是那句话——

济南，未来大有可为。

（高山／文，2022 年 11 月）

山东第一！全国著名排行榜点名表扬济南！省内综合经济实力头把交椅！

· · ·

———

最近，2022 年中国百强城市排行榜发布：济南列全国第 14 名，位居山东首位。

这事，值得说说。

在榜单上，前 50 名城市，山东共有济南、青岛、烟台、潍坊、东营 5 个城市上榜。

看了下得分排名。济南总分 63.65，青岛是 63.04。以 0.61 分之差，济南列第 14 位，青岛列第 16 位。

竞争很激烈。

这不到一分的差距，济南、青岛之间还夹着一个长沙，长沙比青岛多 0.59 分。

烟台列第 30 位，潍坊列第 41 位，东营列第 50 位。

二

中国百强城市排行榜，实力有多强？

我去查了查榜单发布者的底子。

榜单是由华顿经济研究院发布。看了它官网的介绍，一副很牛的样子。

这是一家位于上海的机构。前身是1988年成立的上海经济发展研究所。凭借对中国劳动就业研究，首次提出"隐性失业"概念，获得中国经济学界最高奖——孙冶方经济学奖。

在它的官网上，还提到该机构为上海的总体发展和浦东开发做出贡献；最早提出并推动举办了以进口、内需为主的国家级盛会——中国国际进口博览会。

对吧，有点实力。并且，榜单已经连续搞了8年，属于著名榜单了。

三

这份榜单点名表扬了3个城市，其中就有济南。

其一，济南连续两年晋级后今年再进一位，居第14位，稳坐省内综合经济实力头把交椅，文化、卫生指标发展突出，**软经济实力居全国第9位。**随着"携河北跨"战略的深入推进和新旧动能转换起步区全面破局起势，**济南的硬经济实力可望快速提升。**

这是对济南的肯定与褒奖。济南可以不谦虚地收下。最近这些年济南很拼，城市整体面貌发生了巨大变化。市民的心气也提了起来。

其二，合肥连续四年排名上升，已由2018年的第31位跃升至2022年的第18位，科教指标进入全国前10位，科创引领的高质量跨越式发展之路值得各市学习和借鉴。

评价公允。合肥现象在全国范围都是名声在外，也早就是济南的对标榜样。

其三，湖州软硬经济指标齐头并进，成功进入全国50强，居第46位，位列浙江省内第7位，环境指标高居全国第3位，走出了一条绿色低碳共富发展之路，这一模式值得推广。

湖州最近因为新上任的市委书记在全国都产生了影响力。新市委书记下令开设一个"看见"舆论监督专栏，要求被曝光的问题20点报的，21点就得研究整改，必须事不过夜。这一切努力，都是为了改善湖州的营商环境。

四

当然了，这份榜单还提到了济南跟青岛存在的不足。

中国百强城市排行榜，它的评价指标分为硬经济指标和软经济指标两部分。硬经济指标由 GDP、储蓄和财政组成，软经济指标由环境、科教、文化和卫生组成。

具体来说，其一，成都、济南、长沙、郑州等省会城市硬经济指标发展相对落后。其二，无锡、宁波、青岛等非省会城市软经济指标发展相对落后。

都很好理解。济南的强省会建设，很重要的一块内容，就是提升城市首位度，也就是做强硬经济指标。

五

榜单代表着一种外界评价。

能有好的名次，肯定值得高兴。该自豪时，就要自豪。

祝贺山东上榜的城市，为明年更好的名次，继续拼吧！

（浮见／文，2022 年 7 月）

这座城市的努力开始见效了

● ● ●

———

疫情防控的关键时期，济南迎来了一个重要信号。

在济南市疫情防控第九十五场新闻发布会上，济南市常态化疫情防控和处置工作指挥部综合协调组常务副组长张蓉介绍——

近两天，全市社会面筛查发现的阳性感染者比例有所下降，呈现出一定的向好趋势，但感染者总量仍然较多，社会面隐匿传播风险仍然存在，还有很多不确定性，尤其是包括农贸市场在内的人员密集场所传播风险仍然很大，防控形势依然严峻。

官方给出的形势判断一直是非常严谨的。在海右君的印象中，这是此轮疫情官方首次表达关于疫情的积极信号。

这个判断是有依据的。

看下这几天的数据。

25 彐，济南确诊 42 例，其中社区筛查检出 10 例；无症状感染者 235 例，其中社区筛查检出 55 例；

26 日，济南确诊 39 例，其中社区筛查检出 3 例；无症状感染者 241 例，其中社区筛查检出 28 例；

26 日 12 时至 27 日 12 时，全市报告新增 275 例本土阳性感染者，其中 4 例系社区筛查检出。

这是一个积极信号！只有社会面感染者逐渐减少，直至清零，疫情才能进入歼灭战阶段，从而迎来真正拐点。

济南的努力，开始见效了！

二

高层出台"20 条"，其实就是给个原则，地方各自摸索。

然而，要在疫情防控和经济发展之间找一个平衡点，是何其之难。考验的不只是城市管理者的认知能力，更是预判、勇气和统筹能力。

刚刚过去的周末，满屏都是关于疫情的热搜。看看重庆，看看北京，看看广州，看看郑州……你就能知道济南的成果有多么不容易了。

济南是怎么做到的？

济南以快制快，很迅速！

济南有一说一，很诚恳！

济南应保尽保，很周到！

……

疫情中，济南做了很多工作。但有一点非常关键，就是济南在面对疫情时能够见招拆招，及时发现问题、研究问题，精准有效去解决问题。

比如说最近，有人对疫情中出现的交叉感染、核酸检测感染产生担忧，有人对社区封控出现焦虑情绪。

疫情之下，民间有一定情绪，这很正常，百姓有一些意见，也很正常。

关键是党委、政府能否听到民声，及时给出回应。否则，问题就会越堆越多，情绪就会越积越大。

对民间的意见，济南很快给出回应。

11 月 26 日，省委常委、市委书记刘强和市委副书记、市长于海田督导主城区高质量核酸检测工作。海右君注意到，新闻稿强调了三个关键点：

（1）高质量核酸检测；

（2）提高追阳效率；

（3）科学精准划分风险区域。

特别是对大家都很关注的社区管控，济南在发布会上专门提道：坚持快封快解，动态调整管控区域，经流调和核酸筛查排除风险后，尽快解除管控。

这三条，每一条都很关键，都是群众意见比较集中的地方。解决好了，就能更好地掌握战场上的主动权。

三

昨天，我在微信后台收到一条留言：

"你好，请代我们向战斗在一线的医护人员和防控人员表示敬意，谢谢他们舍自家顾大家的无私精神。谢谢！"

当前，全国各地陆续出现一些关于"大白们"的负面声音，有些人对他们冷嘲热讽，实在令人心寒。

或许有个别"大白"行为不当、言语不当，但请勿误伤绝大多数人！

这些一线防控人员太不容易了。

他们是抗疫战士，也是丈夫、妻子、父亲、母亲、儿子、女儿……变身"大白"，不是他们不怕，只是使命在肩，不能退缩。

最美的人，最勇敢的心，值得最高的敬意！

大时代中，我们或许不能成为受人敬仰的英雄，但可以做一个坚强的小人物。也许不能上场杀敌，但可以摇旗呐喊，与良知站在一起，与正义站在一起。

四

每一个济南"老师儿"都是好样的!

我看到两则新闻:

一则是,济水上苑北区招募志愿者,傍晚 5 点发的紧急通知,不到 10 分钟,就招募到了 2 名采样医护工作者,以及 3 名现场志愿者。其中,有一位 70 岁的大爷,刘占富老人。

还有一则是,面对社区的"招募令",泉城义工、62 岁的齐鲁工业大学退休教授马毅挺身而出,从"领命"到自行前往社区到达工作岗位,她只用了半个小时。出发前,有人建议她先跟家里人商量一下,可这位在大学里工作了一辈子的老党员说:哪里有需要,哪里就是战场,泉城义工就是应该出现在群众最需要的地方!

"缺人我补上"!

这就是可爱可敬的济南"老师儿"!我想,不只是两位老人,还有很多

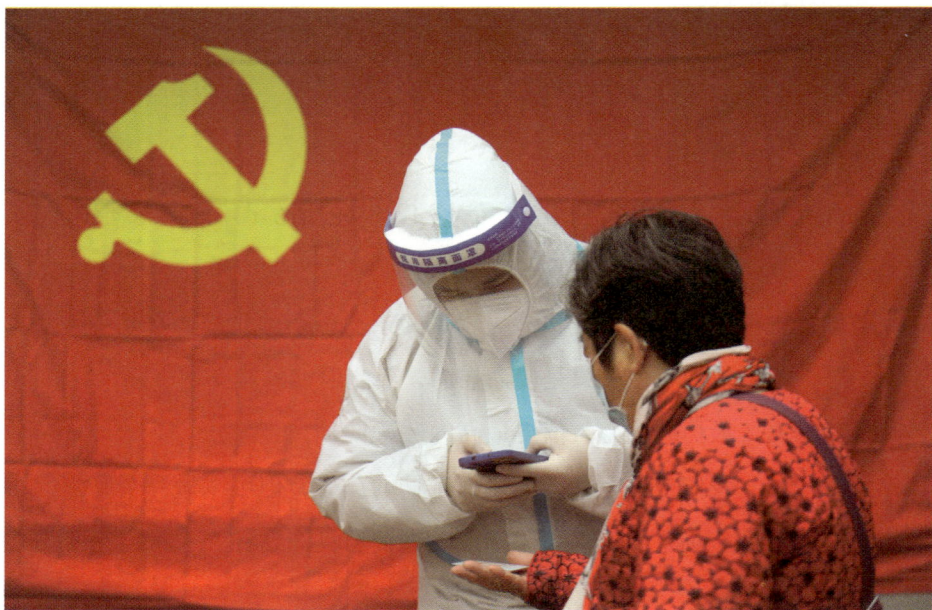

无私奉献的人。

过去，无论病毒如何变异，济南都扛住了，不强调困难，不找借口，每次的应对，就如教科书一般。

我们赞赏的是济南，更是灾难中的人性；我们痛恨的不是病毒，而是冷漠和麻木。

五

这次疫情非常棘手，但济南已经力所能及地把风险降到了最低。

我们相信，奥密克戎虽然来势汹汹，但只要做到以快打快、咬定"清零政策"不动摇，一定可以战胜疫情。

当然，正如官方给出的判断——"防控形势依然严峻"，我们也必须清醒地认识到，奥密克戎是一个超级强的对手，现在就谈胜利，还为之尚早。

坚持就是胜利！坚持才能胜利！

这时候，济南最需要的就是坚持。请相信这座城市，给她一些时间，给她最大的理解和支持。她一定会守护好我们！

最后说一句：

防疫不容易，大家都有难处，对的继续保持，不对的改正；人人做好自己的事，做自己健康的第一责任人，消灭疫情并非遥不可及！

（清泉/文，2022年11月）

这次，世界看到了济南

· · ·

———

前几天，央视的一条新闻令人震撼——

世界首个电磁橇设施成功运行！

对于吨级及以上物体最高推进速度可达每小时 1030 公里！

网友纷纷点赞：厉害了我的国！

啥是电磁橇？很多"老铁"表示不懂。现在高铁时速 300 多公里，已经如风驰电掣般，那每小时 1000 公里，而且是吨级物体！……**大脑灵光一现——像是地上跑的火箭！**

大国须有重器，济南一马当先。

据央媒报道，世界首个电磁橇设施，是山东省和济南市与中国科学院开展战略合作的重大项目，创造了大质量超高速电磁推进技术的世界最高速度纪录。同时，高速大推力直线电机、百兆瓦级宽频变频供电等五大关键核心技术均已达到世界领先水平。

央媒介绍，高速地面交通、航空飞行器等高速先进装备的研发，必须解决复杂动态过程下的空气动力学、高强度先进材料、高速测控等一系列科学技术问题。采用电磁推进技术建造的电磁橇设施，具有推力大、响应快、精确可控等突出优势，可以为上述问题的解决提供重要的测试手段。同时，该项目将带动大功率电力变换与控制、磁悬浮、超导强磁场以及超高速电磁发射与推进等多方面前沿技术的快速发展，为我国电磁驱动及相关领域的研究开发、成果转化和产业化创造有利条件，对支撑我国大质量超高速先进装备持续快速发展和超高速科学技术研究具有重大意义。

今天，世界首个电磁橇设施创造了大质量超高速电磁推进技术的世界最高速度纪录！

这个世界纪录的坐标是——济南！！！

"众里寻他千百度，蓦然回首，那人却在灯火阑珊处。"这是近一千年前济南人辛弃疾流传千古的佳句。千百年后的今天，世界看到了济南！

再举最近两个 "泉城制造"走向太空的例子——

9月6日，"泉城一号"运载的低轨卫星导航增强系统试验卫星发射成功，济南成为国内首个完成商业航天"通信、导航、遥感"卫星全面布局的城市。

10月7日，我国在黄海领域使用"长征十一号"海射运载火箭，采用"一箭双星"方式将微厘空间低轨卫星导航增强系统 S5/S6 试验卫星送入预定轨道。"微厘空间低轨卫星导航增强系统"，是济南参与的又一项重大新基建项目。

有果必有因。

济南市第十二次党代会报告提出，济南要打造"科创济南"。围绕"大力实施创新驱动发展战略，加快创建综合性国家科学中心"，济南提出了"集中突破一批'卡脖子'技术，构建济南科技创新'非对称优势'"，"规划建设'齐鲁科学城'"等，并相继推出了一系列务实有力的创新举措，绘就了科学精准的"创新发展路线图"。

创新而进，济南正迎来属于自己的时代。

二

世界看到的济南，不只是创新的济南，也是开放的济南。

紧随电磁橇问世，济南与乌兹别克斯坦通航班的消息再次传来。

10月19日凌晨2点，经过7个小时连续飞行，一架麦纳古航空公司（土耳其）的A330-300F全货机，平稳降落济南国际机场，**标志着济南—纳沃伊（乌兹别克斯坦）—特拉维夫（以色列）国际货运航线成功首航，为济南市"空中丝绸之路"再添新航线。**

近几年，受新冠肺炎疫情等因素影响，国际航空客运受到比较大的影响，济南市积极拓展国际货运航线的网络覆盖，大力稳定发展全货机国际货运航线。2022年前9个月，济南航空口岸国际货邮吞吐量4.46万吨，同比增长8.3%。

逆势上扬，济南对外开放谋求的不只是量的增长，还有质的提升。

2017年8月4日，济南首次开行中欧班列，是全国较早实现中欧班列去程、回程基本均衡的城市之一。2021年初，济南中欧班列回程与去程比超过90%，运送货物也发生了较大变化，向着高效、高质量、高附加值方向转变。

泉城海关信息显示，在出口货物方面，初期主要运送日用品、服装、小商品等"小散杂"低附加值产品，如今逐步拓展至汽车、汽车零部件、白色家电、机械设备、激光雕刻机等高附加值产品，中国重汽、海尔电器、山东临工等"中国品牌""中国制造"走向国际市场。

进口货物方面，初期主要运送木材、纸浆、亚麻籽、面纱等生产资料，与老百姓生活关系不大；如今运送的货物越来越民生化，包括俄罗斯面粉、德国啤酒，以及进口红酒、巧克力、糖果等。

济南中欧班列从 0 到 1000 列用了 4 年时间，而从 1000 列到 2000 列只用了 1 年 4 个月。班列数量的暴增，折射的是济南对外开放的决心和速度，而班列上货物的变化，反映出了济南对外开放质的跃升。

对外开放是高质量发展的必由之路。飞奔向前的济南中欧班列，定会不断求新求变，搭载济南在高水平对外开放中实现高质量快速发展。

二

当前的济南，正成为高质量发展的新高地，四面八方的人才和资本正纷至沓来。

最近，济南起步区的两则消息，让人们感受到了济南的勃勃生机。

一则是济南起步区面向全球招聘 100 名优秀人才，首日预报名就突破万人。

显然，作为我国第二个起步区，位于黄河以北的济南起步区，正成为令人瞩目的发展热土。

另一则是济南比亚迪项目一次招工上万人的信息，很是火爆。

济南比亚迪项目负责人说："项目第一辆整车计划 11 月底下线，目前企业招工等工作加速实施，这次将释放 1 万余个岗位的用工需求，是项目迄今为止最大规模的一次招聘。"

近年来，新能源汽车保持着较高的销售热度，中国新能源汽车的保有量和出口量都走在世界前列，但在汽车芯片的国产化方面还有差距。

2021年12月，山东首个8英寸高功率芯片生产项目完成全线设备调试，在济南比亚迪半导体有限公司顺利通线。该项目实现了完全国产化，补齐了我国芯片产业应用领域的一块重要短板，缓解了缺"芯"造成的新能源汽车产能不足问题。

济南已形成完备的半导体产业链，用"芯"招商，成功吸引到中国新能源汽车巨头比亚迪，自2021年起相继落地了电池、芯片生产基地及汽车产业园。

比亚迪是在香港和深圳两地上市的公司，业务布局涵盖电子、汽车、新能源和轨道交通等领域，营业额和总市值均超过千亿元，致力于"用技术创新，满足人们对美好生活的向往"的高新技术企业，成立于1995年2月，经过20多年的高速发展，已在全球设立30多个工业园，实现了全球六大洲的战略布局。

比亚迪项目是济南市重点引进项目，主要包括新能源汽车及零部件项目、济南比亚迪半导体有限公司及比亚迪弗迪电池项目，涉及整车及零部件制造、半导体研发生产和动力电池等多个领域。

今天的济南综合实力大幅跃升，正成为广大企业落子布局的最佳首选地

之一。

她的发展能级更高——市域面积超过了 1 万平方公里，人口突破 1000 万，财政收入突破千亿元大关，进入特大城市行列。在"2021 年中国百强城市排行榜"中，济南排名全国第 14 位、北方城市第 3 位。

她的发展质量更优——全市工业营业收入达到 8336 亿元，正向万亿目标坚定迈进。大数据与新一代信息技术、智能制造与高端装备、精品钢与先进材料、生物医药与大健康四大主导产业规模总量突破 1.3 万亿元，成为省会高质量发展硬核支撑。

她的发展后劲更足——吉利智慧整车工厂、比亚迪新能源整车及动力电池等重点项目加快推进，华为、百度、阿里等一批行业头部企业相继落户，支撑高质量发展的动能更加强劲。

唯有登高极目才能望远，唯有善思笃行方能致远。

如今的济南，国家战略叠加、全省战略赋能、全市目标锚定，值得看好！

（济轩／文，2022 年 11 月）

"抢人大战"，济南再放大招

● ● ●

"21世纪什么最贵？人才！"——电影《天下无贼》里的这句经典台词，一语中的！

2022年毕业季到来，"抢人大战"愈演愈烈。刚刚，济南再放大招——出台人才新政"双30条"（《济南市人才服务支持政策（30条）》和《济南市人才发展环境政策（30条）》），备足筹码，拿出真金白银"抢人"。城市间的"抢人大战"，与其说是在"抢人"，不如说是在抢未来。济南这波操作目的很明确：大力引进人才，引进高校毕业生，到济南来就业创业。济南用真金白银的政策和真心实意的做法，向天下英才告白：济南，值得选择！

———

"双30条"内容较多，笔者将部分内容拎出来：

第一，购房租房补贴

济南将人才分为5个层次：国内外顶尖人才（A类）、国家级领军人才（B

类）、省级领军人才（C 类）、市级领军人才（D 类）、优秀专业人才（E 类）。在购房补贴上，A 类人才"一人一策、一事一议"。B、C、D 类分别可享受100 万元、70 万元、40 万元补贴。E 类人才中的全日制博士、硕士研究生分别可享受 15 万元、10 万元补贴。在生活和租房补贴上，A、B、C、D 类人才每月分别为 5000 元、4000 元、3000 元、2000 元，最长 5 年；博士、硕士、本科、专科毕业生分别为 1500 元、1000 元、700 元、500 元。

第二，人才引进

顶尖人才（团队），包括新引进或自主培养的，给予 1000 万元 ~1 亿元综合补助。全职或柔性引进的中国科学院院士、中国工程院院士等层次顶尖人才，最高给予 500 万元生活补贴。

第三，留学费用补贴

全球 TOP 200 高校毕业的留学回国人员在济就业创业，符合条件的，给予博士 5 万元 / 学年（总额不超过 30 万元）、硕士 3 万元 / 学年（总额不超过 9 万元）、学士 1 万元 / 每学年（总额不超过 4 万元）的留学费用补贴。

第四，大学生创业补贴

支持高校毕业生在济自主创业，个人创业可提供 20 万元贷款额度，合伙创业则为 60 万元。

第五，求职补贴

非驻济知名高校毕业 1 年内来济参加面试的毕业生，给予 1000 元一次性求职补贴。

第六，免申即享

济南将推出人才码，对于普惠性的政策免申即享，竞争性政策一次申报即可。

也就是说，只要符合普惠性政策，不用你申请就给你发补贴，这服务太到位了

在《济南市人才发展环境政策（30 条）》中，济南还专门明确了推动校（院）地合作融合发展 16 条，可谓精准到位。济南现有驻济高校 52 所、在校大学

生近 70 万，每年毕业大学生约 18 万人，如此丰富的科教人才资源，对哪个城市来说都是一笔宝贵的财富。济南出台这 16 条，意在把资源用足用好，为高质量发展注入强大动力。

创业投资、子女入学、住房补贴……济南发出的人才"大礼包"，政策内容更加简洁清晰、便于理解，特别是对支持标准进行了细化，使政策"一目了然"、方便兑现。

不仅如此，今后济南还将探索建立常态化人才政策评估调整机制，每年对人才政策实施情况进行评估，并根据评估结果，对政策清单进行动态优化，确保政策先进性和适用性。

二

如此大手笔，济南的人才新政一经发布便引起关注。

其实，济南近年来在"抢人大战"中成绩斐然。

根据国家统计局数据，过去 10 年，济南人口增加了 109 万，其中大学程度以上人口增加了 72 万多，大多数是青年学子。2021 年博士研究生、硕士研究生和本科生留济率分别为 90.3%、85.2%、74%，2017 年毕业留济的博士、硕士研究生，目前仍在济南工作学习生活的高达 86.3% 和 70.1%。

济南城市吸引力指数位居全省首位、全国第八位，成功入选"全国高校毕业生就业首选十大城市"。在"95 后"人才吸引力 50 强城市中，济南排名全国第 11 位、山东第 1 位。

这得益于济南在"抢人大战"中的力度和诚意。

2020 年，济南在副省级以上城市率先全面放开落户限制。

2021 年、2022 年，济南连续两年以"最高规格"为驻济大学生举办"集体毕业典礼"，这样的举动在众多城市中并不常见。

在招才引才方面，济南着力打造"才聚泉城"引才品牌，出台"人才新政 30 条""高校 20 条""双创 19 条"等一系列力度和温度兼具的人才政策；

国家超级计算济南中心

对企业新引进博士、硕士、本科毕业生发放租房和生活补贴，为高层次人才配发"泉城人才服务金卡"；绘制济南产业人才地图，开创精准引才新模式；作为打造青年发展友好型城市的国家级试点，加快构建青年优先发展、促进创新创业的政策体系……在做好"人才文章"方面，济南多措并举、不遗余力。

……

功夫不负有心人，如今，全市人才总量已超 247 万人，越来越多人才纷纷"选择济南"，为这座城市加快发展、跨越发展提供了愈发强劲的"人才动能"。

刚刚出台的"双 30 条"显示，面对激烈的"抢人大战"，济南并不满足，而是打算乘胜追击。

三

重金"抢人"的背后，是济南的勃勃雄心。

近几年，济南在全国舞台上一路高歌猛进。2019 年济南一举迈入GDP"万亿俱乐部"，在全国排行榜上晋级全国 20 强（2017 年排第 23 名，

2021 年升至第 18 名），开启争先进位模式。

在市第十二次党代会上，济南旗帜鲜明提出"在全国副省级城市中争一流，加速向国家中心城市迈进，奋力开创新时代社会主义现代化强省会建设新局面"，赶超跨越的雄心壮志显露无遗。

得人才者得天下。经济越发达的地区，人口越集中，未来中国人口一定是集中在经济发达的地区。

抢人才，成为各个城市推动经济社会高质量发展的关键，济南自然深谙其中的道理。

《济南市人口发展中长期规划（2021—2030 年）》明确提出，2025 年济南市常住人口总量预期在 1000 万人左右，2030 年全市常住人口总量在 1075 万人左右。

在招才引智、留才聚才方面，济南堪称诚意十足。但只有诚意还远远不够，从人才的角度思考，吸引他们选择一座城市的最重要考量，是这座城市能否为他们提供施展才华、干事创业的良好舞台。

比如，济南加快建设人才管理改革试验区，构建开放创新的人才发展体制机制。聚焦试验区内主导产业及"卡脖子"技术领域需求，集中力量吸引一批国内外顶尖型、领军型科学家和具有颠覆性技术的创新创业团队，在人才奖励补贴、项目资助、政府引导基金等方面予以"一事一议"重点支持；推行重点科研项目"揭榜挂帅"制度，建立"需求方出题、科技界答题"新机制……在济南，"我们搭舞台，有才你就来"的广纳贤才浓厚氛围正加速形成。

再比如，济南大力实施创新驱动发展战略，拥有 5 家国家重点实验室、3 家省实验室、3 家国家工程研究中心、30 家国家企业技术中心、362 家省级工程技术研究中心以及 35 家省级以上科技孵化器、58 家省级以上新型研发机构，在众多创新平台纷纷涌现的同时，越来越多海内外优秀企业更是纷至沓来、选择济南，这些都为各方英才在济更好地兴业发展、成就梦想提供了广阔的施展空间。

四

人才选择哪座城市，除了诚意十足的惠才政策、符合事业发展的工作岗位，城市的"综合素质"同样是一个"加分项"。

今天的济南，市域总面积超过 1 万平方公里，常住人口过 1000 万，经济总量达到 1.1 万亿。

6 月 30 日，华顿经济研究院发布 2022 年中国百强城市排行榜。作为山东省会，济南此次以 63.65 的总分上榜准一线城市，排名全国第 14、山东第 1。在北方城市中，济南位列第 2 位（仅次于北京）。

改革热度指数在 31 个省会城市中排名第 1 位，"中国企业营商环境十佳城市"，"国际化营商环境建设标杆城市"，"四连冠"的全国文明城市，"全国最安全城市"……这样的济南，值得托付。

正如山东省委常委、济南市委书记刘强所说，通过多年积累，济南已经具备了助力青年人成就事业的十大优势：战略红利交汇叠加、交通网络四通八达、科技创新实力雄厚、数字赋能势头强劲、人才保障基础坚实、金融服务优势突出、营商环境持续优化、消费市场潜力巨大、城市品质生态宜居、人文环境厚重淳朴。

人往高处走，水往低处流。城市有没有吸引力，最直接的证明是它对人才的吸引力。显然，10 年增加 109 万人口的济南，正在隆起成为人才高地。

……

城市竞争，归根结底是人才的竞争。

当人才、资金、技术同时聚集，一个城市或地区的经济，自然就能起飞。

而这，也是济南抢人的底气。

（七重/文，2022 年 7 月）

我见济南多妩媚，料济南软实力应如是

● ● ●

　　济南人请客吃饭，要有"硬菜"，否则，主人总觉得过意不去。不过，"硬菜"要做成"软饭"，否则，嚼不动，吃不香，甚至咽不下。

　　济南本身就是一道"硬菜"，像济南的山那么"硬"，南部连绵起伏，拱卫泰山；北边星星点点，点缀黄河。作为山东省省会，济南这两年打下了一身硬功夫：新旧动能加快转换，城市规划建设不断加强，营商环境持续优化，经济发展稳中有进……在这个关键时刻，"软实力"就更显示出其重要性。

　　"软实力"绝不是实力软，而是文化实力。放到一座城市上来说，就是这座城市的魅力。

　　还是拿吃饭作比喻（毕竟民以食为天），一桌饭菜，要讲究荤素搭配、冷热均衡、色香味俱全。一个人再喜欢吃大肠，若一桌子都是辣炒大肠、大肠炖豆腐、九转大肠、干锅大肠，主食再来碗卤煮，保证能吃出一股厕所味。另外，美食的背后要有故事可讲，就不一样了。多年前，济南有一小馆子，每天接待一桌，老板兼厨师做好菜，亲自作陪，把每道菜的特色、典故聊上一遍，尽管唾沫星子飞溅，食客却口水长流，感觉一桌菜顿时高贵了许多，吃得连片葱花都不舍得浪费，结账也不觉得贵。厨师的"软实力"直接转换成了饭馆的硬实力。

济南，是很有"软实力"的。从文化上来说，这是一片富饶的土地。光古代历史文化名人，都够做多少轮核酸检测粘贴的（再次呼吁一下，新的粘贴要赋予新的内容才有价值）。但，总体来说，济南的文化很硬，却有些过硬。在文化的软硬两种形态上，一座城市真正吸引人的，是软的那一方面。不是永垂不朽的石头，而是有生命的鸡蛋。

记得二十年前，有个朋友来济南，我带她去大明湖，她很震惊：这还大明湖？哪儿大？比俺们东北那旮沓的湖差远了。灰心丧气之际，她看到了"雨荷亭"三个字："哎哟妈呀，乾隆就是在这旮沓遇上夏雨荷的！"然后，她很激动，还换上了清代的衣服拍照，觉得不虚此行。

我没看过《还珠格格》，但我很感激琼瑶阿姨，因为她给大明湖写了一篇很好的软文。济南尤其需要这样的软，只有这样的软，才能够软植入人们的脑海。就像少林寺，一苇渡江的达摩禅师功不可没，但对于今天的名扬天下，作用最大的，是金庸和电影《少林寺》。

保存有自北齐、唐、宋以至金、元、明、清一百多通古碑的少林寺，能给金庸立纪念碑，就是一种胸怀。

济南的软，体现在刘鹗的《老残游记》上、老舍先生的《济南的冬天》上，在文学和艺术创作里，在名著、名篇的传播中。现在，还需要更多的人来描绘济南，创作济南，未来，才会吸引更多的人来到济南。

所以，"软实力"首先要"软"，其次，则是要"实"。文化看起来是"虚"的，仿佛虚无缥缈，但必须落到实处，把虚转换成实。

2021年，应新浪微博之约，我去武汉录制一个城市文化的视频。之前，我多次去过武汉，也非常喜欢那座城市，除了历史文化底蕴之外，其市井烟火气无处不在。那次拍摄的地点有一处盘龙城遗址，距老市区很远，旁边也相对荒凉，我以为这样的地方定会人迹罕至，但整个遗址公园到处都是游客，偌大的停车场几乎停满，博物馆中人头攒动。我有些震惊，恍然以为去了雪松路。拍摄结束，我想到了济南的龙山文化遗址，尽管城子崖博物馆也算是小而精，但还是有许多可以进一步利用的空间。我相信，文化的虚，通过距离和空间，通过科学和规划，是能够转换成实的。

其实，这些年很多火爆的电视文化节目，也是在把虚转化成实，比如《国家宝藏》《典籍上的中国》，包括山东电视台的《齐鲁文化大会》，还有济南电视台正在拍摄的《从"河"说起》等等，把文物、古籍，甚至一个个知识点通过生动有趣的形式展现出来，文化不仅"实"了，而且"活"了。

除了"软"和"实"，软实力当然还需要"力"。力，有外力，有内力，有压力，也有动力。最重要的是文化的内在吸引力，是一座城市由内向外的文化动力。

前几天，我去趵突泉录制节目，他们给我介绍了一个保安，说号称趵突泉的"扫地僧"。我一惊，还以为他们的保安还兼保洁呢。再仔细听才知道，这个保安对趵突泉的历史文化、各种典故，包括公园里的碑刻都如数家珍。

我不信，就问他为什么趵突泉旁边会写"洞天福地"，他开始解释趵突泉和吕祖庙的关系。我又问他，为什么趵突泉楹联上写的是"云雾润蒸华不注，波涛声震大明湖"，赵孟頫的原碑则是"波澜声震大明湖"。他憨厚地笑着，说这首诗原作现藏于台北故宫博物院，真迹为"波澜"，赵孟頫亲自编纂定稿的《松雪斋集》以及历代刊印本都作"波涛"。但其实"涛"字更集中精准，更朗朗上口，所以后来写楹联的人做了一点修改。

我有一种高山流水遇保安的感觉。和他聊了半天，才知道他其实在趵突泉只工作了两年多，但是，文化的力量一直在吸引并且感染着他，让他在学习中一直进步，一直成长。所以，城市的软实力，也是推动他的人生动力。

软实力是互动的。我见济南多妩媚，料济南见我应如是。济南的软实力也需要千千万万的人的互动，济南才会动起来，跳起来，唱起来，飞起来……

（魏新／文，2022 年 6 月）

济南：聚"盛会" 强省会

● ● ●

济南的深秋，红叶谷已是"万山红遍，层林尽染"，灵岩寺、淌豆寺的银杏树，也已悄然换上金色盛装，引四方游客纷至沓来。在这色彩烂漫的季节里，一场场盛会也如约而至。

11月6日至8日，有"中国达沃斯"之称的第五届中国企业论坛已经连续第三年在济南举办。

追根溯源，中国企业论坛创办于2017年，已成为中国企业界与政界、学界交流合作的重要平台。

起初，论坛的名字为"中国企业改革发展论坛"。从第三届开始，论坛的举办地从北京到了济南。2021年，第四届中国企业论坛正式更名。

最值得关注的是这个"连续三年"，这意味着有"中国达沃斯"之称的中国企业论坛已经与济南深度耦合。

耦合，按专业的解释，是两个或两个以上的体系或两种运动形式之间通过各种交互作用产生增力，协同完成特定任务的现象。

简单来说就是——相互助力，共同成就。

品牌化的会议和城市，就是互生增力的组合。

最典型的，莫过于达沃斯论坛。

世界经济论坛（World Economic Forum），因为在瑞士达沃斯首次举办，又名达沃斯论坛，主要研究探讨世界经济，促进合作与交流。每届举办的年会，往往聚集来自数十个国家的千余位政界、企业界、学术界和媒体界代表参与。

这世界级的论坛，让曾经名不见经传的达沃斯小镇，享誉世界——

2007年，达沃斯论坛创办新领军者年会，并在中国大连首次举办。这一年会又叫"夏季达沃斯"，并形成了大连、天津轮流举办的双城传统。这两个城市，也借此收获了自己的达沃斯红利。

2007年在大连举办的"首届新领军者年会"是世界经济论坛创办37年来首次在瑞士以外地区举办的年会，使大连成为世界关注的焦点，成为全球"新领军者"城市的代表。

天津则通过举办夏季达沃斯论坛，不仅学习积累了丰富的办会经验，还真正做到了会议的为我所用，充分发挥会展业拉动经济增长1∶9效应，推动了天津经济发展和服务业水平提升。

国内此类案例的代表则是博鳌亚洲论坛，由此让博鳌小镇成为世界举足轻重的发声地。

博鳌论坛也有了自己的衍生品——博鳌亚洲论坛全球健康论坛大会，并已在青岛成功举办两届。

青岛，也由此在全球健康领域有了一席之地。

正在奔向现代化强省会建设的济南，也需要这样一个以品牌年会凸显自己经济影响力的阵地。

中国企业论坛的连续举办，可以说恰逢其时。

10月26日，济南市第五届中国企业论坛执委会第一次会议举行，济南市委副书记、市长、济南市第五届中国企业论坛执委会主任于海田出席会议时指出，在济南举办第五届中国企业论坛，是深入学习宣传贯彻党的二十大精神的具体行动，对加快推进企业改革发展步伐、实现高质量发展具有重要意义，也为加快新旧动能转换、推动强省会建设提供了重要平台和机遇。

除中国企业论坛之外，11月的济南变身"盛会之都"：11月1日至3日，2022山东国际种业博览会暨蔬菜登记品种现场观摩会举办；11月3日至7日，2022齐鲁国际车展（秋季）暨第46届齐鲁国际汽车展览交易会举行；11月9日，首届全国中小企业数字化转型大会举行；11月10日至12日，2022山东国际大健康产业博览会举行……

稍作梳理会发现，近年来，以中国企业论坛为代表的各大经济论坛纷纷登陆济南，众多企业家先后赴济南开展交流对话。这从侧面反映出这座城市的经济发展活力与吸引力。

连续第三年成为中国企业论坛的举办地，"营商环境持续优化"体现了济南的软实力和城市魅力。高端会议相继在济南举办，也预示着济南乃至山东的经济发展迎来无限机遇。

第四届中国企业论坛现场

机遇，需要把握；平台，更要用好。

济南，做好了准备。

又见济南

公开信息显示，中国企业论坛被称作"中国达沃斯"，从主办单位便可知其名副其实。论坛前两届由国务院国资委新闻中心、国务院国资委研究中心、经济参考报社主办，论坛主题分别为"改革新动能·优化供给侧"和"新时代新举措新作为——培育具有全球竞争力的世界一流企业"。第三、四届，以及即将举办的第五届中国企业论坛，由国务院国资委新闻中心、山东省国资委、济南市人民政府、经济参考报社共同主办，指导单位则包括国务院国资委、全国工商联、山东省人民政府、新华通讯社。

看前几届大会，致辞的，包括中央部委以及省市领导；发言的，则是业界学界具有广泛影响力的重量级嘉宾。

据不完全统计，近 3 年来，先后在济南成功举办的经济领域大型会议接近 20 个。

2019 年 6 月 19 日，两岸新旧动能转换高峰论坛在济南开幕。论坛由国务院台湾事务办公室指导，济南市人民政府、山东省人民政府台港澳事务办公室主办，论坛主题为"新动能　新机遇　新发展"。

2019 年 8 月 31 日至 9 月 1 日，2019 中国 500 强企业高峰论坛在济南举行。论坛由中国企业联合会、中国企业家协会主办，山东省人民政府协办，论坛主题为"新使命、新动能、新突破：大变局中的大企业发展"。

2019 年 10 月 14 日，2019 中国（济南）产业金融论坛在济南举行。论坛由济南市人民政府、山东省地方金融监管局主办，论坛主题为"深化产融合作　金融助力实体——新金融　新产业　新生态"。

2019 年 11 月 2 日至 3 日，第三届中国企业改革发展论坛在济南举行，论坛主题为"加快新旧动能转换　推动高质量发展"，1500 余位政界、企业界与学术界人士参会。

2021 年 4 月 17 日至 18 日，2021 亚信金融峰会在济南举行，主题为"共商共建共享——推动亚信金融务实合作行稳致远"，本次峰会由外交部指导，中国开发性金融促进会、济南市人民政府主办。

2021 年 9 月 23 日至 24 日，第四届中国企业论坛在济南举行，论坛主题为"新发展格局下的企业：使命与路径"，来自海内外的 300 余位政、商、学各界代表参会。此外，世界经济论坛创始人克劳斯·施瓦布，以视频连线形式作主题演讲。

……

截至 10 月底，2022 年先后有黄河湾国际青年经济论坛、青年企业家创新发展国际峰会 2022 等多个高端会议在济南举办。

5 月 13 日，黄河湾国际青年经济论坛开启，分设济南、北京两个会场，论坛主题为"新格局与新经济"。

7 月 19 日，青年企业家创新发展国际峰会 2022 在济南开幕，本次峰会由团省委、省发展改革委、省工信厅、国研智库和中国青年企业家协会主办，在济南设主会场，16 市设分会场，峰会主题为"黄河岸边是家乡"，关注黄河流域生态保护和高质量发展。

8 月 31 日上午，由工业和信息化部、山东省人民政府共同主办的 2022 世界先进制造业大会在济南举行开幕式暨主论坛。大会聚焦世界先进制造业，共话发展、共享机遇、共谋未来。

在济南举行的第五届中国企业论坛，将再度让济南站到全国政界、商界、学术界关注的中心。

相信济南

选择，是因为相信。肯定这座城市的现在，相信这座城市的未来。

我们不妨以青年企业家创新发展国际峰会（以下简称"青企峰会"）为例。

自 2018 年至今，青企峰会连续四届以济南为主会场开幕。据介绍，前三届青企峰会共推介意向投资山东项目 279 个，促成合作签约 137 个，总投资额 2425.92 亿元。

"我们对济南未来发展充满信心。"

"山东重商尊商的社会环境，优质宽松的政治环境以及健康有序的市场环境，这一切都吸引着我们在山东投资，不断与济南密切合作。"

……

以上，是当时参会企业家代表的表态。他们坚定地踏上济南这块投资沃土，选择与济南携手共赢，创造更加光明美好的未来。

2022 年 7 月，由共青团中央、国务院发展研究中心、山东省人民政府指导的青企峰会 2022，现场新招引 157 个投资山东项目，总投资额 1842.06 亿元。其中，济南签约 3 个项目，总投资额 22.25 亿元。

如此，以一场场盛会为契机，把一个蓬勃、创新、开放、奋进的济南展示给众人，让更多企业家来到济南、了解济南、选择济南。

也因此让人有理由期待，这座城市，未来会有更多美好发生。

缘何济南

经济领域高端大型会议为何频频"抢滩"泉城？问题的答案，还需从这座城市自身去探寻。

"这是改革开放持续深化的 10 年。我们聚焦系统集成、协同高效，加快制度创新、流程再造，全力打造黄河流域对外开放门户，经济社会发展活力显著增强。"

2022 年 9 月 27 日，中共济南市委举行"山东这十年·济南"主题新闻发布会，山东省委常委、济南市委书记刘强从 6 个方面介绍了党的十八大以来济南各项工作取得的成绩，"营商环境持续优化"便是其中之一。

刘强介绍，10 年来，"济南在国家发改委营商环境评价中位列全国第 9。

全市市场主体总量超过 148 万户，比 2012 年翻了两番多"。

此外，据山东省人民政府官网显示，济南在 2019 年度、2020 年度全省营商环境评价中均位列第 1 名，在 2020 年全国纳税人满意度调查中位列副省级城市、省会城市第 1 名，在 2020 中国城市政商关系排行中居全国第 5 位，在全国 100 个大中城市人才吸引力排名中跃居全国第 8 位、稳居全省第 1 位……"优良的营商环境、清新的'发展空气'为济南加快高质量发展、建设新时代现代化强省会提供了有力的支撑。"

这，是济南的城市影响力。

2022 年 8 月，刘强在与济南市新生代企业家联谊会领导班子成员座谈时提出，下一步，济南将在发展战略、交通网络、科技创新、数字赋能、人才集聚、金融服务、营商环境、消费提升、城市品质、人文环境等 10 个方面进一步聚焦聚力，加快建设新时代社会主义现代化强省会。

在这次座谈会上，刘强表示，希望广大新生代企业家做"信念坚定的引领者""脚踏实地的实干者""改革创新的开拓者""勇于担当的模范者"。同时也承诺，济南将全力以赴为广大企业发展提供一流的营商环境、更好的服务保障，为企业发展助力护航。

这，是济南的城市号召力。

招商引资，是一项政府主导、社会组织和企业广泛参与的重要工作，而要想争取到投资者的关注并开展各项投资活动，离不开对一个城市区位交通、资源禀赋、产业基础、市场环境、政策待遇等比较优势的考量。

近年来，济南多管齐下，全力推动落实"双招双引"工作，汇聚更多强企业、好项目落地泉城，更多优秀人才涌入济南。一组数据显示，全市人才总量达 247 万，人才吸引力指数全国第 8、全省第 1。2022 年 1~5 月，全市实际使用外资 14.6 亿美元，同比增长 67.1%，总量居全省第 2。

2022 年 3 月 1 日，《济南市优化营商环境条例》正式实施，对市场环境、政务环境、法治环境、宜居环境等多个方面作出具体要求，持续优化营商环境，激发市场主体活力，维护市场主体合法权益，推进治理体系和治理能力现代化建设，推动高质量发展。

这，是济南的城市吸引力。

聚力济南

奔赴济南，共谋发展。

经济领域高端大型会议"抢滩"泉城，越来越多优秀企业、精英人才把目光投向济南，本身就意味着更多机遇。

2021年，第四届中国企业论坛现场集中签约了56个项目，合同金额达1740.7亿元。其中，涉及新一代信息技术、高端装备制造等"十强"产业项目42个，占比75%；涉及中央企业项目33个，占比58.93%，合同金额1317.11亿元，占比75.67%。

经了解，即将举行的第五届中国企业论坛，论坛主题为"中国企业新时代新跨越"。除了延续上届论坛形式，设置1场主题论坛、5场平行论坛，还将举办报告发布会、中外企业家对话会、科学家讲坛、闭门会等活动。

其中，平行论坛分别从世界一流企业、科技创新、国企改革、社会责任

第五届中国企业论坛现场

（ESG）、工业互联网等 5 个方面设置；中外企业家对话活动邀请世界经济论坛及世界 500 强嘉宾和外资企业家线上参与，中外企业家围绕"百年变局下如何提升企业竞争力和韧性"主题同台对话。

有人说，城市是企业生存发展的载体，同时，城市的繁荣离不开企业的良好发展。也有人把城市与企业的关系作出"树与根""水与源"的比喻，笔者以为是比较贴切的。

树大必须根深，根深则枝繁叶茂。

2022 年 7 月 31 日，2022 中国算力大会"中国算谷"分论坛在济南举行，主题为"中国算谷——引领全球算力产业新高地、数据汇聚共享新典范、未来智慧产业新航标"，旨在抓住数字经济发展机遇，加快"中国算谷"建设，推动济南乃至山东数字经济高质量发展。

活动现场，济南市人民政府与中国联合网络通信有限公司山东省分公司，中国移动通信集团山东有限公司，中国电信集团有限公司山东分公司签署战略合作协议，与浪潮集团签署济南政务云计算中心合作共建协议。同时，一批"中国算谷"重点项目也进行了现场签约。

源远者流长。

高端大型会议"抢滩"济南，是这座城市与更多企业互相吸引的契机，更是彼此不容错过的携手共赢的良机。

（神行太保 / 文，2022 年 11 月）

读懂这四个词，就读懂了"济南十年"

• • •

对于拥有 2700 年建城史的济南来说，十年只是短短一瞬，但就是在这短短"一瞬"，这座城市发生了翻天覆地、有目共睹的变化。

变从何来？不同的人有不同的答案。

9 月 27 日下午，济南举行了一场"特殊"的发布会，市委书记、市长亲自担纲"发言人"，介绍十年间济南经济社会发展所取得的成效，并回答记者提问，为上述问题给出了"官方答案"。

十年"六变"

发布会上，山东省委常委、济南市委书记刘强说，十八大以来的十年，是党和国家事业取得历史性成就、发生历史性变革的十年，也是济南发展进程中极不平凡、具有里程碑意义的十年。

对于十年来济南的变化，刘强如是总结——

这是高质量发展积厚成势的十年，

这是改革开放持续深化的十年，

这是民生福祉大幅增进的十年，

这是文化建设繁荣发展的十年，

这是治理效能显著提升的十年，

这是全面从严治党纵深推进的十年。

这是对过去十年济南经济社会高质量发展最精准、最凝练的概括。

在发布辞中，刘强还列举了一组组直观而具有说服力的数字：

202□年全市完成地区生产总值 11432.2 亿元，自 2017 年以来连续 5 年跨越 5 个千亿大关；高新技术企业数量达 4397 家，比 2012 年增长了 10 倍多；数字经济规模超过 5000 亿元，在 2022 数字经济城市排行中居全国第 6 位；1006 个贫困村、21.13 万建档立卡贫困群众实现稳定脱贫，33.9 万黄河滩区居民圆了安居梦；PM2.5 浓度下降 61.2%，优良天数占比增加 106%……

通过这些数字，一个崭新的济南呈现在了人们眼前。

除了这些数字，这场发布会内容还有很多、信息量非常大，为了方便大家读懂，北纬君总结了几个关键词——更强、更大、更美、更暖。

更强，意味着更雄厚的实力、更高的能级和更大的辐射力。

更大，意味着更强的承载力、更广阔的发展空间与格局。

更美，意味着天更蓝、水更清、空气更加纯净，以及城市更有品质。

更暖，意味着城市更加文明，市民的获得感、幸福感、安全感更加充实，更有保障，更可持续。

济南，更强了

2020 年，济南成功迈入"万亿俱乐部"，一个经济实力更强的城市展现在人们面前。2021 年，济南继续强势进阶，全市完成地区生产总值 11432.2 亿元。

实际上，在过去十年间，济南一直在持续变强。自 2017 年以来，GDP 已连续 5 年跨越 5 个千亿台阶。

值得注意的是，济南的强并不是"虚胖"，而是从经济规模到发展效能的全面增强。

正如刘强所说，"这是高质量发展积厚成势的十年。我们完整、准确、全面贯彻新发展理念，加快推进新旧动能转换，奋力推动济南发展由'量的积累'向'质的跃升'转变"。

创新的支撑——研究与试验发展（R&D）经费投入十年增长近3倍，发明专利授权量年均增速达16.2%；全市高新技术企业数量达4397家，比2012年增长了10倍多。一批大科学装置加快建设。全市人才资源总量超过255万，比"十二五"末增长105万。

数字的赋能——全市数字经济规模超过5000亿元，占GDP比重达到45%；数字经济核心产业增加值占GDP比重达16%，是全国平均水平的两倍多，软件业务收入从2012年的1042亿元增长到2021年的3803亿元，在2022数字经济城市排行中居全国第6位。

乡村的丰收——粮食生产实现"十八连丰"，12个特色农产品产业集群年产值超过200亿元，种业及衍生产业集群年产值近百亿元。农村居民恩格尔系数由2012年的35.6%下降到2021年的30.5%。

此外，也是很关键的一点，工业"脊梁"全面挺起——十年来，全市规模以上工业企业数量由1417家增长到2548家，工业大类产品由142种增加到近300种，工业营业收入由5032亿元增长到8336亿元，正向万亿目标坚定迈进。大数据与新一代信息技术、智能制造与高端装备、精品钢与先进材料、生物医药与大健康四大主导产业规模总量突破1.3万亿元，成为省会高质量发展硬核支撑。

济南市委副书记、市长于海田在答记者问时这样描述济南工业的未来：

坚持工业强市战略不动摇，深入开展产业基础再造、卓越产业链打造、传统产业升级、未来产业培育、自主品牌建设五大行动，推动四大主导产业集聚发展、特色优势产业创新发展，到2026年工业增加值占地区生产总值比重达到30%，不断提升省会产业综合实力和核心竞争力。

济南，更大了

在谈到济南的变化时，不少人对北纬君说，最直观的变化就是济南变得更大了。至于原因，其一，莱芜区划调整，划入济南；其二，济南城市发展跨过了黄河，进一步拉开了城市框架。

北纬君觉得，这是很重要的两个原因，但并不是全部。**过去十年，济南确实变大了，但变大的不只是城市范围与体量，更是大格局、大视野、大胸襟。**

大格局。黄河重大国家战略第一次将济南放在国家战略发展大局、生态文明建设全局、区域协调发展布局上来谋划，使济南的战略地位得到凸显、战略空间得到拓展、战略潜能得到释放。特别是新旧动能起步区的获批，进一步拉开了济南的发展空间，提升了城市综合承载能力，也为济南服务和融入新发展格局提供了新的战略支点。

针对起步区未来发展，刘强在发布会上透露，目前起步区已经基本编制完成"1+4+16+N"规划体系，产业导入、城市建设等重点工作正在逐步展开。

大视野。济南聚焦系统集成、协同高效，加快制度创新、流程再造，全力打造黄河流域对外开放门户。十年来，全市进出口总额保持了年均11.5%的增速，实际利用外资年均增长7.1%，81家世界500强企业落户济南。

大胸襟。以更大力度推进营商环境持续优化，在国家发改委营商环境评价中位列全国第9。以更大力度推进全国首个科创金融改革试验区建设，在副省级以上城市中率先全面放开落户限制，国资国企、开发区体制机制改革方面也取得明显成效。

渊深有鱼，林深有材。目前，全市市场主体总量超过148万户，比2012年翻了两番多。

此外，在这场发布会上，北纬君还注意到了两个数据。**过去十年间，济南年均净增户籍人口约10万人，实有人口突破1000万。**

人口是第一生产力。人口突破千万，不仅印证着这座城市体量的增大、

黄河之水天上来 / 燕瑞国

吸引力的增强，同时也意味着在未来发展中拥有了更加强劲的竞争力。

济南，更美了

四面荷花三面柳，一城山色半城湖。从古至今，得益于独特的山泉湖河城浑然一体的城市风貌，济南都是一个美丽的城市。

近年来，更多人体会到了济南的美。

美在颜值。天更蓝，十年来PM2.5浓度下降61.2%，优良天数占比增加106%；水更清，重点泉群连续19年保持喷涌，在全省率先消除劣五类水体，国省市控断面、饮用水水源地水质达标率和国控断面优良率实现5个100%；城更美，大力推进"千园之城"建设，全市500平方米以上的公园2021年达到1086个，2022年年底将达到1153个，有168座青山变景入城，

"推窗见绿、出门入园"成为市民生活新常态。

刘强在发布会上深有感触地说，我是一个新山东人，也是一个新济南人，在济南工作生活了四年多，对济南"青山就是美丽、蓝天也是幸福"感同身受，对济南"山泉湖河城"浑然一体独特魅力的认识也在不断深化。

美在品质。近年来，济南城市软实力不断增强，城市品质也在不断提升，在全国文明城市年度测评中，济南已连续四年位列省会、副省级城市组别第一名。

累计建成基层综合性文化服务中心 5300 余处，"书香泉城"全民阅读节等品牌活动惠及千万市民，"泉·城文化景观"被列入中国世界文化遗产预备名单，城子崖遗址入选全国"百年百大考古发现"、中国非遗博览会永久落户济南、入选东亚文化之都……

一张张金字招牌、一项项闪亮成就，成为济南城市品质之美的鲜明注脚。

济南，更暖了

一直以来，济南都是一座温暖的城市。在经济社会高质量发展的同时，不断擦亮民生底色。

"这是民生福祉大幅增进的十年。我们深入践行以人民为中心的发展思想，把保障和改善民生作为一切工作的出发点和落脚点，2021 年民生支出比重达到 79.8%，比 2012 年提高 22.2 个百分点。"刘强在发布会上说。

不管城市如何发展，说到底，最终目的都是为了城市中每个人的获得感、幸福感与安全感。

生活在济南，有获得感。十年来，济南累计新增城镇就业 181.8 万人。2021 年，城乡居民人均可支配收入分别达到 5.74 万元和 2.26 万元，分别是 2012 年的 1.76 倍、2.15 倍。1006 个贫困村、21.13 万建档立卡贫困群众实现稳定脱贫，33.9 万黄河滩区居民圆了安居梦。

用于海田在发布会上的话说，"群众的腰包越来越鼓""群众生活越来越有奔头"。

生活在济南，有幸福感。发布会给出了一组数据：十年来，民生和社会重点事业支出从 331.4 亿元增加到 1032.4 亿元，年均增长 13.5%。

这些数据标记出了济南人幸福的高度——学有优教、病有良医、老有颐养、住有宜居、弱有众扶。

生活在济南，有安全感。十年来，平安济南建设不断深化。城市安全运行态势稳定向好，扫黑除恶专项斗争成果持续巩固，济南成为全国唯一连续 11 年命案全破的省会城市，在全国公共安全满意度测评中，济南连续 5 年位列前十，获评"全国最安全城市"。

更强、更大、更美、更暖，这些变化和成就不仅是读懂济南这场"特殊"发布会的关键词，也是读懂济南过去十年间每一个脚步、每一点进步的索引。

这些变化和成就，不仅遍布城市大街小巷，同样遍及你我身边，可见、可感、可得。

十年，每一个你我都收获了进步、收获了美好，每一个精彩的人生故事汇聚起来，就是我们的济南。

非凡十年，济南蝶变。新的时间已开启，一起加油！

（高家涛 / 文，2022 年 9 月）

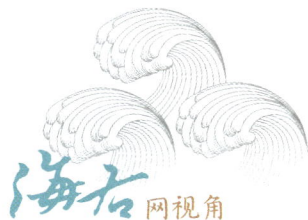

济南市委书记为何强调要用老百姓的语言和形式

• • •

一

最近，山东省委常委、济南市委书记刘强调研了宣传思想文化工作。

这也应该是他到济南任职以来，首次对这些领域进行调研。

其间，他有些提法，值得细读。

其一，要创新方式方法，用老百姓喜闻乐见的语言和形式做好新闻宣传、理论宣传等工作；其二，要不断巩固壮大强省会建设主流舆论，让"正能量"成为"大流量"。

既讲方法论，又重实际效果。

非常务实。

二

刘强提出，一定要用老百姓喜闻乐见的语言和形式。这是对传播规律的

济南曲水亭街

尊重。

无论是写文章，还是做视频，最重要的一点是什么？不是写作水平、剪辑水平，最重要的，是有没有对象感！

要时刻记得提醒自己，你的话是想说给谁听？文章想要写给谁看？

很多人恰恰忘记了这一点。常常是自己说话自己听，没有任何效果。

济南市委书记提到"老百姓"，这就是具有明确的对象感。

政策要让老百姓知晓，要获得老百姓支持，就得让老百姓听得懂、看得懂。

强省会建设，是济南最重要的任务。劲要往一处使，心要往一处聚。要让强省会建设的心气更盛，干劲更足！

三

山东 2022 年的变化挺大的。

尤其是开年大会上提出十大创新，其中之一就是文化宣传的创新。

如果留意舆论，也能注意到，山东一些地市也愿意表达了。

这就对了。

山东省委书记李干杰说得好：宣传也是生产力，正能量要有大流量。既要会说、更要说好，把好声音、正能量传播出去。

以前呢，有些地市，一年到头不见什么动静。一旦在外地媒体上见到名字，就是出负面舆情了。到了那个时候，倒是真着急，但也晚了。

四

还是多看看历史。

开国领袖在传播上就是一位大师。

举个例子。

他曾下过一道命令，要求各地都要办《时事简报》，调动群众的斗志。下面，就看看他在战争年代，是如何手把手地教部下做好传播的。

其一，地方的《时事简报》要完全用本地的土话。从别处报纸抄下来的那些文字不通俗的新闻，要把原文完全改变。

其二，字数每条不得超过 40 字，每期不得超过 400 字。

其三，《时事简报》的新闻，特别是本地的和近地的新闻，一定是要与群众生活紧密地关联着的。凡属不关紧急的事不登载。

在过去那个年代，《时事简报》就属于新媒体了。即使放在今天看，也是做好新媒体的指南。如果用心揣摩，必有收获！

五

济南市委书记刘强的话，既是要求，更是鼓劲。

让"正能量"成为"大流量"，让济南由强到更强！

（朱之 / 文，2022 年 8 月）

济南：擦亮理论宣传"金招牌"

• • •

　　"日日扁舟藕花里，有心长作济南人。"漫步在泉城大街小巷，放眼望去，绿树葱茏、繁花似锦，管理有序、守望相亲，处处散发着独特的城市魅力……近年来，济南市立足自身特点和优势，厚积薄发，充分发挥"理响泉城"宣传平台作用，聚焦理论宣传矩阵建设，积极推动"理论学习、理论研究、理论宣讲、理论转化"四步措施齐发力，擦亮泉城理论宣传"金招牌"。

理论学习
——扎实实践读懂"大道理"

　　理论创新每推进一步，理论武装就跟进一步。习近平总书记明确提出"中华民族要实现伟大复兴，也同样一刻不能没有理论思维"。理论学习的根本目的就是为了指导实践，没有正确理论指导，实践就是没有目标的盲目"探索"，理论学习至关重要且刻不容缓。近年来，全市紧跟中央精神和实践发展，深入学、持久学、刻苦学，带着问题学、联系实际学，兴起学习宣传贯彻热潮：泉城青年学子在常学常新中加强理论修养，在真学真信中坚定理想信念；广大党员干部在学习理论上有了更强自觉，在学懂弄通做实上有了更高要求……全市以上率下，蔚然成风，在学深悟透、融会贯通上持续发力，在工作实践中深悟理论、实践理论。

明者因时而变，知者随事而制。理论不是永恒的，并非亘古不变。因此，必须紧跟时代发展步伐，及时跟进学习；同时，抱有终身学习的精神状态，让理论始终为实践发展"保驾护航"。一是突出"关键少数"，党委（党组）理论学习中心组坚持学在前、走在前，带头学懂弄通做实党的创新理论，认真落实习近平总书记提出的"理论学习有收获""提高运用党的创新理论指导实践、推动工作的能力"要求。二是带动"绝大多数"，"社科普及周""社科专家基层行""理响大篷车"等理论宣传创新品牌，聚焦济南发展，力争把济南的故事讲活、把济南的声音放大，凝聚强大向心力，全面提升城市软实力。

<h1 style="text-align:center">理论研究</h1>
<h2 style="text-align:center">——脚踏实地做好大学问</h2>

抓好理论武装，既要不断加强学习，也要持续提升研究阐释能力。全市在新形势下积极应变，通过持续深入的思想理论研究阐释，在真理和大众之间架起一座有效沟通的桥梁。

实践出真知，实践长真才。深入一线，用眼睛察、用耳朵听、用嘴巴问、用脚步量、用心去交流，将理论与实践紧密结合，让理论研究落地落实。大街小巷、邻里集市就是泉城把握"下情"的"秘密武器"。社区里的绿茵长廊、村口的桥墩石凳，都是获取民情的好去处，从群众"急难愁盼"的"芝麻小事"到泉城的规划布局……从林林总总的问题中找到理论研究的方向和重点，这是济南市理论研究成效斐然的原因之所在。

找到"要害""关键"后，智力资源就要大显身手。近年来，市社科联有效吸纳来自山东大学、省委党校等高校和研究机构的专家学者，构成阵容

心怀"国之大者"
勇于担当作为

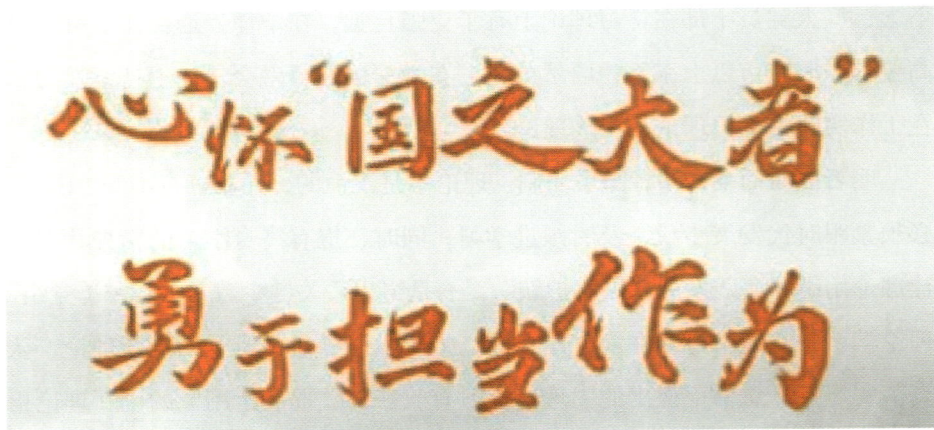

空前强大的"思想库和智囊团"。社科专家们胸怀"国之大者"，紧跟国家战略和学术前沿，着眼于新时代社会主义现代化强省会建设全局，紧贴市委、市政府决策需求，聚焦群众"急难愁盼"的民生事，提供决策参考、理论支撑和行动指南，真正做到理论来源于实践，服务于实践，把论文写在泉城大地上，把学问做到群众心坎里，创造经得起实践、人民和历史检验的研究成果，打造出理论研究的"泉城品牌"，让扎根实践之中的理论绽放出新活力，实现实践常新、理论长青。

理论宣讲
——弘扬正能量引领大流量

"不像一座城，而像一个亲切友好的主人。"这是一名泉城人的真情流露。在泉城，处处闪耀着人性的光辉、处处显露着诚信友善，生活在这座城里，幸福感仿佛泉水一般，潺潺地涌上心头。如此般正能量"爆棚"的泉城离不开理论宣讲的高度、广度和温度。

突出重点，提升理论宣讲政治高度。无论何时何地，济南市始终将正确的舆论导向作为理论宣讲的首要工作，紧紧团结在党的理论旗帜之下，确保方向不偏、阵地不失。通过摆事实、讲道理、列楷模等方式，把透彻的理论讲透彻，把鲜活的理论讲鲜活，凝聚党心民心，让习近平新时代中国特色社会主义思想这一当代马克思主义、"行动指南"为广大群众所掌握，让党的创新理论日益深入人心，凝聚起全市人民团结奋进的强大精神力量。

责任到位，提升理论宣讲覆盖广度。习近平总书记指出："读者在哪里，受众在哪里，宣传报道的触角就要伸向哪里，宣传思想工作的着力点和落脚点就要放在哪里。"以微言大义为主旨，于细微之处见功夫，如何将理论宣讲拓广、落实？济南做到了。无论是"理响泉城""社科理论青春行""桥言新语"等具有鲜明特色的宣讲品牌，还是一名名精神饱满的百姓宣讲员奔走在"百姓屋檐下"传递新思想，都让人耳目一新。对于生动鲜活的案例、朴实灵动的语言和幽默热烈的互动，群众无不感慨万千："这样的宣讲把大道理讲成大白话，易懂好记长知识。"覆盖全市的理论宣讲品牌，组成了理论宣讲"活地图"，一次次将党的创新理论进行阐释和传播，让党的创新理论"飞入寻常百姓家"。

做好融入，提升理论宣讲真情温度。始终把群众作为理论宣讲的"主力军""生力军"，广邀优秀青年、英模人物、驻村干部等组建理论宣讲团，让群众唱主角，真情实意讲故事，党员干部更加坚定"习近平新时代中国特色社会主义思想是实现中华民族伟大复兴的行动指南"，饱经风霜的老人感慨"这个理论是为人民服务的"，青春学子热议"马克思主义也可以这么'潮'"……以共情生共鸣，变无感为同感，让宣讲"沾泥土""带露珠"，既"接地气"又冒"冒热气"。

理论转化
——用好新平台实现大效果

空谈误国，实干兴邦。把理论转化为可操作的举措，实现理论和实践的有机结合是难点、重点。随着新媒体平台的崛起、理论宣传方式方法的创新，给了济南理论宣传"破局"的灵感和探索。

实现党的创新理论与新媒体的融合。微博、微信公众号、抖音、爱济南、新黄河……新媒体平台的运用早已炉火纯青。无论是情景剧、纪录片还是抒情散文，不同受众群体都可以根据自己的喜好自主选择理论学习方式，既满足了干部群众自主化、差异化的学习需要，又能进一步扩大成果宣传，更好地讲好泉城故事，讲透泉城理论。理响泉城宣传矩阵已初露锋芒、聚力成型。

实现党的创新理论与文艺融合。创新开展"理论＋文艺"的宣讲方式，让理论融入文艺表演之中，切实加快理论从"入眼入耳"到"入脑入心"的根本改变，进一步增强理论对群众的吸引力和感染力。广泛征集民间故事和群众想法，汇聚群众智慧，将名人名事、村风民俗、先锋事迹与理论相结合，创造出反映社会主义核心价值观和提升软实力的泉城"情景剧""微故事"，以《三泉溪暖》为代表的作品，小型多样、喜闻乐见，让群众坐得住、听得懂、参与多，真正打通政策解读、服务群众的"最后一公里"。

守正不渝、创新不止。我们要深入学习贯彻习近平新时代中国特色社会主义思想，促进理论学习、理论研究、理论宣讲、理论转化四步工作措施有机结合，实现有机统一，让理论宣传工作更有声有色，有气势，有魅力，有张力，有活力，加快开创全市宣传思想工作改革创新新局面，以优异成绩迎接党的二十大胜利召开！

（明湖小鱼儿／文，2022 年 9 月）

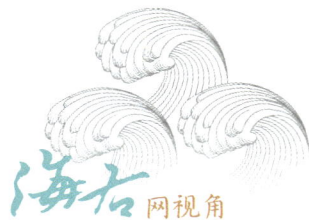

"四冠"济南的"新打法"

● ● ●

前不久，济南接连因为两个全国排名火爆出圈。

一个是《中国城市政商关系评价报告2021》公布，济南政商关系健康指数位列全国第九；一个是华顿经济研究院发布的"2022年中国百强城市排行榜"，济南软经济指标位列全国第九。

两个全国"第九"，济南实至名归。这两个榜单中，被济南成功超越的城市不乏实力强劲的头部城市，比如软经济排行榜中的深圳、天津、苏州、郑州、西安等城市。

济南凭什么行？

这样的成绩绝非偶然。全国文明城市年度测评"四连冠"、政务环境排名全国第五、"东亚文化之都"、"中国十大美好生活城市"、全国最安全城市……近年来，济南取得了一系列骄人成绩，这背后是这座沿海经济文化大省省会城市的强势崛起。

"四冠"济南，并不满足。这座城市自我加压，主动调高难度系数，提出要"高水平建成全国文明典范城市"。围绕这一目标，济南正在探索独一无二的新打法——以城市软实力提升赋能文明创建。

全国"四连冠"，济南不满足

全国文明城市年度测评"四连冠"，这样的成绩全国鲜有，济南做到了。

创建之初，有人曾揭济南"老底儿"：济南温吞迟钝。但事实证明，不认输的济南人干起事来很认真，认准了的事就会干到底，追寻"全国文明城市"这块金字招牌数十年如一日，不达目的不罢休。在达成一个又一个文明进阶里程碑后，济南提出更高目标——"提升城市软实力　创建文明典范城"。

何为典范城市？ 2021 年，中宣部、中央文明办决定，在 2021 年至 2023 年第七届全国文明城市评选周期中，选取部分有较强示范引领作用的全国文明城市，先行开展全国文明典范城市创建试点工作。可见，全国文明典范城市是全国文明城市的"升级版"，创建标准更高、难度更大、竞争更激烈。

济南市委、市政府召开的"提升城市软实力　创建文明典范城"动员大会明确指出，全国文明典范城市是更高层次、更具示范引领作用的文明城市，是一个城市综合实力、治理能力、形象魅力、发展活力的集中展现。

如何创建？济南提出，要清醒认识面临的压力和挑战，以归零心态、攻坚姿态、决战状态，抓实抓细各项工作，确保取得优异成绩。**一切从零开始，以跳起来摘桃子的姿态，向更高目标努力，这是济南给出的答案。**

而且，**济南有着明确的时间轴和路线图，环环相扣、一以贯之。**2022 年 4 月，济南市第十二次党代会提出 10 个方面的重点任务，其中明确提出"高水平建成全国文明典范城市"，并确定了"推动文化繁荣兴盛，全面提升城市软实力"的重点任务。

与此呼应，济南敲定了符合自身实际的任务书，印发出台了《"提升城市软实力　创建文明典范城"2022 年"十大攻坚行动"实施方案》，精准提出了 10 项主攻的重点任务，涉及市容市貌净化美化绿化、交通秩序整治、道路设施提升、老旧小区背街小巷集中整治、窗口行业服务提升、社区小区服务提升、乡村环境综合整治、乱贴乱画清理整治、重点区域及周边综合整治、不文明行为集中整治等方面。

"高水平"的定位，彰显了这座城市持续进阶的雄心壮志。济南此举目的很明确，就是要打通城市管理堵点和痛点，提升城市文明程度、治理水平、功能品质，增强市民获得感、幸福感、安全感，为创建全国文明典范城市蹚出一条路来。

瞄准软实力，"典范济南"的突破

争创典范城市的城市还有不少，但济南的打法让人耳目一新。

济南把"高水平"创建典范城市的突破口，放在了软实力提升上。在2022年4月举行的济南市第十二次党代会上，山东省委常委、济南市委书记刘强在报告中提出：推动文化繁荣兴盛，全面提升城市软实力。硬实力让城市强大，软实力让城市伟大，城市既要有筋骨肉，又要有精气神，居民既要富口袋，又要富脑袋。

城市软实力是指城市的传统文化与现代文明、价值认同与品质认可、内在凝聚与对外影响、政府服务与社会治理等多种非物质元素聚合显示出来的软力量。软实力的提升，有赖于硬实力的托底支撑，又成为城市经济社会持续健康、跨越式发展的有力助推，为城市内涵累积了厚度。

或许是灵动的泉水赋予了济南人敢领风气之先的创新基因，济南在典范城市创建中并不拘泥于传统路径，探索出了"文明城＋软实力＝典范城"的创新打法。当然，新打法是基于济南实际而提出的。

论综合实力，近年来济南城市经济社会发展的成绩格外亮眼，尤其在GDP跨越万亿级目标后，主要经济指标均跑在全省前列。比如，工业经济规模总量实现"三年一大步"历史性跨越，数字经济核心产业发展水平全省第一，综合科技创新指数全省第一。

论文明内涵，拥有4000年文明史、2700年建城史的深厚文化底蕴自不必多说，就拿当下来说，文明典范创建已经融入市民的点滴生活中。比如，全市 5600 余个文明实践阵地亮出"百姓之家·有难我帮"服务承诺，每年开展志愿服务活动 20 万场次、服务群众 1000 余万人次；黄河文化、齐鲁文化、"二安"文化、泉水文化得到创新传承发展；"爱涌泉城"等众多公益品牌深入人心，推动形成"一城大爱暖泉城"的浓厚氛围。文明济南，不仅成为城市共识，更成为自觉行动。

论人心向背，随着城市生态环境、功能品质的优化升级，社会保障、服务体系的加快完善，济南市民群众的获得感、归属感、自豪感不断增强，济南成为"近悦远来"的创新创业沃土。

梳理 2022 年上半年，"软实力""典范城市"无疑是济南发展的关键词。山东省委常委、济南市委书记刘强召开现场调度会推进全国文明典范城市创建工作时，动员全市上下进一步行动起来，以攻坚作战的精神状态、雷厉风行的工作作风、扎实有力的工作措施，全面推进文明典范城市创建工作。济南市委副书记、市长于海田在督导创建工作时强调，要践行以人民为中心的发展思想，切实把各项创建工作任务落实落细，不断完善城市功能、提升城市品质，持续增强人民群众的获得感、幸福感、安全感。

前不久，济南在新一轮疫情防控工作中的表现圈粉无数，究其原因，不仅包括速战速决的社会面动态清零的优秀战绩，还有迅速反应、利用文化优势，创新"研发"出由扁鹊、辛弃疾、秦琼、李清照等济南名人组成的"抗疫天团"核酸检测贴纸，等等。传统文化焕发新活力，这就是软实力的彰显。

如今，提升城市软实力已经成为这座城市的共识，以此为抓手，济南正自信满满地奔向全国文明典范城市。

五步走，济南的软实力提升之路

有想法，还得有办法。

在这条并无太多先例可循的道路上，济南给出自己的答案——通过五步走，实现软实力跃升。

在软实力1.0层面，致力用好天赋禀赋，深入挖掘雄厚资源，充分发挥十大优势，做到"物尽其妙"，推动形成广泛的城市认同、文化认同、方向认同；

在软实力2.0层面，做好提炼、创新、塑造文章，以创新为轴、以文化为要，塑强"文以载道"之风，让"十大之城"形象深入人心；

在软实力3.0层面，将软实力融入各个系统、各个环节、各项工作，实现"软包硬、软浸硬"，做到同频共振、同步推进，力促"以文兴城"；

在软实力4.0层面，着重做好"建章立制"的文章，力促软实力转变转化，推动软实力建设的方方面面都形成一套系统、一众品牌、一批亮点、一打制度，让软实力成为硬支撑；

在软实力5.0层面，实现归零归真，让软实力如水利万物，润物无声地影响城市的每一个人、每一项事业，让软实力和城市彼此赋能、相融伴生，抵达"到处都是软实力、人人都是软实力、事事彰显软实力、济南就是软实

济南CBD鸟瞰图

力"的至臻之境。

在创新求变、务实发展中实现软实力赋能，"较真儿"的济南又一次发起新挑战。如今，在疫情防控、经济运行、双招双引、科技创新、城市更新、园区项目、营商环境、人居环境、安全生产、党的建设等各项工作中，济南的软实力优势逐渐得到深度释放，正不断以"量变"赢取"质变"，塑强城市高质量发展的长久优势。

进入 2022 年，如何继续从容应对疫情和世界经济低迷的双重考验、牢牢把握主动权，快速走出符合自身实际的高质量发展之路？梳理济南当下的发展路径就会有这样的感受：不惧困难与挑战，始终主动对标国际一流、国内先进，济南主动应变，创新开展了多领域、多层次的探索实践。比如，获批成为全国首个科创金融改革试验区，重点在建立健全科创金融组织体系、深化科创金融产品和服务创新、拓宽科技创新型企业资本市场融资渠道等 7 个方面先行先试；在济南新旧动能转换起步区启动实施"综合改革试点"，集成复制上海浦东社会主义现代化建设引领区、深圳中国特色社会主义先行示范区等改革创新举措，为全国新区制度建设作出示范；在山东自贸试验区济南片区扎实推进制度创新，累计推出 460 项改革创新举措，形成 130 多个创新案例和成果……**城市驾驭能力和治理水平的提升，正是软实力赋能的成果彰显。**

软实力强大的城市，一定是一座有吸引力的城市。6 月 29 日下午，济南市接连召开两个重量级会议——市委人才工作会议和全市双招双引工作会议，"人才"成为下一步工作推进的焦点之一。再往前推，6 月 17 日晚上，济南以城市之名举行了最高规格的"青春新济南 共赢新发展"2022 届济南大学生毕业典礼活动，诚邀大学生们选择济南、共创未来。"一起成长、一起奋斗、一起共享未来"，显示了济南招贤纳士共赢未来的雄心。如今，济南人才济济，干事创业氛围浓厚，近 3 年来有 61 万名毕业生在济南就业或落户，济南跻身全国最具人才吸引力城市 100 强第八、全省第一，目前全市人才资源总量达到 249 万人。

开放包容，是软实力的题中应有之义。2022年以来，济南的对外开放工作走出了一条"箭头向上"的轨迹线——1~6月，济南市进出口总值1087.3亿元，比去年同期增长28.8%，进出口、出口、进口增速均高于全国、全省平均水平。

梳理济南的新打法，可以看到以下几个特点：

济南的新打法坚持人民至上，共建共享共治，不断增强人民群众的幸福感、获得感、安全感。城，所以盛民也。**把人民至上作为创建之本，以人民群众的"点赞量"衡量文明城市建设的"含金量"，把提升软实力、创建典范城的"大目标"逐一落实到人民群众的切身利益中。**为此，济南提出要积极创建国际消费中心城市，打造独一无二的世界泉水公园城市，建设30处市民泉水直饮工程，建设改造一刻钟便民生活圈18个，等等。

济南的新打法坚持整体谋划，市委、市政府高度重视率先将争创全国文明典范城市列入"十四五"规划的发展目标，在省会副省级全国文明城市中第一个制定发布典范城市创建规划。在创建过程中，还将责任落实"一竿子"到底，逐级压实责任，市、区县、街镇、村居四级联动，各级党委、政府班子成员深入一线抓创建，党员干部扎根基层、狠抓落实、下足绣花针功夫，1000万泉城市民踊跃参与、主动融入，推动创建任务有效落实。

济南的新打法坚持系统治理，巩固完善"精细化、网格化、智慧化、法治化"的文明城市治理模式，通过构建系统完备、科学规范、运行有效的制度体系，常态长效成为创建之重。前不久，济南还创新推出了"创嘟嘟"文明创建监督平台，市民群众只要登录这个小程序，把看到的问题拍一拍、填一填，就能为济南创城作贡献。如此"绣花针"式的创建工作还有很多，极大调动了一城市民众志成城的积极性。

济南的新打法坚持问题导向，各级各部门紧盯薄弱环节，加大整治力度，持续解决城市顽疾、补齐治理短板。以解决市民"急难愁盼"为着力点，更好满足群众对美好生活的向往，让群众生活更殷实、社会事业更普惠、生命财产更安全。

济南的新打法坚持"以文兴城"，数千年的文化家底早已渗透到城市发展的方方面面，如今，济南充分挖掘文化潜力，将千年文化瑰宝"串珠成链"实现"跨界融合"。文化赋能被广泛应用到旅游、商业、人居环境、城市建设等诸多领域，天下泉城早已不仅仅是一方宜居宜业胜地，更是一座处处充满机遇的现代化新城。

……

我们常说，发展的关键就是找对一条路。济南在实现全国文明城市年度测评"四连冠"的过程中，积累了许多独到的经验方法。**中央文明办曾明确指出，济南的创建经验立得住、行得通，可复制、可推广，各城市要向济南看齐。**

被别人"看齐"，必须当好榜样。站在新起点，济南拾级而上，正在探索创建文明典范城市的"新打法"。这座城市以创建全国文明典范城市为统领，正在建设"十大之城"——信仰坚定的红色之城、底蕴深厚的文化之城、闻名中外的天下泉城、美美与共的温暖之城、品牌荟萃的魅力之城、创新创意的活力之城、功能完善的品质之城、融通内外的开放之城、高效和谐的善治之城、生活美好的幸福之城……

"四冠"济南，能否在典范城市创建的道路上交出"样板级"的答卷，我们拭目以待！

（泉言/文，2022年7月）

枚枚小贴纸　凸显软实力

● ● ●

　　暮春新夏，面对汹汹一波疫情，我们这座城市上上下下深刻、完整、全面贯彻落实党中央确定的疫情防控方针政策，并以特有的智慧和文化底蕴，用小小十数枚核酸检测贴纸，让广大济南市民在抗击新冠肺炎疫情的战役中，增添了一份温暖的慰藉和必胜的自信，从而体现出"同舟共济、守望相助"的抗疫精神和家国情怀，**展现了文化软实力的"济南力量"**。

　　这几组以"济南名士"为题材的文创动漫贴纸，因其创意之妙，选材之巧，**构思之精**，一经推出便迅速走红、上了热搜。这是因为，扁鹊、秦琼、辛弃疾、李清照等历史人物，都是生于斯的本土大名士，他们的事迹大家平时也都了解，与广大市民有着一种天然的贴近感。

　　而且，从民俗文化的角度上讲，这几位著名历史人物的职业或姓名都有暗喻"击退疫病"的含义：医圣扁鹊，自不待言；唐朝开国大将秦琼千年来就作为中国家庭"守护神"而被人们所熟知；两位词坛巨星中，抗金英雄辛弃疾的姓名本身就与"欣然弃疫"暗合，女词人李清照自号"易安"则含有"易见平安"之意。

　　在疫情期间，这些平时躺在教科书里的历史名人能迅速成为网红，**这对**

于今后我们深入挖掘历史文化资源，提升城市文化软实力，有着深刻的启示意义。

启示意义之一

济南文化软实力提升的优势在于这座城市拥有深厚的历史文化底蕴。

在济南文化版图上，有黄河文化、龙山文化、红色文化、泉水文化、名士文化、商埠文化、丝绸文化、饮食文化、中药文化、平民文化等等，都占有一席之地。

这些丰富的文化素材，对于济南文化软实力的提升、壮大和发展有着强劲的、可持续的后发优势。**让济南文化软实力"硬"起来**，把文化资源转化为文创优势，济南文化软实力就能在新时期、新发展中"闯"出一条康庄大道，"创"出一个崭新局面。

旭日东升济南东站 / 孙帅

启示意义之二

提升济南文化软实力，要善于讲故事。

讲故事，说的是表达方式和叙事方式要生动活泼，为百姓所喜闻乐见；讲济南故事，是研究济南历史文化的主体和主线，不可偏离；讲好济南故事，需要有专业实力，还要有把故事讲好的本领；**讲好济南故事，就是要讲济南历史文化的主旋律、正能量。讲好那些鲜为人知的济南好故事**，就要善于发现、挖掘新史料、新线索、新元素，深入把握济南文化的内在规律和背后成因。

启示意义之三

让济南文化软实力"硬"起来，首先要突出文化的传承性、时代性、创新性和体验性。

传承性，就是要植根于深厚的历史文化，善于挖掘城市独特的文化品位、艺术韵味和个性魅力，善于汲取城市历史文化传统的神韵。

时代性，就是要体现出新时代、新时期的物质文明、政治文明、精神文明和生态文明建设的要求与成果，为助力经济社会发展提供强有力的精神动力、智力支持。

创新性，就是既要坚持城市特色和本土特色，也要善于以创新视野引进、吸收、消化体现人类智慧的先进文化，进而不断促进城市新文化的升华。

体验性，强调的是，城市文化从本质上说是一种实践文化，必须把文化软实力的提升与发展放到新时代中国特色社会主义建设的大潮中，放到全面坚持"动态清零"抗疫总方针中，通过广大市民的体验和参与形成共识，并将其不断内化为市民的文化品格。

再大的风，也永远吹不落太阳。在这座城市不断前行的路上，济南文化软实力就是那轮吹不落的太阳！

（轩言／文，2022 年 5 月）

济南基层有高人

●　●　●

　　在央视黄金时段热播的电视剧《三泉溪暖》收获了广泛好评。众所周知，这部剧是以济南市章丘区三涧溪村为故事原型创作的，三泉村党支部书记高云溪的人物原型正是三涧溪村党委书记高淑贞。

最近几年，在广袤的农村大地上，有一个词极为响亮，那就是"头雁"。头雁效应指雁群中领头飞的大雁，有担当的勇气和智慧能够划破长空，克服一切困难和阻力，飞行在雁群前头发挥带头作用。其他大雁则服从领导、分工协作、形成合力，大家目标一致地以最优化的飞行方式飞向目的地。

这个形象的词汇可谓是相当准确地形容了基层中那些勇于担当作为的人，高淑贞之于三涧溪正是这样一只"头雁"。不仅是在乡村，在如今的泉城大地上，我们也经常能够发现，一些哪怕身处社会最小单元的人也一直在发光发热，不仅有勇更有谋，既做到了"致广大"，又做到了"尽精微"，迸发出了巨大的能量。

"上面千条线，下面一根针"

1983 年，21 岁的田象霞考入天桥区南村街道六居居委会，这一干就是 39 年。39 年的时间，田象霞亲眼见证了昔日基础设施差、流动人口多的老旧社区，如今已实现了高颜值、新活力的华丽蝶变，成为群众乐居生活的全国文明和谐社区示范社区，社区基础设施等综合环境得到大幅度改善，居民的幸福感、获得感、安全感得到切实提升。

"带着感情去工作，没有捂不热的心。"这是田象霞经常说的一句话。确实，"上面千条线，下面一根针"，基层社区工作烦琐而复杂，没有感情的投入，是很难坚持如此之长的时间的。田象霞的经验就是："社区工作是个细心活儿，要想做社区群众满意的社区书记，必须用心、专心、有爱心。群众在你心中有多重，你在群众心中才能有多重！"

基层工作除了要用心用情，重要的还是要找对方法，但归根到底，所有工作的核心就是"群众"两个字。在长期的基层社区一线服务中，她还总结出了一套独到的"三靠三用四到位"的"象霞社区群众工作方法"，被民政部列为全国推广的 100 个优秀社区群众工作法之一。

在济南，像田象霞这样的"小巷总理"不是昙花一现，而是像那泉水一

样不断涌现。历下区甸柳新村街道第一社区党委书记、居委会主任陈叶翠至今还让人怀念。此外，还有槐荫区中大槐树街道裕园社区的党委书记、居委会主任刘云香……

社区虽小，但责任重大，这些"小巷总理"是让城市保持活力的重要基础。他们在长年累月的基层工作中，确实奉献了太多太多。

最近两年，这些基层工作者又承担起了疫情防控工作的重任。毋庸置疑，在疫情防控期间，基层工作人员承担着外界难以想象的压力，"上面千条线，下面一根针"，在疫情期间更是体现得格外明显。无论是数九严寒，还是蒸笼一般的三伏天，他们都不曾缺席。

笔者接触过几位社区工作者，他们就是普普通通的父母或者子女，他们有抱怨、有愤怒、有牢骚，没事儿也想喝个奶茶……但是一旦回到岗位，他们就一个目标，那就是为民办点实事儿，真是不容易。

"说一千，道一万，增加农民收入是关键"

"说一千，道一万，增加农民收入是关键。"在乡村，增收致富过上好日子是每一位农民朋友的朴素愿望，而拥有一位担当作为的"头雁"就显得尤为重要。

2018 年 5 月 17 日，一个男人站在了中国社科院农村发展研究所会堂的讲台上，成为中国社会科学院建院以来农村党支部书记走上社科院讲台的第一人。

这个人名叫郑传尧。他是土生土长的莱芜区口镇人，1998 年，他舍下让人羡慕的企业负责人工作，毅然决然地回到村里，立志要带着父老乡亲们一起发家致富，一起过上好日子。当时的下水河村是一个"烂摊子"，晴天一身土，雨天一身泥，负债 150 余万元……

据说，从小在下水河村长大的郑传尧，在全村人面前作了掷地有声的表态发言："两年不变样，我自动辞职。"就连郑传尧自己也没想到，这一干就是 20 多年。

2019 年，下水河村集体固定资产达到了 3700 万，整个村子井然有序，"乡村振兴"成为下水河村的真实写照。

近些年来，有一种论调较为广泛地传播，那就是村里走出的年轻人不愿回村了，不能否认的是，这样的现象肯定存在。但我还注意到，在济南，也有许多年轻人回到乡村，担当起了"头雁"的角色。

据媒体报道，在平阴县孝直镇刘家庄村有一位"硕士书记"郭晶，她今年 32 岁，毕业于广西师范大学，现在是刘家庄村的党支部书记。

3 年前，郭晶还是一名大学辅导员，所有人都没有想到，有着研究生学历、硕士学位的她，会放弃让人羡慕的工作，回到生养她的家乡，成为一名乡村振兴工作专员。2020 年，她又通过平阴县基层党组织书记遴选，当上了平阴县孝直镇刘家庄村的党支部书记。仅两年的时间，她就成了村里人人称赞的带头人。

没有青黄不接，有的只是前赴后继，在"乡村振兴"的广阔画卷上，不仅有郑传尧这样的"老书记"，还有郭晶这样的"年轻人"。乡村在传承中发展，在发展中振兴。

"高人"就在身边

所谓基层，有个定义是这样说的：各种组织中最基本的直接联系群众的部分。让社区更加有序，让老百姓兜里有钱，是基层工作的重要组成部分。在我们的日常生活中，我们接触到的基层工作者还远不止这些……

"辫子姐"张书英，也许你不知道这个名字，但只要从舜耕山庄路口走过，就总会遇见她。这位热情、热心的交通志愿者，是一位下岗职工，从2016年济南创建文明城市开始，便主动报名在这个路口担任志愿者疏导交通。"老师儿，请往里边靠靠！""老师儿，请别越线！""红灯了，停下！"……她头扎马尾辫，手里挥着小红旗，嘴里不时吹着小黄哨，标志性的吆喝让人印象深刻。虽然刚开始有人不听指挥，但"辫子姐"发现只要用心就能换来路口的文明。到现在，这个路口的行人车辆互让已成常态，守序过路口已成为习惯。

之前还看过这么一个故事，说的是家住芙蓉街金菊巷6号的张治民，每天早晨5点就把大门打开，晚上10点才关上。因为他的院子里有一眼"无名泉"，许多人慕名而来，为了不让游客失望，他每天准时开门，夏天的晚上关门时间要比冬天更晚一些。每天只要是有游客来到家里，张治民都会不厌其烦地向他们讲泉城泉水的故事，在他看来，传承泉水文化是他守护泉水情怀的一种方式。"可能很多人不愿外人来家里，但我愿意。不能把泉水'关'在自己家里，不然泉水的文化就被'锁'起来了。"张治民说。

前不久，在2022届济南大学生毕业典礼上，山东省委常委、济南市委书记刘强还特别提到了两位年轻人，其中就包括身残志坚的姑娘丁姣。作为"90后"的丁姣，幼时因脊柱血管瘤疾病落下腿部残疾，处于高位截瘫状态，在经历了多次手术和多年艰苦康复训练后，她创造了能够独立行走的"医学奇迹"。济南常态化核酸检测期间，"抗疫天团"秦琼、辛弃疾、扁鹊等动漫形象均出自丁姣之手，可以说她用手中的画笔凝聚起了"战疫"的信心。

　　上面这些具名的基层一线人员，只是沧海一粟，在泉城大地上，还有一个又一个这样的平凡面孔，他们在人群中并不起眼，但是如果把他们聚在一起却又是能量惊人，他们离我们往往不远。他们或是带着群雁飞往理想中的目的地，或是燃烧自己，照亮别人，他们有时被称作"高人"，但底色却又是一个个普通人。也许，这就是他们的"高大"之处吧。那句话怎么说来着？哦，平凡而伟大。

　　你说，城市该怎么建设呢？很简单，基层的"你我他"都是主人翁，也期待"你我他"都能成为人们眼中的"高人"。

（柯普／文，2022 年 7 月）

漫谈济南十大发展变化

• • •

济南的初秋，天高气爽，清凉宜人，是一年中最美的季节。老同学公差远来，偷得半日闲空，相聚大明湖畔，不亦乐乎！

大学毕业一别，至今已有十余年了，老同学早已从青涩少年变成油腻大叔，脸上写满了岁月的故事。觥筹交错中，聊了许多话题，忆起了许多往事，但谈来谈去总离不开这座城市。

他说，济南这几年变化太大了，在原来的印象中，济南一直是座大县城，但现在再看，俨然成为一座大都市了。作为一名济南市民，听到这里，自豪感油然而生，便不自觉地想添油加醋地把济南夸赞一番，可一时又不知从何说起，最后只能是东扯葫芦西扯瓢，胡乱地聊了几句。

那日散去后，一直对当时没有把济南的变化和好处道尽感到遗憾。近年来，济南到底有哪些发展变化，真是值得好好总结一下，既算是给别人一个交代，也算是给自己一个交代。

这几日晚上，静下心来，认真思考了一下，总结了济南"十大发展变化"，并欣然付诸"纸上"。现与大家分享讨论，如能引起读者共情，算是笔者一件幸事。

一是综合实力之变

济南面积超过 1 万平方公里，常住人口超过 1000 万，GDP 达万亿级，成功跻身全国特大城市行列，综合实力稳居全国城市前 20 强。

GDP 是衡量一座城市发展水平的重要指标。2000 年济南市 GDP 为 952 亿，2021 年达到了 11432 亿元，21 年间增长了 12 倍，年均增速达 12.56 亿元，可以说交上了一份不错的成绩单。

特别是近 5 年来，济南 GDP 实现了快速增长，连续跨过 5 个"千亿级"台阶：2017 年，济南 GDP 从 2016 年的"六千亿级"跃升至"七千亿级"；2018 年，济南 GDP 达 7856.56 亿元，在不包括原莱芜市千亿级 GDP 总量的情况下，跃升至省内第二位；2019 年，济南 GDP 冲上"九千亿级"；2020 年，济南首次入列"GDP 万亿级俱乐部"；2021 年，济南 GDP 达 11432.22 亿元，首次实现"千亿级"的 GDP 年增量。经济实力的跃升，充分彰显了这座城市发展的蓬勃活力，充分体现了这座城市的发展潜力。

2021 年，济南 GDP 在全国排名第 18 位。有人说 18 位不算强，距离一线城市还远着呢。其实，18 位的成绩在省会城市中还是不错的。排在济南前面的省会城市有广州、成都、杭州、武汉、南京、长沙、郑州，广州自不必说，成都、杭州、武汉、长沙、郑州一直走的是强省会路线，历来在省内一家独大。只有南京和济南的省会首位度不高。换句话说，**我们发展到现在，"自力更生"功不可没。现在，省市一体推进济南发展，济南必将迎来一个快速发展期**。因此，我们这个排名是实打实干出来的，作为经济大省的省会，后续增长空间很大，完全不用妄自菲薄。

二是发展机遇之变

战略机遇交汇叠加，发展预期向好、发展信心更足，当前的济南正处于

历史上最好的发展时期。

党的十八大以来，我们国家陆续实施了多个区域发展战略，主要有 2010 年 5 月提出的长三角一体化发展战略，2013 年 7 月提出的长江经济带发展战略，2015 年 4 月提出的京津冀协同发展战略，2017 年 1 月提出的粤港澳大湾区战略。期间，还陆续确定了北京、天津、上海、广州、重庆、成都、武汉、郑州、西安 9 座国家中心城市。可惜的是，国家的这些重大战略布局，济南都错过了。

直到 2019 年 9 月，黄河流域生态保护和高质量发展重大国家战略的提出，才彻底改变了这一局面。黄河重大国家战略，明确了济南黄河流域中心城市的地位。这是改革开放以来，国家层面第一次将济南放在国家战略发展大局、生态文明建设全局、区域协调发展布局上来谋划。这意味着济南在国家重大战略和发展布局中的地位更加凸显，意味着济南站上了更高发展平台。

此外，自贸试验区济南片区的加快建设，全国首个科创金融改革试验区落户济南等，都为济南的发展带来了战略红利。随着国家层面一些支持政策

的出台，优质的资源要素逐步向济南集聚，这为济南发展注入了更多强劲动力。

来而不可失者时也，蹈而不可失者机也。城市机遇之变、地位之变，随之带来的是发展预期之变。人们对济南未来的发展的信心更足，更多的优秀企业和人才来到济南创新创业。在这座城市生活，让人更有盼头、更有奔头、更有看头。

三是省会地位之变

得益于省委、省政府旗帜鲜明支持"强省会"建设，济南在全省战略布局中的地位更加凸显，坚定扛起勇当排头兵、引领带动全省发展的重任。

济南虽然是山东省的省会，但在省内的地位一度比较尴尬。主要因为济南的经济总量与青岛差距较大，我们是山东济南，而青岛却是"中国青岛"。

这种局面在 2020 年左右被改变。2020 年 11 月 30 日，山东省委十一届十二次全会在济南举行，全会明确提出实施"强省会"战略。在转过年 2 月

2 日召开的省"两会"上，省政府工作报告中也明确提出实施"强省会"战略，创造性地作出省市一体推进济南加快发展的重大决策。2022 年 5 月 25 日，山东省第十二次党代会报告又提出，加快省会经济圈同城化，实施"强省会"战略，省市一体推动济南新旧动能转换起步区成形起势、打造黄河流域生态保护和高质量发展引领示范区。"强省会"战略首次写入省党代会报告，这是山东省委、省政府向全省发出的重要信号。这意味着，省里更多的资源要素将向省会倾斜，济南迎来了省市共建"强省会"的新阶段。

兵无将而不动，蛇无头而不行。站在全局角度考虑，也不难理解省委、省政府的良苦用心。济南与五市接壤，对全省中西部的辐射带动作用是其他城市无法比拟的。换句话说，山东需要一个龙头城市，带动中西部地区的发展，而这个城市，非济南莫属。

四是发展空间之变

突破城市东西狭长发展困境，阔步从大明湖时代迈向黄河时代，东西协同、南北呼应的城市发展新格局形成。

济南的城市形态曾被人调侃为"老油条"——又腻又长。其实，这也是无奈之举。济南主城区地处黄河以南，泰山以北，这两大天然屏障，将济南的发展空间牢牢框住。向南发展，有泰山阻隔，向北发展，有黄河之险。黄河是地上悬河，黄河以北地势低洼，一旦决口，城市将面临灭顶之灾。不得已，济南只能向东西两个方向发展。经过多年的建设，济南东部受市政府迁入影响，发展得风生水起，车水马龙，高楼林立，历下区、高新区成了最发达的地区。济南西部地区，虽然有西客站带动，但发展步伐相对还是缓慢。

转机来自全省新旧动能转换战略的实施。山东在 2008 年经济危机以后，错失产业转型机会，发展动能落后，产业发展水平严重滞后于苏浙粤地区，全国 GDP 第三的位置一度岌岌可危。为改变这一不利局面，山东省委、省政府积极争取国家支持，2018 年 1 月山东新旧动能转换综合试验区获批建设。而济南是全省新旧动能转换"三核"中的重要一核（另外两核是青岛、烟台），借此机会，跨过黄河，再造一个新济南，成为省市共识，济南新旧动能转换起步区应运而生。

2021 年 4 月 25 日，国务院批复《济南新旧动能转换起步区建设实施方案》，起步区也成为黄河战略中的唯一实体性新区。从先行区到起步区，这意味着济南的北跨进一步得到了国家层面的认可，进入了实质性的实施阶段。起步区建设，交通先行。目前，济南已有跨黄通道 15 条，到 2025 年，总数将达 26 条，这为济南跨过黄河提供了强力支撑。

近日，《济南新旧动能转换起步区发展规划》发布。这是济南新旧动能转换起步区由国务院批复设立后实施的首个综合性规划，是指导起步区"五年成形、十年成势、十五年成城"的纲领性文件。可以预见，起步区在未来一段时间将实现快速发展，成为全市发展的重要引擎，成为镶嵌在黄河流域的一颗璀璨明珠，济南将真正实现从大明湖时代到黄河时代的千年跨越。

黄河入济百年，大河春潮再起。随着起步区的建设，济南的城市空间将被彻底打开，平坦开阔的 798 平方公里，就像一张白纸，等着我们绘就美丽画卷。这么好的地方，放眼全国也寥寥无几。空间打开了，发展的步伐必将加快。我们有理由相信，未来的起步区，将成为不亚于奥体片区的活力新区，再造一个新济南成为可能。

五是科技创新之变

科研院所机构和载体平台巍然成势，创新驱动溢出效应不断显示，全域创新发展正迸发出蓬勃活力。

这方面，以前济南给人的印象是大学多、大学生多，光山大在济南就有6个校区，西边长清学城有11所高校。东边的章丘还有15所高校，虽然数量比长清多，但并没有冠以"大学城"的美名，这也是我的一个疑惑。济南的学校多，但科研水平不高，双一流大学、双一流学科很少。

2019年，济南提出要创建国家综合性科学中心。虽然各项指标距离真正的国家综合性科学中心有不小差距，但有了这个抓手，很多工作也有了方向。近年来，济南大力推进科技创新平台建设，一大批有实力、有影响力的载体平台建成投用，全市科技创新的活力动力不断增强，对经济社会发展的支撑力不断提高。现在看，忽然有种遍地开花的感觉，这就是"前人栽树，后人乘凉"吧。这里简单列举几个。

首先是齐鲁科创大走廊。其北至经十东路、南至旅游路、西至东绕城高速、东至绣源河，主要包括产研院创新圈、超算中心创新圈、未来产业创新圈、山东大学创新圈。这里汇聚了药谷、世界透明质酸谷、国际激光谷、量子谷、中国算谷、超算中心、山东高等研究院、山东大学等重量级科研机构单位，哪一个拿出来都是响当当的。

其次是15家中科系科研院所。其所属领域既有信息技术、生物医药等济南市优势传统产业，又有量子信息、航空航天、电磁技术等前沿技术产业；机构类别既有基础研究机构，又有产业应用基地；应用方向既有高新技术产业，又有前沿产业；初步实现了多领域、多产业、多主体共同发展的良好局面，实现了从无到有、从单一到集群的跨越式发展。这是国家级科研机构在济南的重要布局，数量之多、分量之重在济南市是绝无仅有的。

还有国际医学科学中心。其位于西客站附近，这里有国家健康医疗大数据北方中心、国家人类遗传资源山东创新中心、科技部"一带一路"中医药联合实验室、济南微生态生物医学山东省实验室、中日韩肿瘤防控研究院、国家老年疾病临床研究中心、山东大学国家健康医疗大数据研究院、山东省肿瘤医院质子中心、树兰（济南）国际医院、中国中医科学院广安门医院、山东第一医科大学、山东中医药大学国际眼科与视光医学院，等等。对此，我也不一一解释了，只能说个顶个的"优秀"！

唯创新者进，唯创新者强，唯创新者胜。2022年上半年，全市实现技术合同成交额222.43亿元，同比增长63.95%；发明专利授权量4510件，同比增长41.78%，全市区域科技创新持续保持活跃态势。目前，全市人才总量达247.8万人，为城市发展提供了强有力的智力支撑。

创新是引领发展的第一动力。全力以赴加快创新发展，是城市前行的制胜之道。科技创新实力越来越强，预示着济南发展的后劲越来越足，发展前景会越来越好！

六是产业结构之变

新旧动能转换持续推进，产业结构日趋合理，发展的基础和后劲不断增强。

曾几何时，"踏上轻骑、马到成功"和"小鸭小鸭顶呱呱"的广告语耳熟能详，这两个工业品牌，当年不仅高端，而且畅销。可以说，历史上，济南的工业还是非常辉煌的。

2008年经济危机以后，南方很多地市都在忙着调整产业结构，而我们的步伐一度非常缓慢。2008~2018年这10年间，我们的产业发展乏善可陈，南方苏浙粤等地却成功实现产业结构转型。

腾笼换鸟，凤凰涅槃。令人欣慰的是，近年来，济南抢抓新一轮产业革命机遇，坚定不移实施工业强市战略，新旧动能转换步伐加快，产业结构日趋合理，发展的基础和后劲不断加强。浪潮、重汽、齐鲁制药等骨干企业加速壮大，华为山东区域总部落户CBD，比亚迪、吉利整车项目落地建设，凯傲智能叉车和中国重汽智能网联重卡项目异军突起，山东首个8英寸车规级功率半导体芯片项目通线，世界首颗量子微纳卫星"济南一号"成功发射，等等，一批符合产业发展规律的战略性新兴产业项目落子布局，为济南产业优化调整、抢占发展先机奠定了坚实基础。

关于济南新旧动能转换，最典型的例子莫过于济钢搬迁。老济南人都有印象，从东边工业北路进济南，给人印象最深的就是雄壮的济钢大门。济钢搬迁后，这座大门被当作工业遗产进行了保留。2017年6月29日，伴随着3200立方米高炉正式熄灭，拥有近60年历史的济南钢铁，圆满完成了历史使命。济钢搬迁，搬走的不仅是落后动能，更是落后的产业发展思维。从此，济南加快产业架构调整，加快新旧动能转换的步伐更加坚定，全市经

鸿运当头·长清区／王仁锋

济社会高质量发展驶入了快车道。

我找了一组数据，大家可以参考一下。从 2019 年到 2021 年，济南市工业营业收入连续 3 年跨越 3 个千亿台阶，从 5192 亿元增长到 8336 亿元，制造业占全部工业的比重达到 90% 以上，先进制造业占制造业比重突破 60%；每年新增规模以上工业企业 300 家以上，总数达到 2548 家，其中，千亿级企业 2 家、百亿级企业 13 家、10 亿级企业 90 家，形成了大中小企业协同发展的新格局；累计培育国家级专精特新"小巨人"企业 85 家，独角兽企业 6 家；省级以上瞪羚和专精特新企业分别达到 423 家和 1532 家，均居全省首位。2021 年，济南市大数据与新一代信息技术、智能制造与高端装备、精品钢与先进材料、生物医药与大健康等四大支柱产业规模总量达 1.3 万亿元，跻身中国先进制造业百强市第 15 位。

看到这些骄人的成绩，我们有理由相信，未来的济南定能再创工业辉煌。

七是文明程度之变

连续 4 年保持全国文明城市年度测评冠军，人民群众的获得感、幸福感、安全感持续提升，文明已成为泉城最靓丽的名片。

记得小时候，小学老师给我们讲共产主义，说到其中一个标准，就是文明程度极高，人走在大街上都不好意思吐痰。坦白地讲，现在城市这么美了，无论是家里，还是路上，无论是办公场所，还是公园广场，到处这么干净整洁，谁还好意思随地吐痰呢？按照我小学老师的标准，我们济南人已经提前享受到共产主义的文明了。

2018 年至 2021 年期间，济南连续 4 年保持全国文明城市年度测评冠军。这一点，也是我们济南人引以为傲的。此外，我们还荣获 2019 年"国际花园城市"、2019—2020 年度"中国十大美好生活城市"、2022 年"东亚文化之都"等一系列美誉。

其实，文明的进步是随着生产力水平的提高而提高的。经济发展了，政府有了钱，能把环境搞得更好；群众有了钱，能把自己打扮得更漂亮。这时

济南"米"字形高铁通道示意图

候，大家都会在意自己的言行举止，都想做一个文明人。这也从侧面反映出，我们济南经济社会发展取得了长足进步。

文明的变化是渐进的，就像爬山，到了山顶，蓦然回首，壮丽美景就在眼前。我们城市文明的进步也是如此。正是由于全市人民一点一点地努力，久久为功，持续加力，我们的城市才能取得如此快的进步。

现在的济南，正朝着创建全国文明典范城市的目标奋进。我们有理由相信，勤劳文明的济南人，一定会以优异的成绩取得全国文明典范城市的殊荣，泉城人民的获得感、幸福感、安全感必将进一步得到提升。

文明于人，是沉淀的道德品质；文明于济南，是执着的精神追求。任何时候，我们都可以敞开怀抱，热情欢庆八方宾朋来济投资兴业，我们可以骄傲地说，这里是济南！

八是交通通达之变

综合立体交通网络形成，国内外出行快捷高效，国家综合交通枢纽地位进一步提升。

记得 2005 年，我还在读高二，独自坐火车去上海，坐的就是绿皮火车，耗时大约 12 个小时。现在坐上高铁去上海，最快仅需 3 小时 3 分。现在去北京也很方便，最快仅需 1 小时 23 分，完全可以实现当日往返、异地办公。目前，济南"米"字形高铁框架已经形成，每天 300 多趟高铁车次直达全国 254 个城市。

交通之变，首推地铁。作为经济大省的省会，没有地铁，一直是我们的隐痛。随着技术的进步，我们终于可以在确保泉脉稳定的情况下修地铁了，不得不说是一件幸事。目前，地铁 1、2、3 号线已开通运行，并联网实现了换乘。3（二期）、4、6、8 号线正加快建设，7、9 号线有望年内开工。过不了几年，坐着地铁，就能到达济南的各个角落，这对缓解城市交通压力、方便市民出行无疑是莫大的福音。

济南东站夜景

关于济南国际机场，目前有 186 条航线，可通达海内外 100 个城市。目前二期已经开工，建成后将拥有 3 条可起降全部机型的 4F 级跑道，通航能力将跃居省会城市前列。

高速公路"三环十二射"路网初步成型，开车外出十分方便，这个自不必说。

关于小清河复航问题大家也一直十分关心。小清河复航论证始于 2008 年 5 月，至 2018 年 4 月省政府会议正式确定复航工程建设，前后经历了整整 10 年的时间。从工程进度看，2023 年上半年小清河有望实现全面复航。到时候，从济南可以直通渤海，济南可以真正称为内陆港了。

前不久，山东省人民政府印发《山东省"十四五"综合交通运输发展规划》。《规划》提出，打造和培育济南国际性综合交通枢纽城市，加快构建"环米字形"综合交通运输主骨架，打造省会半小时交通圈，这为济南交通的长远发展指明了方向。

近水楼台先得月，交通通达好处多。有调查显示，年轻人选择工作生活城市的主要标准之一就是交通便捷。因此，济南正成为年轻人向往和选择的主要城市之一，一座活力之城、通达之城呼之而出。

九是生态环境之变

听得见泉水叮咚，看得见一城山色，乡村天蓝水绿，城市移步换景，生态济南不断绘就新的美丽画卷。

从小在济南生活，我天真地认为，天就应该是灰蒙蒙的，城市就应该是这样乱糟糟的。现在想想，当时确实有些傻里傻气。

现在这一切都在改变。尤其是这几年，大家应该都有切身感受，济南的城市环境确实发生了翻天覆地的变化。现在济南的马路更整洁了，绿化率提高了，街角公园随处可见，真可以说是开门见绿、推窗见景。这一点，我的老同学感触很深，对济南城市环境的变化赞不绝口。

每天上下班都要走经十路，路两边高楼林立，现代都市气息浓厚。尤其是到了晚上，高楼灯光秀美轮美奂，唯美的画面让人内心宁静澄澈。我经常感叹，这就是小时候期待的美好生活吧，它不远不近，就在我们身边。

我小时候经常在电视里看到外国人在广场草地上玩耍，和平鸽安静地在一旁散步，这么美好的画面仿佛国外才会有，我们只是看客。没想到，这种生活这么快就来到了我们身边。记得开春的时候去济南森林公园游玩，公园里到处春意盎然，整齐的草坪上一顶顶帐篷散落，三五小孩成群结队追逐，大人们坐在帐篷外有说有笑，不远处花团锦簇，旁边的小湖波光粼粼，到处是欢声笑语，洋溢着幸福欢快的气氛。

前几天去了一趟雪野湖房干景区，天朗气清，秋风和畅，崭新的柏油马路和行道绿植让人眼前一亮，山间的小道静谧悠远，峡谷小石潭清澈见底，抬头望去岩壁耸立，远处青山连绵，可以说随手一拍都是风景。

四面荷花三面柳，一城山色半城湖。济南生态环境越来越好，美景越来越多，美丽的山水泉城又回来了。

面对如此的城市风景，有时真不敢相信，这是济南。但，确实得相信，这就是济南。

十是营商环境之变

市场主体办事更加高效，群众办事更加便捷，持续优化的营商环境让济南成为"近者悦、远者来"的创新创业沃土。

从一株树苗长成参天大树，离不开阳光雨露；企业发展壮大，也离不开优质的发展生态和良好的营商环境。近年来，济南致力于打造最优营商环境，聚力实施"十大系统集成改革"，推出《济南市优化营商环境条例》等一揽子政策，"拿地即开工"、成立市级企业服务中心等创新举措得到国务院通报表扬，涉企服务"一口办理""链上自贸"等改革成果在全国推广，获评中国"国际化营商环境建设标杆城市"，在2022年第六期全国城市综合信用指数排名中，位列省会及副省级以上城市第5位。目前，全市81家世界500强企业投资落户，市场主体已达147万户。

水深则鱼悦，城强则贾兴。当前的济南，政通人和、活力澎湃，正日益成为广大企业投资兴业的一方热土。

以上就是我总结的济南十大发展变化。下次再有故友远来，便可如数家珍地向他娓娓道来了。

可以说，今天的济南，充满朝气，充满活力，这些发展变化仍在持续，更多精彩故事正在这座城市上演，让人充满期待、充满斗志！

乘风破浪争头渡，百尺竿头思更进！

最后，祝愿我们的济南越来越好、越来越美、越来越强！同时，也希望更多的人能了解济南、爱上济南，选择济南、落户济南，期待更多的有识之士在济南落地生根，开花结果，收获满满的幸福！

（观济南／文，2022年9月）

济南被"围观"

●●●

—

在中国城市"江湖"中，济南的地位一度尴尬。

10多年前，我在北京一家媒体实习，当我说自己毕业于山大时，一位同事以了然的口吻说：山西大学啊。待我纠正后，他又问山大在哪儿。我说山东省会……对方恍然大悟抢着说：青岛啊！

尴尬三连。

这大概与济南这座城市的性格有关，用一些人的话说是低调、内敛，用另一些人的话说就是土得冒泡，像个大县城。

不管怎么说，存在感不强是真的。

幸运的是，近年来这样的观感在逐渐改变。

知乎上有一条提问："你是如何评价济南这座城市的？"共有逾百万人参与、千余条回答。其中，一名叫"沙漠孤烟"的网友这样说——"济南从一个钝感之城变成一座泉水滋养下的活力之城。政府官员从温吞吞变成头拱地、嗷嗷叫。济南处处绽放着活力，即使现在还是有那么多的不足，但是济南的发展，让济南人看到了盼头。"

这条回答收获了两千多条点赞。

不只是在知乎。近一段时间，包括朋友圈、微信公众号、今日头条等平台，点评济南的文章不断出现。其中，《济南有高人》《济南，你真厚道》《这就是济南》《网友：济南你怎么这么傻》等文章引发热烈讨论。在评论中，来自各地的网友留下了自己对济南的印象。

现在，全国网友是如何看济南的？从知乎回答和这些文章的评论中，我做了个数据分析。

千佛山赏菊阁

二

第一个问题，现在的济南在全国网友眼中是什么样的？

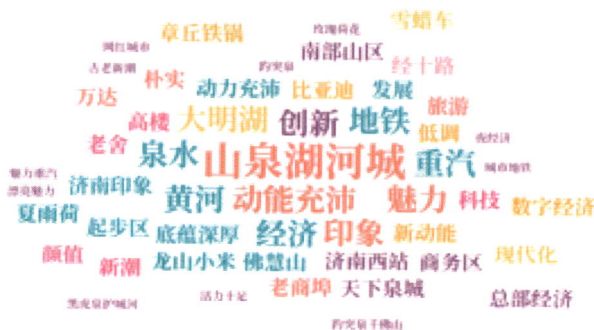

这是网友评论中的高频词汇。从中可以看出，网友在提到济南时，趵突泉、大明湖等自然人文景观出镜率依然最高，现代化、城市活力、起步区等新词也频频出现。这也表明，**一个充满活力的现代化、国际化的济南正在被更多人所认可。**

第二个问题，全国网友如何看待济南人？我同样做了个高频词排名。

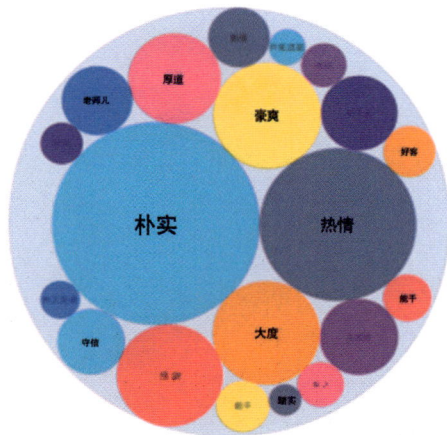

热情、豪爽、朴实、大度、厚道这几个词汇是网友对济南的一致印象。此外，好客、宽容、低调、不排外等也出现频率较高。这也是数千年来济南人为世人留下的印象。宋时，济南人的父母官曾巩就说过，"济南人敦厚，阔达多大节"。

但低调的济南人也并非缺乏进取精神。比如网友"大羽"说，在时代洪流面前，济南城和济南人都没有选择过退缩。116年前，济南做出了震惊世界的行为——自开商埠。这种锐意进取的精神，一直延续至今。很多我们耳熟能详的品牌——浪潮、鲁能、重汽、九阳、小鸭等就来自这个城市。

第三个问题，网友们为济南发展提出了哪些建议？

或许是与济南有着特殊感情，广西网友"恒"在评论中给济南写了篇600字的小作文，对济南发展提出多项建议：

1. 济南提升软实力，要在把握自己厚重文化主线的同时，不放弃各种通俗文化的力量；

2. 应该汇聚各方专家学者智囊的力量；

3. 现在的年轻人，头脑灵活、思维敏捷、眼界开阔、敢想敢做，济南应

该广纳天下青年英才，共襄盛事。

网友"allenSu"大概来自互联网产业，他（她）说，济南是 IDC 统计人工智能算力城市排行第 8 的城市，要让文化软实力与科技工业硬实力交相辉映，共同焕发古老又新潮的泉城魅力。

相比网友的建议，我其实更关注一个问题，为什么现在连远在广西的网友也关注到了济南，愿意为这个城市发展建言献策？

三

答案其实很简单，那就是济南值得大家去关注了。

济南不再是一个没有存在感的城市，也不再是个温吞吞的钝感之城。

都说酒香也怕巷子深，显然，现在济南的"酒香"已经飘到了南国北疆，甚至世界各地。

济南这壶酒，香从何来？

很重要的一点是济南在国家发展大局中的地位日益凸显。黄河流域生态

保护和高质量发展重大国家战略，让济南第一次真正融入了国家战略发展大局、生态文明建设全局和区域协调发展布局。此外，山东半岛城市群龙头、新旧动能转换起步区、科创金融改革试验区，这些标记着济南战略地位的新词汇，不断增加了济南在全国乃至全世界的曝光度。

第二点也至关重要。2021 年，济南成功跻身万亿俱乐部，在城市经济第一梯队中有了一席之地。此后，济南发展依然保持良好势头。与此同时，数字经济、科技创新、工业强市等各方面的突飞猛进也不断刷新着外界的认识。

第三，大城善治，软实力不断提升。底蕴深厚的人文历史、不断刷新的城市颜值、全国文明城市四连冠、东亚文化之都、最具幸福感城市……这些，都成为全国网友评价济南的加分项。

第四，未来的济南值得期待。建设现代化强省会、争创"十大之城"这样的目标展现出济南奋进的决心与信心，也符合各地网友对"进击的济南"的认知。

今天的济南，真的很"香"。

前几天，济南市委书记刘强在一次会议上对济南作了精准概括——

战略红利交汇叠加

交通网络四通八达

科技创新实力雄厚

数字赋能势头强劲

人才保障基础坚实

金融服务优势突出

营商环境持续优化

消费市场潜力巨大

生态宜居优化提升

人文环境厚重淳朴

是为济南"十大优势"。

四

当下，软实力这个词很热。

对一座城市来说，"外人"的眼光和看法同样是城市软实力的重要内容，不仅事关城市形象和品牌，也关系着"双招双引"和营商环境，对城市经济发展起着四两拨千斤的作用。

一座城市拥有高知名度是一件好事，若能转化好，足以让城市获得更多正面效应。

就像8D魔幻城市重庆、逛吃城市成都、能和不倒翁小姐姐牵手的西安，知名度为这些网红城市带来的不仅仅是人流，也不仅仅是旅游业，还有为整个城市经济带来的高附加值。

原来都说"人跟产业走"，现在已变成"产业跟人走"，说的就是这个道理。

与这些城市相比，济南的知名度仍然存在差距，需要继续努力。

一千个人眼中有一千个哈姆雷特。对于济南，也有一些网友指出了存在的短板。比如，有网友说，济南的思想开放度还不够，仍然有着守旧的痕迹。也有网友说，济南经济结构仍然存在大象经济现象，民营经济发展欠缺。更多网友对济南的泉水提出了建议，应该进一步打好泉水这张牌，开发旅游资源，因为这是济南独一无二的自然禀赋。

借用"外人"的眼光审视城市，往往更能发现短板和不足，网友的这些建议弥足珍贵。

在城市竞争日益激烈的今天，越来越受关注的济南，更加需要与"外人"的期待相向而行，打造"近悦远来"的城市生态，让知名度转化为客流，转化为城市发展的活水。

（艾泉/文，2022年6月）

疫情最关键时期，即将到来！
当下，这些问题你必须知道

●●●

12月19日，广州新闻发布会上，发言人表示：

广州发热门诊就诊量持续走高，近一周都在高位徘徊。专家预测广州疫情将在2023年1月上旬达到高峰。而之前，多地也都预测，疫情高峰会在本月底到来，但峰值会出现在一月中下旬，春节前后。

也就是说，虽然现在已经到了感染高峰，但是峰值还没有来。我们这场大考最关键的时刻，是在下个月。

而对我们普通人来说，要迎接这场大考，眼下最迫切的任务，就是去了解这个病毒。

关于奥密克戎的感染、防范、应对，我们有太多需要了解的细枝末节。

最近我埋头苦读，研究了很多专家论文，总结了一些大家眼下最关心的问题。

希望大家都看一看，不管阴着还是阳过，一定对你有用。

因为这个病毒会一直存在，我们可能要一直一直面对它。

从外面带回家的食物、用品，会让你感染新冠病毒吗

有可能。

新冠病毒可以在蔬菜、肉、日用品表面存活。

所以，假如卖菜的人感染了，把病毒弄到了菜上。你买了他的菜回家，就等于把病毒带进了家门。但是，病毒进家，不意味着你和家人就会感染。你洗菜的时候戴好口罩，或者别用手摸脸，它就进不到你身体里。

然后把菜加热做熟，就算上面有病毒也都灭掉了。

这里有一个知识点，我们一定要知道：

病毒和细菌不一样。

细菌可以在"死物"上繁殖，比如一块肉上如果有细菌，它就能繁殖一大片。但病毒只能在"活物"上繁殖，它在我们的身体里，能繁殖得很厉害。而如果是一块没有生命的肉，它就只能沾在上面，不能繁殖。

所以假如你买了一块肉回家，当时上面有多少病毒，那最多也就那样了。

而且常温下，病毒在食物或者生活物品上，存活的时间也很有限。

具体多少时间，专家们的说法不太一样。

有的说，超过 2 个小时，它就失去活性，不能传染人了。

也有专家说，是 24 小时或者 48 小时。

那我们大致就可以想到一个办法：

从外面带回来的东西，室温下静置一两天，再吃再用，就安全啦。

抗原两道杠才是阳

不对。

事实证明，抗原经常出现假阴性。

我很多朋友感染后，都是发烧两天，抗原还显示阴性。退了烧才出来两

道杠。

所以发病初期，不要太相信抗原。

你如果觉得症状明显，就算抗原显示阴性，也要注意跟家人保持距离。

隔两天再测。

这两张图，网上流传挺广的，大家可以参考：

█████医生
目前的情况，其实测不测抗原，意义不大，没必要浪费精力，而且我接诊了很多，初期阴性，都退烧了才测出2道杠的，还有的家里人都放倒，但患者整个病程抗原都是阴性，所以，来一组简单的判断吧：
咽痛、咽痒（1分）
头痛、头晕（2分）
恶寒（怕冷）、发热（2分）
全身酸痛、骨节疼痛、乏力（3分）
家人有类似症状（2分）～～
……
4分可疑，
5分基本确定，
6分以上，还测毛线！😁😁
通俗易懂吧，中场休息也在操心，职业病！😳😳

给大家普及一下抗原检测知识：
1.潜伏期抗原是检测不出来的。
2.发烧当天测抗原也基本上测不出来。
3.确实感染了奥密克戎，发烧后的第二天会测出来两道杠。
4.从测出来开始算6天内,99%都是两道杠,所以这几天不建议浪费抗原去测。
5.发烧后的第8天再测,会重新变成一道杠，大概率上已痊愈。

为啥不建议去医院

第一，90% 的新冠感染者都是无症状和轻症感染者。就算去医院，医生一般也是让你回家吃退烧药。

第二，医院肯定有一些人，是因为流感去看病的。你本来新冠感染就够难受了，到那再蹭上一个流感，那可真够喝一壶的了。

第三，大部分医院现在都满了。咱要是不严重，就把有限的资源留给急重症的人。

为什么发烧到 38.5℃以上，医生才建议吃药

因为发烧对杀死病毒有好处。

原理是这样的：

当病毒侵入我们的身体，身体就会召唤免疫细胞去消灭病毒。免疫细胞要从身体其他部位，赶往病毒入侵的地方。当体温正常的时候，它们的运动速度有限，需要跑一段时间。但如果身体开始发烧，免疫细胞的活力就会增加，不但能快速到达感染现场，还更有战斗力。当体温达到 38.5℃，还会激活一种很厉害的免疫细胞，让它也投入战斗。

所以发烧其实是在给我们的免疫系统加油助力。适度的发热，会让病好得更快一些。

为什么会浑身酸疼

那是因为病毒入侵后，我们的身体会分泌一定的干扰素。这种干扰素能抑制病毒的复制，但是也会使身体发生炎症反应，让我们觉得浑身疼。

每个人的身体状况不一样，对疼痛的承受力也不一样，所以大家的感受

就不太一样。

有人背疼，有人腰疼，有人关节疼。

据说，平日哪里虚弱，哪里就可能疼得厉害。

——大概就是"麻绳专挑细处断，厄运偏找苦命人"的意思吧。

什么情况下，必须去医院

虽然我们说 90% 以上的人，不需要去医院，但最近也确实有一些很危险的状况发生。

比如，有患糖尿病的老人感染新冠后去世，有小孩高热惊厥后猝死，所以如果情况不好，也千万别撑着。

出现下面这些情况，请马不停蹄地去医院。

出现以下任一症状时，需要急诊就医：

▷ 服用退烧药仍发烧超过38.5℃，并持续超过3天
▷ 体温35℃及以下
▷ 抽搐、呼吸困难或气促
▷ 失语或不能行动
▷ 不能苏醒或不能保持清醒
▷ 胸部或腹部疼痛
▷ 头晕或意识混乱或精神状态明显转变
▷ 虚弱或脚步不稳
▷ 持续不能饮食，或腹泻、呕吐超过2天
▷ 孕妇（孕周≥24周）的胎儿活动减少或停止

要不要提前吃药预防

目前没有证据支持药物可以预防新冠感染。

所以，提前吃药预防的做法不可取。不仅没用，还有可能造成肝肾损伤，得不偿失。

布洛芬胶囊和布洛芬缓释胶囊有啥区别

功效上有区别。

布洛芬胶囊（片）主要用于退烧，而布洛芬缓释胶囊（片）主要用于缓解疼痛。

所以，感染新冠后，如果想要退烧，就要吃布洛芬胶囊（片）。想要缓解身体的疼痛，可以用布洛芬缓释胶囊（片）。

如果搞错了，用布洛芬缓释胶囊退烧，效果可能就不好。

为啥抗生素对新冠病毒没有用

很多人都有个习惯，"感冒了，吃个头孢吧""嗓子疼，吃个土霉素吧"。

但专家一再说，新冠病毒感染，吃任何抗生素都是没用的。

就是说，各种头孢、各种霉素、各种杀星，统统都不管用。

原理很好懂。

细菌，它本身是一个生命体，只要给它一块肉或者一坨饭，它自己就能疯狂繁殖。所以细菌进入人体后，都是在细胞外面繁殖游逛，抗生素就可以很轻松地找到它，破坏它的结构，把它灭掉。

但是病毒，它比细菌小几百倍，也不是一个完整的生命，要钻进人的细胞里才能繁殖。所以它一进入人体，就往人的细胞里钻。抗生素破坏不了人的细胞，也就对躲在里面的病毒毫无办法。

我们可以理解为，一把枪能打死一个在街上走的人，却打不死城堡里养的一条鱼。

阳了以后吃点啥

生病了之后，不要只想着靠布洛芬拯救自己，加强营养的事千万不能马虎。

怎么吃才能好得更快呢，主要有 6 条：

发热后多吃一些带汤的食物，注意搭配绿色蔬菜；

清淡饮食。可以吃一些虾仁蔬菜粥等，既清淡又有营养的食物；

补充蛋白质。奶类、蛋类、瘦肉，都可以提高免疫力；

多吃水果蔬菜，补充维生素；

戒油腻，戒辛辣，这个时候肠胃脆弱，不要给它们增加负担；

不要空腹吃退烧药，会刺激我们的胃肠道。

家人阳了我还阴着，怎么办

给家人找一个单独的房间，把他隔离开。

他的房间每天都要独立开窗通风，合计半小时以上。

不要跟他接触，饭可以放在房门口。

他出来的时候，你就不要出来。

在他活动过的客厅或者卫生间，最好戴 N95 口罩。

这里有一个知识点很重要：

之前美国有一个研究发现，被家人感染，往往会比被路人感染的症状更重。

因为路人擦肩而过感染你，你吸入的病毒载量会很低，所以比较容易成功抵抗。就等于只有一小撮敌军来侵犯，你可能轻轻松松就把它干掉。

但要是家人感染你，他和你同吃同住同呼吸，你就可能一下子吸入大量的病毒。就等于忽然十万大军兵临城下，你的免疫细胞大军来不及反应，很容易让敌军破城而入。

所以，你就算已经做好了"感染就感染吧"的心理准备，也还是要戴好口罩。

这样就算感染，症状也相对轻一些。

要是全家都感染了，还需要戴口罩吗

不用了。

跟体内大量繁殖的病毒比起来，外面那点不算啥了。

谁也别嫌弃谁了，一起愉快地玩耍吧。

如果家人感染的顺序不一样，先转阴的人会不会被重复感染

不会。

因为感染过后，体内的免疫细胞就会记住这个病毒，并且制造出能打败它的抗体。

病毒再来，免疫细胞就会立刻发现，并拿出抗体把它灭掉。

所以短时间内，病毒是拿你毫无办法的。

需要经过比较长的时间以后（比如半年），你的免疫系统有点忘了奥密克戎长啥样了，之前造的抗体也都消耗差不多了，病毒再来，身体就可能又被它攻破了。

阳康后，家里用不用消杀

北京地坛医院的专家表示，"阳过"居家康复后，被家中物品感染的风

险很小。

第一，你有抗体了。

第二，咱们前面说了，在一般物体表面的病毒，常温下很快就会死了。

所以家里不需要从里到外的大消杀。

但是冰箱有必要处理一下。

因为冰箱里面，不管是冷藏室的4℃，还是冷冻室的零下18℃，都很适合病毒生存。

所以可以把冰箱电源拔掉，等冰箱的温度和室温差不多了，静置一天左右，让病毒自己死掉。

什么时候可以外出和返岗

达到下面两点要求，基本就可以返岗啦：

第一，体温恢复正常3天以上；

第二，抗原三天三测，都是阴性。

这个时候感染者体内的病毒量就极低了，基本不会传染人了。

不过虽然基本康复，也毕竟刚刚经历了一场大战，还是不要太累。

工作和运动都要循序渐进，给身体一点恢复的时间。

什么情况下会复阳

一般感染后的3~6个月，体内抗体都维持在一个很高的水平。

如果再接触奥密克戎，哪怕是稍微有点变异的品种，也一般都扛得住。

但是，如果病毒有了大的变异，或者半年以后遇到同款，那再次感染的可能性就比较大了。

所以，阳康也不能太嚣张，还是要戴好口罩，做好防护。

有人阳康两天后又阳了，怎么回事

那不是二次感染，而是之前体内的病毒还没有排干净。只是因为体内病毒少了，之前都没测出来，好像阴了。但后来各种机缘巧合又测出一点来，好像又阳了。

专家说这类人群，是不具有传染性的，所以不用怕他们。

倒是那种完全好了，半年以后又感染的，那是真的阳了，得防着点。

二次感染症状会不会加重

一般来说，不会。

如果重复感染的是同款病毒，第二次的症状还会轻一些。因为体内的免疫细胞已经记住了病毒的样子，病毒第二次攻进来，它们应对起来会比第一次更有经验。

但是，如果第二次感染的是其他变异毒株，那就不好说了。

或者如果你第二次感染那几天，碰巧比较累，或者"大姨妈"造访，那也是有可能更重一点的。

反复感染会让人的免疫力下降吗

之前有个说法：病毒会攻击人的免疫系统，所以反复感染会让人免疫力大大下降。

这是不对的。

道理也很简单。

我们都知道，感染艾滋病以后，人的免疫力会越来越差。那是因为艾滋病毒，攻击的就是人的免疫细胞。免疫细胞被反复攻击，人的免疫力肯定就会变差。

但是奥密克戎它攻击的，是一种主要存在于我们上呼吸道的细胞，不是免疫细胞。

所以就算反复感染，也不会降低我们整体的免疫力。

没啦

月亮这两天想到的，就是这么多啦。

过两天如果想到其他知识，再跟大家讲。

兵家讲"知己知彼，百战百胜"。

我们正在跟奥密克戎全面对战，一定要多了解这家伙的特性。

咱们一起好好学习，争取越战越勇，最后取得全面胜利。

（李月亮/文，2022年12月）

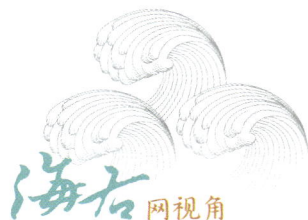

一个在深圳的"济南女生"：
对济南与深圳城市软实力的观察

● ● ●

　　作为一个地地道道的济南人，我的人生前 18 年是在济南度过的，中间 10 年是在北京求学度过的，如今又在深圳度过了 13 年。济南和深圳是我生活最久也最有感情的两个城市。

　　当我获悉在 2021 年全国文明城市年度测评中济南和深圳分别位列第一和第二，特别是济南已经取得"四连冠"时，作为一个在深圳的济南人，我感到特别自豪和骄傲。

　　济南是历史文化名城，拥有几千年的文化传承和深厚的文化积淀，黄河文化、龙山文化、齐鲁文化、红色文化在济南交融荟萃。济南提升城市文化软实力，具有得天独厚的优势。

　　而深圳作为经济特区，在经济腾飞的同时，特别注重文化创新，城市的文化氛围日益浓厚，群众的文化生活日趋丰富，可以说深圳是硬实力推动软实力发展的典型代表。

　　济南与深圳，两座城市夺得全国文明城市的冠亚军并非幸运。作为一个在济南长大的新深圳人，我深深体会到两座城市在提升城市软实力方面下了实实在在的功夫。

济南与深圳，都有浓厚的阅读氛围。

记得小时候，一到周末和假期，我必定会去英雄山后的文化市场逛上一天。如今济南已率先成立城市图书馆联盟，研发国内首个异构系统借还平台，打通各类图书馆运营系统技术壁垒，300 家图书馆（室）实现图书通借通还，全民阅读蔚然成风。

2022 年以来，济南大力开展一系列"泉民悦读"提升亮点行动，加快"书香济南""文化济南"建设步伐，引领泉城文化发展新风尚，努力将济南打

济南市图书馆

深圳图书馆

造成人人想读书、时时有书读的"爱阅之都"。

目前，全市已经建成开放泉城书房 38 家，遍布全市全部 12 个县区，成为文明济南新地标和市民家门口的精神驿站。泉城书房自建成开放以来，截至 2022 年 3 月，累计接待读者 377 万人次，借阅文献 75 万册次，开展阅读推广活动 1929 场次，接待省内外学习交流 170 余次。泉城书房——"快递小哥"阅读驿站项目荣获国际图联颁发的 2021 年"国际图书馆营销奖"。

深圳作为"图书馆之城"，各类公共图书馆（室）、自助图书馆已突破千个，"千馆之城"成为深圳文化事业蓬勃发展的标签。已举办了 22 届的深圳读书月更是成为深圳市民每年 11 月的一场阅读盛宴，从官方到民间都会面向不同年龄、不同层次的市民推出一系列阅读活动。每届的读书月都会吸引超千万人次的参与，点燃整个城市的阅读热情，成为"全球全民阅读典范城市"的重要标志性活动。

济南与深圳，都有令人流连的特色文化街区。

济南的古城特色文化街区已入选第一批国家级夜间文化和旅游消费集聚区名单。芙蓉街、百花洲、将军庙等具有文化底蕴的特色文化街区，融合了济南的昨天和今天，成为活着的济南老城。

深圳也结合不同区域的历史、文化特色，创建了"十大特色文化街区"，南头古城、观澜版画基地、甘坑客家小镇……也成为深圳本地居民和外地游客的网红打卡地，市民在现代都市的行走中感受不同的风土人情。

济南可以在现有古城特色文化街区的基础上，进一步挖掘红色、艺术、创意等其他类型的特色街区，哪怕是济南人的味觉记忆——舌尖上的羊肉串，说不定也可以采用"文化 +"的方式成为特色街区。同时引入现代科技手段，给古老的街区增添科技时尚元素。

济南与深圳，都有跨界创新的文创产业。

近年来，济南的文化创意产业快速发展，深厚的文化传统是济南文创发展的创意资源，现代数字科技则是济南文创发展的强劲动力。天下第一泉文创中心等已成为济南的文创标志，充分展现了济南人的文化自信和文化创意。

而深圳的文化产业更高一筹，深圳充分利用市场经济成熟、高新技术发达、产业资本活跃等优势，采取多方面举措，推动文化产业快速发展，产业综合实力不断增强，文化创意产业已成为深圳的支柱产业之一。济南可以学习深圳发展文化创意产业的经验，通过"文化＋科技"助力传统产业转型升级，让文化创意产业成为济南高质量发展的新引擎。

济南与深圳，都有浓厚的志愿文化。

深圳与济南两地的志愿者都为全国文明城市创建做出了积极的贡献。"泉城义工"是济南市目前规模最大、人数最多的全市性志愿服务组织，累计注册超过30万人。泉城义工是全国唯一一个两次被中宣部确定为全国重大宣传典型、三次荣获全国志愿服务领域最高荣誉的志愿服务集体。

作为移民城市的深圳，志愿服务则更为广泛和普遍。"送人玫瑰，手有余香"的志愿服务精神已成为深圳的十大观念之一，全市注册志愿者已超过200万人。我在深圳有相当多的好朋友，都是参与志愿服务的义工伙伴。

在此次疫情防控中，深圳和济南的志愿者都发挥了至关重要的作用。听济南的亲朋好友说，2022年疫情形

一城大爱暖泉城

深圳成立退役军人红星志愿服务队

势严峻，刚开始小区封控时，的确有些忙乱，但很快就有很多热心人自发地志愿协助开展核酸检测等工作，小区很快实现有序管理。

志愿文化让济南和深圳两座城市都充满爱与温暖。济南在志愿服务的动员、管理、激励等方面可以与深圳相互学习，相互借鉴，引导全市各年龄段的人积极参与志愿服务，让做义工成为济南文化新风尚。

济南与深圳，都在打造"千园之城"。

集绿化、景观、休闲、健身于一体的"口袋公园""社区公园"，见缝插针地出现在济南和深圳的各个角落。从"家家泉水，户户垂杨"到"步步见绿，转角见景"，济南把古老的泉文化与现代的绿色生态理念相融合，通过公园建设打造济南特有的文化印记。

而深圳的"千园之城"则由于其亚热带气候条件，在植被方面更胜一筹。深圳的各类公园具有丰富的生物多样性，是一座自然教育的宝库。同时，深圳公园的"厕所革命"也是既具有人文关怀又有审美格调，"一厕一景"甚至成为诸多网红打卡点。

未来，深圳也将继续提升公园品质，把具有深圳城市气质的文化内核注入公园之中，让公园成为城市文化的载体。济南在传统的名胜古迹类公园、社区口袋公园外，还可进一步增加主题特色公园以及儿童友好公园的建设。同时特别建议济南学习深圳的厕所设计理念，把济南的"厕所革命"提升到一个新的高度。

济南与深圳，都重视对妇女儿童的关爱。

城市软实力离不开城市对妇女、儿童、老人的关爱，这体现出一个城市的温度。从古至今，济南的城市文化与女性密不可分，"二安"之一的李清照被誉为"千古第一才女"；女交警一直是济南公共治理的标杆。2021 年，国家发改委明确提出建设儿童友好城市。济南已经在"十四五"规划中明确提出相关要求。

而深圳则起步更早，"十三五"期间就开始建设儿童友好城市，已经在儿童友好学校、图书馆、医院、社区、出行系统、母婴室以及儿童参与等方面，出台了一系列的指引和标准。济南可发挥后发优势，学习深圳已有的战略规划、行动计划及各领域指引，加快儿童友好城市建设，力争走在全国前列。

经济腾飞的硬实力为文化发展的软实力奠定了坚实的基础，文化发展的软实力又将促进经济的快速发展。提高城市软实力水平，会优化城市营商环境，打造城市宜居生活，吸引更多人才，推动城市发展。"潇洒济南·诗意泉城"，期待济南在十二次党代会的指引下，以经济发展的硬实力助推城市进步的软实力，塑造更精彩的济南城市形象。

（躬耕历山/文，2022 年 5 月）

厉害济南人

● ● ●

　　济南的地铁起步较晚，但从方便角度来看，济南一起步就走在了全国前面。

　　在济南乘坐地铁，只要在"济南地铁"App购票并设置人脸识别，就可以直接通过3D人脸识别进出站，省去了拿出手机、解锁、点进软件、打开二维码等一系列步骤，大大提升了进出站效率。

　　济南是全国首个进入地铁"刷脸时代"的城市，时间是2019年4月1日。

　　生活中，很多人会因为无谓的牺牲浪费时间，有些时候跑断腿事情还办不成。

　　但在济南，这种情况很少，或者说越来越少。

　　绝大多数时候，通过一部手机、一个App（爱山东·泉城办）、一条热线（12345），你在济南基本就能把所有事都办了。

　　与北上广深等大城市相比，济南在经济实力方面还有一定差距，但这座城市的软实力不断提升，生活、工作的便利性可以说是有过之而无不及。

　　这座便利之城，尽可能让人感受到她的"友好"——目前济南正在建设儿童友好型城市、青年发展友好型城市、老年友好型城市。

济南的目标很明确，就是让人在城市生活得更舒适、更便利。海右君以为，这才是城市的真谛，无论发展的快与慢，都要以人为本，让人在城市中感受到温暖。

———

生活中，济南把省事、省时、省心、省力发挥得淋漓尽致。

不管你是济南"老师儿"，还是初到济南的外地游客，只要遵照上面说的"三个一"（一部手机、一个App、一条热线），走遍济南都不用怕。

在"爱山东·泉城办"App上，需要政府办的事，是应有尽有。

比如说，"幼升小"是很多家庭关心的大事。但这样的大事，不出家门就能办理。如果你是家长，只要在App上填写完整"信息采集"进行网上报

济南百花洲

名，经过大数据信息审核，就可完成网上录取，真正实现"零证明""零跑腿"招生服务。如果确需现场受理，也不用着急，你可通过各招生学校（审核网点）的咨询电话提前预约，或在现场受理期间直接前往办理。

在济南，随着线上程序的普及，"最多跑一次"也已经 OUT 了，"一次都不跑"越来越成为行政办事的常态。

不仅是入学，生活中的方方面面都可以线上办理。

比如说公积金提取，海右君记得前些年办理公积金提取要到大厅排队"挤油油"，公积金方面核审完了还要到银行再排队，加上来回时间，办一次业务最少要半天时间，有时甚至需要耗上整整一天。现在好了，只要点点鼠标、填填资料，几分钟就能搞定。

现在，居民身份证、社会保障卡、不动产权证书和医保电子凭证，都可在线上使用。

还有，"五险"的查询，医院挂号，水、电、气、暖缴费，疫苗预约，通游年票办理，网上借书，不动产网上缴费，新建商品房买卖，商品房预售许可证查询……都可在线上办理。

还有"一件事"集成服务，包括"出生一件事""身故一件事""就医一件事"，出生、就医、身故等相关事项都能线上办理。

还有天气情况、饮水水源、城市空气质量等也都可以查询。

甚至还有交通违章多发提示功能，直接告诉你哪里容易违章，是不是太暖心了！

不看不知道，一看吓一跳，海右君在家里也没把各种资料整得这么明白，在网上却一目了然，简直不要太方便！

济南还在建设"无证明城市"，已经实现个人参保缴费、房屋权属状况、职工公积金缴存等市级证明事项网上开具，户籍证明、临时身份证明、无犯罪证明等 3 项高频证明实现掌上办理。

如果线上办不了，也不用担心，济南还有全国最厉害的热线——12345市民服务热线。

济南市政务服务中心

"12345，有事找政府。"政府服务热线可能全国都有，但济南的热线可以说是全国最好的之一，甚至可以去掉"之一"。因为，国家标准"政府热线服务规范"，就是咱济南主导制定的，也就是说，全国近万条政府热线都是按照"济南标准"去规范的。

海右君不时会听到机关的一些朋友诉苦，12345 热线有时不大合理，有些问题不是我们负责的，但还必须得回复，而且得让来电人满意。

宁可让机关部门为难，也不能让老百姓作难，济南的做法值得点赞。

二

不仅是个人，企业在济南办事也很方便。

在有的城市，企业到审批大厅办事，要跑很多窗口，在济南，不用这么费劲。

2021 年 8 月 2 日，济南在省会城市中率先建立市级企业服务中心，统筹、整合、协调全市涉企服务职能等资源要素，为企业提供"一口办理"、全链条、全天候、全过程、全生命周期的一站式服务。

概括来说，企业如果要办事，到这一个窗口就 OK 了。

2021 年 11 月，国务院办公厅发布关于对国务院第八次大督查发现的典型经验做法给予表扬的通报，就专门提到了济南的做法。

在工程建设项目审批方面，济南首创的"拿地即开工、建成即使用"模式，更是高效。带方案出让土地的工业、仓储建筑工程，主流程审批时间控制在 6~18 个工作日；其中土地出让前完成设计方案和施工图联审的，"拿地即开工"阶段主流程审批时间为 1~3 个工作日，"建成即使用"阶段主流程审批时间为 3 个工作日以内。

比如说，在济南高新区的德国百年企业费斯托济南全球生产中心二期项目，2018 年 12 月 12 日土地摘牌成交，14 日凌晨 2:00 核发"四证"，14 日 9:30 正式开工……取得土地手续当天即实现开工建设，不但刷新了济南市建设项目快速审批的新纪录，也创造了建设领域规模以上外资项目快速审批的全国第一。

为什么能如此之快？

济南的做法是：一旦项目达成投资意向，立即采用容缺受理等方式，在办理土地手续的同时提前介入开展方案审查、施工图审查等技术性工作，杜绝了内部核发的审批要件互为前置，完全实现土地、规划、建设审批业务的"大并联、齐步走"，变"接力跑"为"一起跑"，彻底打通了快速审批链条。

简单来说，就是让政府部门多跑腿换取企业少跑腿，让各部门各自办变为大家一起办，效果立竿见影。

企业在线上办事同样方便。

在"爱山东·泉城办"App 上，设立变更、准营准办、职业资格、交通出行、规划建设等，几乎各种业务都能线上办理。

在济南，企业有时"一次都不用跑"，坐在单位就能享受到"掉馅饼"的幸福。

为了让企业享受政策，济南依托"智慧人社"平台，实施"政策找人"，对企业自动分类，对符合条件的企业进行定向推送，企业无须申报，即可享受到政策红利。

比如，通过社保信息系统，以"点对点"方式对社保缓缴政策范围内企业，主动发起信息提示，准确覆盖 2.2 万户初步认定符合条件的企业。

企业啥也不用干，只要符合条件，政府就把优惠送到，把补贴发放到位！什么叫"店小二"式服务？这就是"店小二"式服务！

三

济南为什么能如此成功？

上面说的是一个个小小的缩影，济南高效的公共服务体系背后，互联网、大数据的应用贯穿始终，这才是高效制胜的法宝。

这个数据运用涉及济南的各个层面，所以必须由全市共同推动才能完成。

这也是连一些一线大城市都无法将互联网、大数据应用得如此淋漓尽致的主要原因。

别看济南很低调，但一旦认准了，济南人敢想敢干，而且要干就能干出个名堂。

早在 2015 年，济南就启动建设市级政务服务平台。

2018 年 1 月，济南在全国率先以两办文件推进政府数据开放，数据开放平台正式运行。

济南的态度很坚决，诚意很足，不仅先行一步，而且力度很大。济南市政府数据开放平台，首次开放就公开了 53 个部门的 1010 个数据集，成为全国一次性开放单位最多、数据集最大的城市。

任何单位和个人，都可以在济南市政府数据开放平台上获取自己所需要的各类数据。

2019 年 3 月，济南成立市大数据局，负责牵头实施大数据战略。

2020 年 4 月，《济南市公共数据管理办法》出台，这是山东省首个公共数据管理方面的地方规章。

《办法》将公共数据的管理范围从政务部门拓展到公共服务企事业单位，涉及市民生活中的供水、供电、供油、供气、供暖、公共交通、运输、通信、教育、医疗、康养、邮政等各个领域。

数据的开放，为线上办事提供了支撑。

2020年9月，济南"泉城链"平台正式启动，在全国首创政务数据可信共享新模式。通过"泉城链"平台，济南市逐步把"深藏闺中"的政务数据返还给企业和群众。每一位市民、每一家企业都可以拥有一个"泉城链"账户和"数字保险箱"，在"链"上将数据自行授权给第三方使用。

从机关到事业单位，再到企业、市民，济南的数据开放一直走在全国前列。

2022年初，复旦大学数字与移动治理实验室联合国家信息中心数字中国研究院发布了"2021年度中国开放数林指数"和《中国地方政府数据开放报——省域》与《中国地方政府数据开放报告——城市》，济南在中国开放数林指数城市综合排名中位列全国第6。

济南市行政审批中心

有人说济南人保守，但海右君觉得这失之偏颇，很多时候济南人都敢领风气之先，数据开放走在全国前列就是鲜活的案例。

四

在很多人看来，济南不是在管理一座城市，更像企业一样在运营城市，把市民和企业当作客户，让他们体验到客户至上的享受。

用官方术语来说，这就是"以人民为中心"的发展思想。

济南一直把"友好"作为追求的目标。

"一老一小"问题，一个连着"夕阳"，一个连着"朝阳"，是很多家庭关注的焦点。

如何对待"一老一小"，最能彰显城市的温度。济南提出：建设儿童友好型城市和老年友好型城市。

说了办，定了干，济南成立了由市委书记、市长挂帅，21个部门参与的济南市促进养老托育服务体系发展领导小组。

规格之高，决心之大，可见一斑！

济南把争创全国婴幼儿照护服务示范城市写进政府工作报告，出台《济南市促进3岁以下婴幼儿照护服务发展的实施意见》，明确18个部门的职责分工以及婴幼儿照护服务工作思路、目标任务。

目前，济南共有托育服务机构769所，共有托位3.6万个，每千人托位数3.91个。很多人在家门口就能找到托育机构，可以安心去上班。

数据显示，在2021年24个万亿GDP城市的"十四五"千人托位数目标中，济南位居第6。

不仅如此，济南还为家长着想，拿出"真金白银"健全保障机制，打造全国首个托育产业发展基金，制定济南市"十四五"普惠托育服务体系建设专项规划，大力发展普惠托育，尽可能降低价格。

围绕建设老年友好型城市，济南提出实施敬老院改造提升工程，推进城乡社区老年助餐场所建设，加快基础设施适老化改造等一系列举措。

拿最现实的老人吃饭问题来说。在城区，济南建设了一大批助餐食堂，未来将在每个街道至少建成1~2处社区长者食堂；在农村，依托农村幸福院的建设，为老人开展不同类型的长者助餐服务。2020年底农村区域助餐站点超过1000处。

不仅让老人便利，而且吃得好、还不贵。

济南提出，长者食堂每餐按照不少于"一荤两素、一主食一汤"标准配置餐品，价格参照略高于成本价确定。2020年度，价格确定为每餐不超过10元。老人就餐均可享受优惠，其中，60~69周岁，可享受标准型套餐价格和自助型用餐优惠价格；70~79周岁，选择标准型或自助型餐品，市级每天一次补助1元；80~99周岁，选择标准型或自助型餐品，市级每天一次补助2元。

除了"一老一小"，济南对待青年也很友好，提出建设青年发展友好型城市的目标。

依然是高规格推进，济南成立了由市委、市政府主要负责同志任组长的青年发展友好型城市建设领导小组，组建由两位分管市领导共同牵头的工作专班。

围绕就业、创业、教育、婚育、养老、住房等青年关注的操心事、烦心事，济南推出一批"硬核"政策，拿出"真金白银"，给出"超值红包"。

在青年招引方面，济南先后出台"人才新政双30条""支持高校毕业生创就业40条"等系列惠才政策，对新引进的国内外顶尖人才和团队最高给予1亿元资助。在购房补贴上，全日制博士、硕士研究生分别可享受15万元、10万元补贴。在生活和租房补贴上，博士、硕士、本科、专科毕业生每月分别为1500元、1000元、700元、500元。

在青年安居方面，济南在副省级以上城市中率先全面放开落户限制，分别对高层次人才、新毕业大学生、外来务工人员、中低收入困难群体制定了针对性政策，已提供6838套青年人才公寓。

城市生活是否舒服，不在于一个个文件，不在于一个个口号，而在于生活在这里的人的感受。

无论是打通数据孤岛还是"最多跑一次"，无论是"拿地即开工，建成即使用"还是"一次都不用跑""政策来找人"，济南的指向都很清晰，就是让在这里生活的人、在这里创新创业的企业觉得舒服、觉得便利。

这样的城市，才有希望，才有吸引力，才有未来！

正因为如此，济南在中国最具人才吸引力城市 100 强中位列全国第 8，全省第 1；

在 2020 年发布的《中国城市流动人口社会融合评估报告》中，济南在 60 城流动人口年度测评中高居榜首；

在高校毕业生眼中，济南是就业首选十大城市之一；

……

这样一个友好便利的城市，一个开放包容的城市，必将持续散发魅力！

（明月／文，2022 年 8 月）

这次，我来揭揭济南的"家底"

● ● ●

有的人已不在江湖，但江湖永远有他的传说。

为何？

品牌的力量。

品牌，原来是经济学概念，最早由"广告之父"大卫·奥格威在 1955年提出。随着时代发展，品牌的力量日益受重视。

一个企业需要品牌，一座城市同样需要品牌。就像提到深圳，我们会想到华为、比亚迪；提到青岛，我们会想到海尔、海信，这些名字背后不仅仅是商品，更是一种符号、一种软实力，承载着市场和消费者的认知。

品牌，也不只局限于经济领域，一座城市的人文社会各领域，乃至于营商环境、自然景观都可以成为品牌。

在眼下的济南，品牌是一个热词。近期，济南印发《关于"提升城市软实力　创建文明典范城"的实施意见（征求意见稿）》（以下简称《实施意见》），提出建设品牌荟萃的魅力之城。这意味着，济南把对品牌的重视提升到了新的高度。

无论是人文还是经济，济南是不缺品牌的，但"有牌"不代表着一定会

长清灵岩寺

　　赢，更重要的是要把牌打好。在城市竞争日益激烈的今天，打好"济南品牌"这张牌，成为这个城市寻求新一轮突破与超越的契机。

　　那么，济南的家底究竟咋样？

文化：软实力集大成

　　文化是城市精神的传承与根脉。作为海右名郡、天下泉城，历史人文一直是济南手中的一张"王牌"。

　　2700多年的建城史、具有划时代意义的龙山文化、冠绝天下的泉水文化、灿若群星的名士文化……凡此种种，共同构成了这座历史文化名城的深厚底蕴。

　　在这里，虞舜垂儒家道统、开华夏文明；在这里，扁鹊行医济世，奠定中医临床诊治基础；在这里，杜甫赞叹"海右此亭古，济南名士多"；在这里，李白高歌"兹山何峻秀，绿翠如芙蓉"；也同样是在这里，诞生了宋词最耀眼的两颗明珠，"婉约之宗"李清照与"豪放之祖"辛弃疾。

　　有人说，济南的一砖一瓦皆历史、一步一景续文脉，此言诚不为过。然而，济南的文化品牌并不局限于古老的历史。

　　这里走出过王尽美、邓恩铭两位中共一大代表，是建立中国共产党早期

组织的六个城市之一，拥有丰富的红色文化遗产。这里，还是黄河流域唯一沿海省份的省会，讲好新时代黄河故事，济南任重而道远。

保护传承利用好深厚的历史文化资源，为城市经济社会发展助力，成为近年来济南发力的重点，也成功拿下了"国际花园城市""东亚文化之都"等一块又一块金字招牌。比如，打好泉水牌，济南着力保泉、护泉，重点泉群连续18年保持喷涌，每年吸引千万游客慕名而来。打好名士牌，济南推进以"中华二安·文化济南"为代表的诗词文化的保护传承和活化利用，塑造"诗城词都"文化品牌。

特别是在2022年，**济南市第十二次党代会旗帜鲜明地提出，硬实力让城市强大，软实力让城市伟大，要推动文化繁荣兴盛，全面提升城市软实力。**

"软实力"，是济南文化品牌的集大成者。如何提升软实力？济南市第十二次党代会提出多项具体措施：积极创建全国文明典范城市，加强历史文化名城保护，高标准规划建设黄河国家文化公园与齐长城国家文化公园，加快推动"泉·城文化景观"申遗，打造一批体现中华文明具有泉城特色的文化地标等。

在前述《实施意见》中，针对文化品牌也重点着墨：积极打造诗城词都、曲山艺海、书香济南、海右文艺等文化品牌，设立"新黄河文学奖"。同时，开展趵突泉泉群、百脉泉泉群、白泉泉群等166处历代七十二名泉景观提升工作。

可以预见，在"软实力"旗帜的引领下，济南这座历史文化名城未来将涌现出更多的文化品牌，让新时代济南的声音更加响亮，传播得更加深远。

工业：重振雄风，王者归来

即便已经过去了数十年，依然有人记得济南工业最辉煌的一刻。

济南，曾经连续创造了70多个全国第一，建立起门类齐全的工业体系，在41个工业大类中拥有38个，是全国拥有工业门类最多的城市之一。当时，这座城市还拥有众多享誉全国的品牌：作为第一批中国驰名商标，"小鸭，小鸭，顶呱呱"的广告词家喻户晓；生产出了中国第一辆民用摩托车的济南轻骑，一度连续3年销量全国第一；康巴丝，率先把国际先进的石英技术应用于计时器生产；济南重工，曾是山东最大的通用机电产品生产企业……

辉煌不止于此。济南，还曾经制造出全国第一台大型龙门刨床、中国第一辆重型载货汽车、全球第一台汉字传呼机……

有过辉煌也有过失落。进入新千年，由于没有抓住转型机遇，济南工业之名逐渐式微。但在近年来，济南旗帜鲜明提出打造工业强市，高点定位、超前谋划、快干实干、创新发展，一批批传统品牌老树发新芽，一股股新生力量新树扎深根，工业雄风日益重振。

看实力，济南工业经济规模总量实现"三年一大步"的历史性跨越，大数据与新一代信息技术、智能制造与高端装备、精品钢与先进材料、生物医药与大健康四大主导产业规模已突破1.3万亿元。

看规模，今天的济南已是全国最大的重型汽车生产基地、服务器生产基地、400系不锈钢生产基地以及亚洲最大的酚醛树脂生产基地，全球最大的透明质酸生产基地、头孢类抗感染药物和阿胶生产基地。

看品牌，全市高新技术企业突破4000家，形成千亿级工业企业2家、百亿级企业 13 家，培育独角兽企业 6 家、国家级专精特新"小巨人"企业 35 家；中国重汽高端重卡商用车、二机床大型冲压生产线行业领先，走向世界；浪潮服务器蝉联中国市场第一，AI 服务器市场占有率全球第一；齐鲁制药创新能力进入世界医药科技前沿；华熙生物透明质酸市场占有率全球第一；全省首个 8 英寸高功率芯片、首台国产雪蜡车均有着济南印记……

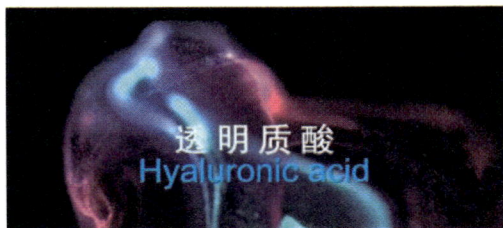

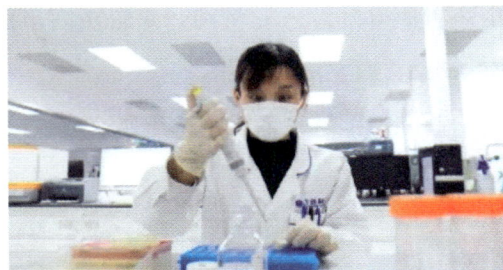

看未来，济南坚定"工业强市"战略不动摇，加强产业生态创新，提升产业发展层次，积极构建以数字经济为引领、先进制造业为重点、现代服务业为支撑的现代产业体系。到 2026 年，全市工业增加值占地区生产总值比重达到 30%，先进制造业达到万亿级规模。

没有人可以否认，在未来全国乃至世界工业版图上，济南这个曾经的顶尖高手将"王者归来"。

商业：百花齐放春满园

"五朵金花"，这是不少老济南人对城市商业最深刻的记忆。

20 世纪七八十年代，济南第一百货、大观园商场、济南百货、人民商场和华联商厦，这5家商场占据了全市商业95%以上的份额，是济南人购物的首选。

而今，随着城市发展，商业格局也发生了翻天覆地的变化，"五朵金花"变成了"百花齐放"。

2010年11月，魏家庄万达广场开业，成为济南第一家城市综合体，此后多个综合体密集落子。到如今，用网友的话说，"满城尽是综合体"。

2019年，济南首次提出打造国际消费中心城市。同年，济南在全国较早明确打造"首店经济"。之后3年，"首店经济"连续写入济南市政府工作报告。

也就是在这3年间，7-ELEVEn、盒马鲜生等相继落地，乐购仕LAOX SELECT山东首店、网红品牌月枫堂首店、lululemon首店、奢侈品牌BALLY山东首店等陆续入驻济南。来自济南市商务局的数据显示，仅在2021年就有45家首店在济南开业。

首店争相落子，看中的正是这座城市的发展活力和消费潜力。

面向未来，济南仍然信心满满。2022 年的济南市政府工作报告提出，继续积极创建国际消费中心城市。具体来看，要提升泉城路、老商埠、印象济南等集聚区功能品质，打造一批夜间经济示范区，加快建设国际化地标商圈。至于首店首发经济，济南今年的目标是引进商业品牌首店 50 家以上，使济南成为国内外知名品牌的重要集聚地。

引进外来品牌的同时，济南本土品牌和"老字号"也展现出了勃勃生机。2022 年 3 月，首批"好品山东"品牌名单发布，14 类 223 家制药业、消费品、农产品领域的品牌入选。其中，济南上榜 31 个品牌，涵盖 60 种产品，数量位居全省首位。其中，既包括章丘大葱、龙山小米、莱芜黑猪等特色农产品，也包括鲁味斋、福牌阿胶等老字号。

一花独放不是春，百花齐放春满园。从"五朵金花"到"百花齐放"，见证的正是济南商业格局与城市综合实力之变。

创新：不断刷新的高度

近期，济南"十大优势"引发广泛关注。"十大优势"出自济南市委书记刘强在省属国有企业座谈会上的讲话。

"十大优势"中，其中一条为"科技创新实力雄厚"。作为创新型省会城市，济南丰富的科技资源、完备的科创平台，为企业提升科技含量和竞争力提供了坚实支撑。

自古以来，济南就有着创新创造的历史基因。龙山文化时期，蛋壳黑陶惊艳千年。汉朝之时，冶铁技术闻名于世。进入近代，济南领风气之先，创办了全国第二所国立大学——山东大学堂。此外，山东第一个科研机构、全省最早的工业学校雏形、全国第一家理化器械制造所、全省最早的天文学研究基地都在这里诞生。作为齐鲁大地重要的科技中心，济南名副其实。

步入新时代，济南科技创新继续昂首前行。全球首个量子通信专网在这里运行，国内首台零排放氢燃料电池新能源汽车、全球首台纯电动无人驾驶集装箱重卡在这里成功下线，新一代神威 E 级原型机系统在国家超算济南中心正式启用。这些源源不断的"第一""创造""首创"，一次次刷新了济南科技创新的高度，也为高质量发展注入了强大动力。

创新成果涌现的同时，济南科技创新的基础也在不断夯实。

过去 5 年间，济南举全市之力谋创新、抓创新、强创新，全面塑造创新驱动发展新优势。齐鲁科创大走廊、中科院济南科创城等高能级平台集聚效应日益凸显，15 家"中科系"院所落地布局，山东产研院、高研院、未来网络研究院等 58 家省级新型研发机构陆续成立，电磁驱动等一批重大科学设施相继落地，济南在全国创新型城市排名连续跃升。

苟日新，日日新，又日新。

创新，已成为济南实现新一轮跨越发展的核心动力和最大势能，也成为济南建设新时代强省会的强劲支撑。展望未来，随着综合性国家科学中心创建目标的日益接近，"科创济南"的品牌也必将更加熠熠生辉。

（向济／文，2022 年 5 月）

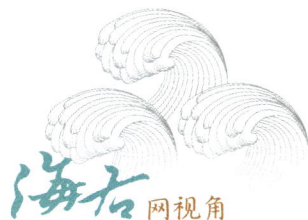

在这件事上，她俩真的是"相看两不厌"

• • •

小时候，特别向往能拥有一条小河，能够在"门前大桥下，游过一群鸭"的天真里体味童趣的欢乐。

长大后，特别向往能拥抱一条大河，能够在"一条大河波浪宽，风吹稻花香两岸"的歌声里感受生活的美好。

"门前一条河"，是流淌在无数人心中的乡愁。

为什么这么说？

因为这条河，在"深入推进黄河流域生态保护和高质量发展座谈会"上荡漾。2021年10月22日，这个座谈会由习近平总书记在济南主持。

因为这条河，在"黄河流域生态保护和高质量发展工作推进会"上流淌。2022年11月1日，这个推进会在济南召开。

因为这条河，在党的二十大报告里被惦念。"推动黄河流域生态保护和高质量发展"成为区域协调发展的重要内容，党的二十大报告对推动高质量发展、促进人与自然和谐共生等提出明确要求，作出具体部署。

这条河，就流淌在济南家门口。

相看两不厌，黄河与济南。

黄河，能够带给济南什么

当全国的目光聚焦到黄河两岸，黄河战略在万千期待中成为重大国家战略。

黄河，由此带给济南千载难逢的机遇。

一座千年古城，原本在"大明湖时代"里荡舟，如今则要到"黄河时代"里行船。

济南，成为国家顶层战略布局的"关键一子"。

济南，成为全国新一轮区域发展战略重构的"重要一极"。

济南，成为辐射带动黄河中下游城市的"关键一核"。

黄河，同时将"黄河流域中心城市的历史担当"放在济南的肩膀上。

这是沉甸甸的责任。

咱们先来算一算。黄河流域在我国经济社会发展中的地位相当重要——这可是重要的经济带，全流域的 GDP 约占全国四分之一。

深入实施黄河重大国家战略，就要走出济南，用放眼全国的格局和站位，在全流域走出一条绿色可持续的高质量发展之路。

这也是沉甸甸的机遇。

济南，乘势而为，于 2021 年 10 月出台了《济南市黄河流域生态保护和高质量发展规划》。

这是全国第一个公开印发的地方黄河规划——

建设黄河流域节水典范城市；

争创综合性国家科学中心；

高水平建设新旧动能转换起步区；

……

这些都是济南落实黄河重大国家战略的重要抓手。

济南，又为黄河做了什么

有了抓手，那就大刀阔斧去干。

黄河如此厚爱，济南定会厚报。

济南市第十二次党代会提出，在国家重大区域发展战略布局中，济南要打造链接京津冀协同发展和长三角一体化发展的核心节点，引领黄河流域生态保护和高质量发展的核心增长极……

党的二十大报告提出，必须牢固树立和践行绿水青山就是金山银山的理念，站在人与自然和谐共生的高度谋划发展。

作为黄河流域中心城市，济南始终把生态环境保护放在推进落实黄河重大国家战略的首要位置。

大美黄河 / 燕瑞国

山东省委常委、济南市委书记刘强在济南市黄河流域生态保护和高质量发展工作推进会上提出："严格落实'重在保护、要在治理'的要求，严格落实'四水四定'原则，加强生态修复治理，严守耕地保护红线，全面加强监督检查，大力推动生态环境保护治理，打造黄河流域生态保护示范标杆。"

黄河济南段新建成绿化提升防护林2284亩，两岸形成了200多米宽的绿色生态廊道，生态环境质量明显提升；

趵突泉连续喷涌19年，创下57年来最高地下水位纪录，水资源节约集约利用水平持续提升；

全国首个科创金融改革试验区落地建设，济南新旧动能转换起步区建设正在成型起势；

高标准顶层设计、高水平规划建设、高质量推进实施，"1+4+16+N"规划体系加快完善……

听得见泉水叮咚，看得见鱼翔浅底，望得到"青山就是美丽"，感受到"蓝天也是幸福"。

黄河岸边的"鹊华秋色图"以一种全新的面貌徐徐展开，生机盎然，美丽惊艳。

黄河，黄河，我是济南

当生态黄河与活力济南相遇，会擦出怎样的火花？

"高质量发展"为她俩的火花做了鲜明注脚。

2022年8月25日，国务院印发《关于支持山东深化新旧动能转换推动绿色低碳高质量发展的意见》。

在推动绿色低碳高质量发展上，济南，有更大作为。

济南，热切应答：黄河，黄河，我是济南！

这是能级跃升的济南。

济南市黄河流域生态保护和高质量发展工作推进会提出，要坚持集约高效,持续激发科技创新活力,深入推进新旧动能转换,扎实推进文化济南建设,不断提升对外开放能级,统筹抓好区域协调发展,加快推动起步区建设发展,着力推动绿色低碳高质量发展。

这是动力澎湃的济南。

黄河北岸,济南新旧动能转换起步区加速崛起。

起步区既是济南推动新旧动能转换的主战场,也是落实黄河重大国家战略的主阵地。

2022年5月20日,山东省推进济南新旧动能转换起步区建设工作领导小组召开第一次会议,省委书记、省长"双组长"领导推进机制得以构建,起步区获"顶格推进"。

跨过黄河,那里正成为济南未来发展的战略空间、城市核心功能的重要承载地。

跨过黄河,那里正要推动重点片区建设,打造总部经济区和都市阳台片区。

跨过黄河,那里还会持续深化改革创新,主动对上沟通争取,确保政策红利最大释放。

其实,黄河就在城中央。

大河与大城融为一体。城里的人,岸边的景,眼前的楼,手中的活,共同汇聚成一幅画。

这幅画,画得了天地,赢得了人心,成得了大事。

(五柳岛主/文,2022年11月)

济南元素打造最可爱的人

——观看电视剧《警察荣誉》有感

● ● ●

看完电视剧《警察荣誉》，对剧中表现出的"济南元素"非常赞赏。

这部剧的情节、台词、人物形象都很接地气，跟我们老百姓平时生活中接触到的派出所民警形象非常接近，没有任何矫揉造作的夸张感，更没有让人浑身起鸡皮疙瘩的"尬聊尬看"，演员的演技、剧情的逻辑、台词的调性、场景的布置始终在线，让观众能够不停地产生"追剧"的动力。

编剧赵冬苓老师是编剧圈内的大咖，实力有目共睹——赵老师出品，必属精品。所以，这部剧在线下、线上收获了无数的鲜花和掌声，实至名归。

在接受采访时，赵冬苓老师说："什么叫现实主义？不伪饰，不矮化，不溢美，提出真问题，面对真现实。"

这句话直接说到了关键。当前，有一部分文艺创作者对"现实主义作品"有所曲解，只是片面认为"现实即现代"，这是完全错误的。一部好的现实主义作品，与时间、空间无关，只和它表现出的真性情、真感觉、接地气、贴生活的程度有关，这也是中国文联、作协提出"创作者要深入生活、扎根人民"的主旨所在。

正是在"深入生活、扎根人民"的创作方向指引下，赵冬苓老师的创作团队在济南市公安部门的大力支持下，到济南的各个派出所采访，积累第一手素材。在近一个月的时间里，他们采访了济南十六里河派出所等五个派出所和一个刑警队，在这些普普通通的派出所民警身上，赵冬苓老师找到了角色原型，抓住了创作灵感，写出了一部充满着"济南人间烟火气"的好剧——《警察荣誉》。

看电视剧不是看搞笑综艺，也不是看爆米花电影，而是必须有一种心灵的浸润、思想的涤荡、感情的回味、智慧的沉思，看完全剧之后，要在心底留下丝缕无穷的余韵。一部好剧，能让人接受一次文化洗礼，精神修养提升一个档次。所以，好的电视剧要与知音来欣赏，才能达到灵魂上的共鸣。

身边的济南朋友都在追《警察荣誉》，我尤其喜欢剧中张若昀扮演的李大为这个角色。当张若昀换下古装，穿上警服，一瞬间英气勃勃，正义凛然，完美诠释了一个中国人民警察英俊帅气的光辉形象。他在剧中的表现也可圈可点，准确把握了一个普通派出所民警的动作特征，不浮夸，不扭捏，有力度，有温度。由他担当本剧的主演，让剧情和画面充满了令观众难忘的亮点。

在剧中饰演夏洁的白鹿也是我很喜欢的年轻演员，她的表现非常精彩，准确塑造了一个兢兢业业、热爱工作的女警察形象。从她身上，我能看到很多现实中派出所女民警的影子。她们在这个很不寻常的工作岗位上，各自做出了无愧于警徽的成绩，值得所有人尊重。

《警察荣誉》的成功，给当下的文艺创作增添了一股正气，让文艺创作者看到了光明和希望。只有真正从群众中来、到群众中去的创作过程，才是能够提炼出伟大作品的金光大道，任何投机取巧、哗众取宠的作品的生命力永远都只能是昙花一现。

当下，我们的文艺创作市场不缺少好观众、好读者，而是缺少好作品、好方向。

魏巍先生曾经写下《谁是最可爱的人》这篇著名文章，感动了几代中国人，那么我们广大的文艺创作者应该扪心自问，21世纪的今天，谁是最可爱的人？

答案应该是——军人、警察和科学家。

如果没有军人保卫边疆，镇守国门，世界列强的航母和导弹将再次横行，威慑全球，重演侵略战争的悲剧。

如果没有警察保卫城市安宁，我们老百姓怎么能够安居乐业，享受生活？

如果没有科学家带领国家科技崛起，实现工业、经济的安全可控，那么，世界列强掐中国脖子的时候，我们该如何应对？

所有的文艺工作者们，都应该把镜头和笔触对准这些生活中的军人、警察和科学家，歌颂这些 21 世纪最可爱的人，才是真正的文艺正能量。这些最可爱的人是真正的"中国好人"，新一代的年轻人应向这些英雄榜样学习，积极传播真善美、传递社会正能量，弘扬社会主义核心价值观，将来成为社会的好公民、单位的好员工、家庭的好成员，为实现中华民族伟大复兴奉献自己的光和热。

《警察荣誉》是一部真正具有"济南人间烟火气"的好作品，从观众们的热烈反响中，我们更加深刻地认识到，深入生活、扎根人民的现实主义题材创作，才是中国文艺的正确方向。《警察荣誉》的成功，恰逢其时，当之无愧。

由此我也想到，济南这个昔日历史积淀厚重、今日经济蓬勃发展的城市，正好处于旧与新、传承和创造、守疆与开拓、七零后和九零后的强烈碰撞时期，各种新思想、新观念与老规矩、旧习惯都在产生强烈的纠缠，社会上的种种业态和思潮，无法用非黑即白的二元论解释。

这些饶有趣味、发人深省的"济南元素"，正是现实主义文艺创作的一座富矿，期待广大文艺工作者能够深入济南的百姓生活，探究这座城市蓬勃发展的源头，创作出领先全国的重磅作品，赞美我们身边"最可爱的人"，跟《警察荣誉》一道，为提升济南城市软实力，塑造文化济南的未来而增添助力。

（作家飞天／文，2022 年 8 月）

非遗系列

——泉水工夫茶（视频）

● ● ●

扫一扫，看视频

再贴着护城河向东

（潮济南 / 制作，2022 年 10 月）

金刚纂村

——济南南部山区的桃花源（视频）

扫一扫，看视频

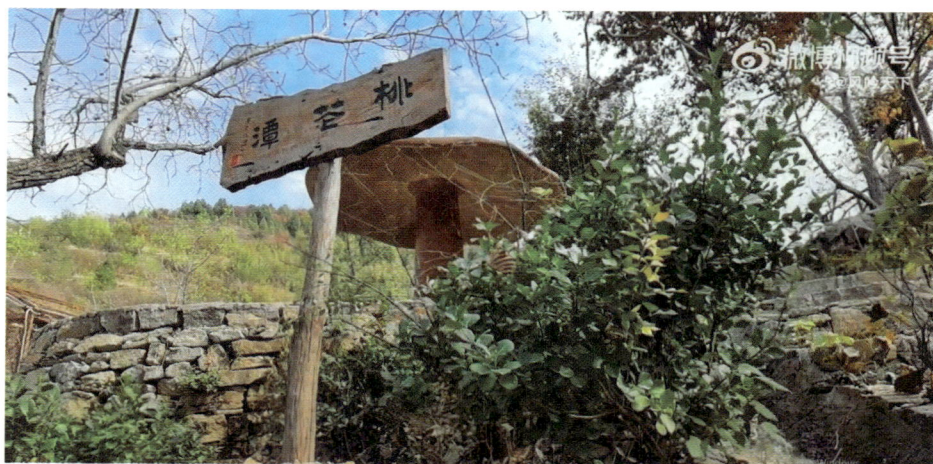

（风吟天下／制作，2022 年 10 月）

济南这十年经济已跻身优等（视频）

● ● ●

济南这十年
经济已跻身优等

城市	2012年GDP（亿元）	2021年GDP（亿元）	十年增长率
南京	7202	16355	127.09%
宁波	6525	14595	123.68%
青岛	7302	14136	93.59%
长沙	6400	13271	107.36%
郑州	5547	12691	128.79%
佛山	6709	12151	81.11%
济南	4813	11432	137.52%

这些城市里增长得最快的

济南这十年
经济已跻身优等

城市模式	城市	GDP（亿元）	常住人口（万人）	人均GDP（元）	建成区面积（万平方公里）	单位建成区面积GDP（万元/平方公里）
一线城市	北京	40269.6	2189	183937	1469.05	274120
典型排名上涨城市	杭州	18109.42	1220	161720	801.63	225907
	南京	16355.33	942	175586	868.28	188365
传统二线城市	济南	11432.22	934	123075	793.65	144046
典型排名下降城市	大连	7825.9	754	105035	444.04	176243
	烟台	8711.75	708	122664	397.70	219053

我们能够看得出来

十年之变

（明察产城/制作，2022年10月）

魔性！游览位于济南的山东省博物馆，这么多文物原来都是表情包！（视频）

扫一扫，看视频

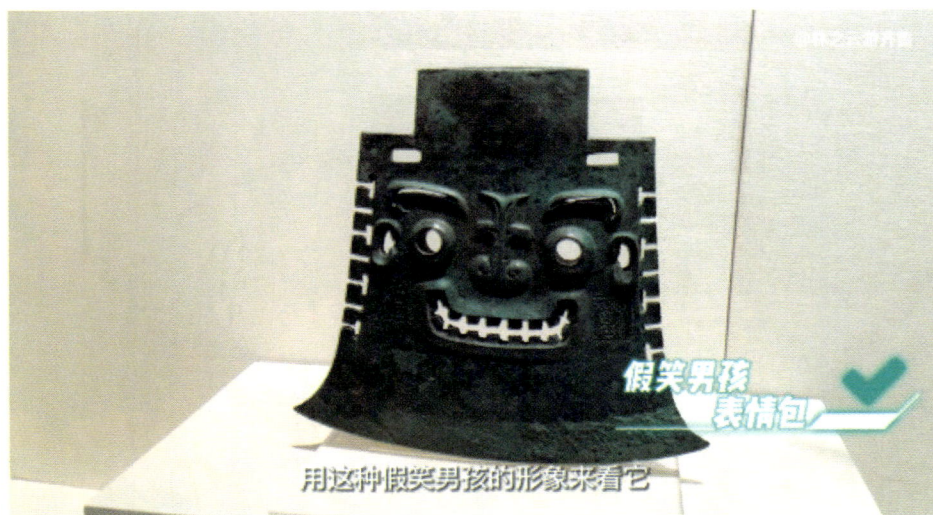

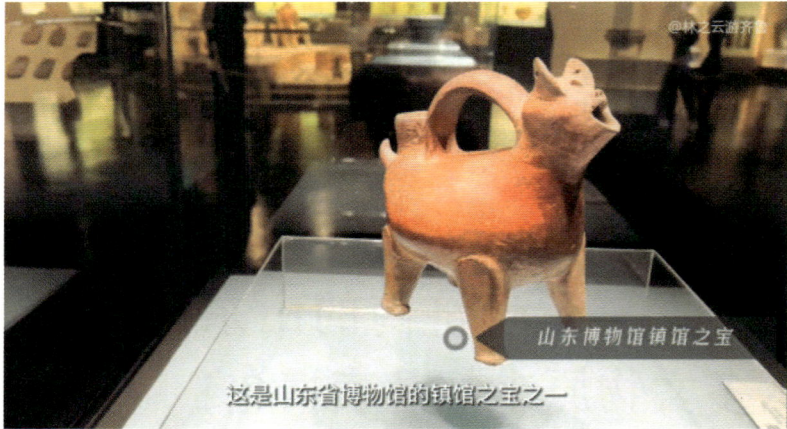

这是山东省博物馆的镇馆之宝之一

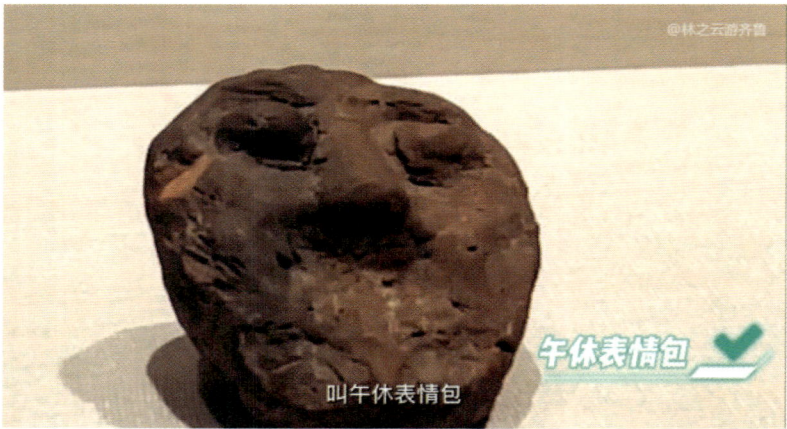

叫午休表情包

（林之云游齐鲁/制作，2022年5月）

后 记

为了全面展示济南市网络名人巡访团在宣传推介济南过程中创作的优秀成果，进一步讲好济南故事、传播济南声音、展示济南形象，市委宣传部面向巡访团成员开展了2022年优秀网络作品征集评选活动。活动征集到大量主题鲜明、传播广泛，用"小切口"解析"大道理"、用"小故事"反映"大时代"的网络作品。综合考虑作品艺术水平和传播影响，经过严格评审，我们从中评选出一等奖15名，二等奖25名，三等奖34名，并将部分获奖作品结集出版，收录在本书中。

本书是展示济南市网络名人巡访团成员创作成果的初步尝试，由于能力水平有限，疏漏之处在所难免，冀望各位读者批评指正，并对全部网络名人巡访团成员一年来的大力支持和辛苦创作表示衷心感谢！

编者

2023 年 2 月